Mein Mörder-Ich

Marcus Ehrhardt

Bibliografische Information der Deutschen Nationalbibliothek: Die Deutsche Nationalbibliothek verzeich-
net diese Publikation in der Deutschen Nationalbiblio-
grafie; detaillierte bibliografische Daten sind im Internet über dnb.dnb.de abrufbar.

Impressum:

© 2019 Marcus Ehrhardt
Herstellung und Verlag:
BoD – Books on Demand, Norderstedt
ISBN: 9783743137233

Korrektorat / Lektorat: Tanja Loibl
Covergestaltung: MTEL-Design
unter Verwendung von Motiven
von pixabay

Alle Rechte vorbehalten. Jede Weitergabe oder
Vervielfältigung in jeglicher Form ist nur mit schrift-
licher Genehmigung des Autors erlaubt.

Vorwort

Liebe Leserinnen und Leser dieses Buches: Nachdem ich für meine beiden letzten Thriller überwiegend positives Feedback erhalten habe, erscheint mit *Mein Mörder-Ich* der dritte Titel in diesem Genre. Auch bei dieser Story bin ich für mich neue Wege gegangen.

So entwickelte sich die Story in eine Richtung, dass man von einem Psychothriller sprechen könnte, vielleicht sogar muss, wobei die Grenzen zwischen den Subgenres meist fließend verlaufen. Macht euch also ein eigenes Bild.

Zur Nutzung der Ich-Perspektive in einem Erzählstrang und der Erzählerperspektive in den übrigen Strängen wurde ich durch den Thriller *Im Namen der Tochter* meines geschätzten Kollegen *Andrew Holland* inspiriert, der es meiner Meinung nach dort nahezu perfekt umgesetzt hat.

Aber keine Sorge, mit *Mein Mörder-Ich* erwartet euch eine vollkommen andere, neue Story. Es handelt sich dabei, wie bei meinen anderen Thrillern, um einen Einzeltitel, also keinen Teil einer Reihe. Trotzdem konnte ich es mir nicht verkneifen, einige Crossover-Elemente zu *Dein Glück stirbt in 4 Tagen* einzubauen, was sich aufdrängte, da die Handlung wieder im düsteren Chicago angesiedelt ist.

Genug der vielen Worte, lehnt euch zurück und habt spannende Lesestunden!

Euer Marcus Ehrhardt

Kapitel 1

Was war das wieder für eine Nacht? Rachel hatte das Gefühl, dass ihre Gedanken statt in ihrem Kopf in einem mit Sirup gefüllten, riesigen Plastikball träge umherwanderten. So einen, wie man ihn in Vergnügungsparks fand, in den man ganz hineinschlüpfen und sich wie ein Hamster im Rad fortbewegen konnte. Vorsichtig rollte sie sich auf die Seite. Puh! Zum Glück war die linke Hälfte ihres Bettes verwaist. Demnach hatte Paul – oder hieß er doch Peter? – ihre gestrige Ansage verstanden und war nicht bis zum Frühstück geblieben.

Langsam schob sie die Leinendecke weg, mit der sie ihren nackten Körper bedeckt hatte. Sie glitt lautlos zu Boden, wo sie als Häufchen liegenblieb – ein Häufchen Elend. Das passt ja, schließlich fühlst du dich gerade genau so. Rachel setzte sich auf und sammelte sich. Durch die waagerechten Lamellen ihrer Jalousie erhellten die Strahlen der Morgensonne das unaufgeräumte Schlafzimmer.

»Uah«, sagte sie, als ihr Blick auf das benutzte Kondom neben ihrem Bein fiel. Mit verzogenem Gesicht und spitzen Fingern nahm sie es und warf es fort. Es landete an der Wand unter dem Fenster, an der es erst kleben blieb und dann langsam daran nach unten rutschte, bis es – einen traurigen Anblick abgebend – auf dem Teppich liegenblieb. Genauso traurig wie deine Decke. Mädel, das wird dein Tag heute!

Die Erinnerungsfetzen vom gestrigen Abend im Pub nahmen konkrete Formen an. Sie hatte am Tresen gehockt und sich von Larry, dem Barkeeper, den mittlerweile fünften Whiskey einschenken lassen und ihn hinuntergekippt, als wäre es Limonade. Trotz ihres, Spießer würden sagen, verheerenden Lebenswandels – Rachel trank, rauchte und war hin und wieder einer Line nicht abgeneigt – sah sie immer noch erstaunlich passabel aus, wie Larry ihr schon des Öfteren attestiert hatte, der ihren Verschleiß an Genussmitteln und Männern am besten beurteilen konnte. Mit 26 Jahren sollte das auch durchaus noch so sein, antwortete sie jedes Mal in stoischer Gleichgültigkeit darauf.

Zwei Kerle – einen halbstarken Schnösel und einen übergewichtigen Trucker, dem das Fett nicht nur am Bauch hing, sondern zudem aus den Haaren triefte, hatte sie abgewimmelt. Ihr Anspruch war zwar nicht sehr hoch, doch gänzlich ohne war auch sie nicht. Irgendwann später gesellte sich dann Paul, ja, jetzt war sie sicher, dass er Paul hieß, neben sie und verwickelte sie in ein belangloses Gespräch über die traurigen Gestalten um sie herum und dass sie beide doch gar nicht hier herpassen würden. Was ihn anging, stimmte sie ihm zu. Rachel selbst hingegen fühlte sich in den letzten Monaten, in denen sie mehrmals die Woche in Larrys Bar aufschlug, ganz wohl und am richtigen Ort – an ihren Ansprüchen gemessen. Das musste sie ihm jedoch nicht auf die Nase binden, da er ihrem derzeitigen Beuteschema entsprach und sie nicht vorhatte, allein nach Hause zu gehen.

Ohne großes Geplänkel signalisierte sie ihm, dass er heute zum Schuss kommen würde, falls er sich nicht allzu dämlich anstellen und sich an ihre Vorgaben halten würde.

»Versprochen, was immer du willst«, erwiderte er, seinem Gesichtsausdruck nach zu urteilen etwas überrascht davon, wie einfach das lief.

»Ja, ja, fasel nicht rum, sondern lass uns gehen.« Er ließ sich nicht zweimal bitten, sondern warf das Geld für ihre Drinks auf den Tresen und folgte Rachel nach draußen.

Drei Blocks weiter waren sie aus dem Taxi gestiegen, das Rachel freundlicherweise ebenfalls ihn bezahlen ließ, und verschwanden in ihrer Wohnung, wo sie es sich ganz ordentlich von ihm besorgen ließ.

Sie nahm es zumindest an, dass der Abschluss des gestrigen Abends ordentlich gewesen sein musste, da das Kribbeln in ihrem Unterleib verschwunden war. Allerdings würde es nur ein paar Tage dauern, bis es wieder unerträglich anschwellen und sie an den Tresen zu Larry treiben würde. Es lief immer nach demselben Muster ab. Vielleicht nicht immer, aber schon sehr lange. Zu lange.

Das kann so nicht weitergehen. Wann kriegst du dein Leben endlich in den Griff? Kopfschüttelnd kroch sie aus dem Bett und schleppte sich ins Bad. Den desillusionierenden Blick in den Spiegel ersparte sie sich und stieg direkt unter die Dusche. Eiskaltes

Wasser spritzte aus dem Brausekopf und prasselte auf ihren erhitzten Körper – sie quiekte auf und wich einen Schritt zur Seite.

»Gottverdammte Scheiße!«, entfuhr es ihr, da die Temperatur auch nach einigen Minuten bestenfalls als lauwarm zu bezeichnen war. »Diese Pisser!«, rief sie, als würden die Leute von den Stadtwerken sie hören können, die ihr mal wieder den Strom und somit das heiße Wasser abgedreht hatten, das durch einen elektrischen Durchlauferhitzer erwärmt wurde. Wenn er denn Strom bekam.

Frustriert begnügte sie sich mit einer Katzenwäsche. Nachdem sie sich ihre Klamotten übergeworfen und ein paar Münzen aus verschiedenen Hosentaschen zusammengekratzt hatte – sie würde sich unterwegs einen Kaffee holen müssen, denn ihre Kaffeemaschine lief analog zum Durchlauferhitzer mit Strom – schlenderte sie zur Wohnungstür. Dort angekommen zog sie die Post aus dem Schlitz. Die ist schon da? Verdammt, wie spät ist es eigentlich?

»Werbung, Werbung, Rechnung, Werbung, Rechnung«, murmelte sie, während sie einen Brief nach dem anderen in einen Karton neben der Tür warf, in dem sich bereits etliche ungeöffnete Umschläge stapelten. Anschließend blickte sie auf ihre Armbanduhr und seufzte. Ihr blieb nur noch eine halbe Stunde.

Kapitel 2

Etwa vor zwei Wochen

Es war so weit. Ich nahm einen letzten Zug und schnippte die Kippe aus dem offenen Seitenfenster meines Wagens. Wie jedes Mal schaute ich auch jetzt fasziniert hinterher, wie sich hunderte kleiner Funken entlang der Flugbahn verteilten, als gehörten sie zu einem Schwarm roter Glühwürmchen, und wie immer summte ich den Refrain des gleichnamigen Titels von *Owl City* dazu, während ich den letzten Qualm aus den Tiefen meiner Lunge presste und nach draußen blies. Stadt der Eulen, was für ein bescheuerter Bandname! Haben die sich in *Hogwarts* gegründet? Egal, scheiß drauf, ich habe Anderes zu bedenken. Zum Beispiel, dass mich der Typ nicht im Gedächtnis behalten würde, der mit seinem wirklich geschmacklosen Trainingsanzug aus den 1970ern bekleidet – was schon an eine optische Ohrfeige grenzte – mir gerade in diesem Moment auf dem Bürgersteig entgegengejoggt kommen musste. Warum rennt jemand mitten in der Nacht durch die Gegend?, fragte ich mich, doch die Antwort darauf interessierte mich nicht wirklich. Ich senkte den Kopf und nickte ihm kurz zu, was jedoch weniger meiner Höflichkeit geschuldet war, sondern eher dem Zweck diente, möglichst wenig meines Gesichts zu zeigen. Nicht, dass ich mich nicht sehen lassen konnte, ganz im Gegenteil, aber meist zog ich es vor, für meine Umwelt unsichtbar zu bleiben.

Doch der Mann mit den rasselnden Atemgeräuschen schien mich überhaupt nicht wahrzunehmen, seine Augen blickten starr an mir vorbei. Umso besser. Ich schaute im Gehen über meine Schulter, bis er um die Ecke verschwunden war. Kurz darauf war er auch außer Hörweite. Es war wieder ruhig. Ich mochte es ruhig.

Der Ruf einer Eule oder eines Kauzes zerriss jedoch die Stille. Eine Eule? Wirklich? Hatten wir das nicht gerade? Ich schlug mir einmal mit den Fingerknöcheln gegen die rechte Kniescheibe. Es bedurfte nur Millisekunden, bis der an der Knochenhaut entstehende, stechende Schmerz ans Gehirn weitergeleitet wurde. Das hatte sich als probates Mittel herausgestellt, meine Konzentration wieder herzustellen, sollte ich mal abdriften, was hin und wieder vorkam. Denn irgendwie war ich ja auch nur ein Mensch.

Der Schmerz machte mich klar. Nach wenigen Schritten hatte ich den Lichtkegel verlassen, den die Straßenlaterne vor dem Grundstück des zweigeschossigen Reihenhauses warf, und verschmolz dank meiner vornehmlich schwarzen Klamotten mit der Dunkelheit. Lediglich der Mond schaffte es, hin und wieder ein wenig Licht zu spenden, wenn er es einen Augenblick lang durch die Wolkendecke schaffte. Ich folgte dem Strahl meiner Taschenlampe, die ich in kurzen Abständen aufleuchten ließ, um nicht gegen eine

Schubkarre zu laufen oder in eine umgedrehte Harke zu treten, die nicht weggeräumt worden waren.

Ohne Zwischenfälle schaffte ich es auf die Rückseite des Hauses. Die Nachbarschaft schien sich im Nachtmodus zu befinden, denn weder in dem Haus, zu dem ich mir gerade unter Zuhilfenahme einiger kleiner Werkzeuge und richtiger Kniffs Zugang durch die Hintertür verschaffte, noch in einem der umliegenden Häuser brannte auch nur ein Licht hinter den Fenstern. Es klickte zweimal, dann schob ich die Küchentür auf. Kurz sperrte sie sich, was an einem Stuhl lag, der im Weg stand. Ich langte mit dem Arm durch den Spalt, hob ihn lautlos an und stellte ihn zur Seite. Jetzt konnte ich die Tür komplett öffnen. Ich betrat die Küche und war etwas enttäuscht, dass mir statt des Geruchs von Pizza oder Lasagne frischer Zitrusduft in die Nase stieg. Eigentlich schade, ich hatte auf einen Rest davon gehofft, da mein Magen nach Essen verlangte.

Die leuchtenden Anzeigen der Küchengeräte und des Radioweckers, der neben dem Herd auf einer kleinen Anrichte stand, sorgten dafür, dass ich ausreichend sehen und meine Taschenlampe auslassen konnte. Nicht, dass es mir anders Sorgen bereitet hätte, doch je einfacher es war, desto weniger Risiko barg die Operation. Ich unterdrückte ein Grinsen, das sich unwillkürlich bei dem Gedanken an das Wort Operation auf meinem Gesicht breitmachen wollte. Meine Hände tasteten zur Kontrolle über die Taschen meiner Jacke und meiner Hose. Alles war da, wo es sein sollte. Perfekt. Dennoch musste ich aufpassen, wo ich hintrat, denn überall in der Wohnung lagen Dinge herum. Dinge, mit denen man nicht zwangsläufig rechnen konnte, wie Socken auf dem Küchentisch oder ein Frauenmagazin auf dem Fußboden neben dem Kühlschrank. Sollte etwas an der These dran sein, dass man von der Wohnung eines Menschen auf sein Wesen schließen konnte, war das hier wohnende Wesen verdammt unaufgeräumt – wohlwollend formuliert.

Ein Knarzen einer der Bodendielen im Flur ließ mich verharren. Trotz meines federnden Ganges und der weichen Sohle meiner Sneakers waren diese Art Störgeräusche der Holzdielen und -treppen die größte Unbekannte überhaupt, bezogen auf das unbefugte Betreten fremder Leute Wohnungen. Jedoch wusste ich aus Erfahrung und aufgrund genauer Recherche, dass in der Realität nur in verschwindend wenigen Fällen Bewohner eines Hauses wegen eines einzelnen derartigen Tons wach wurden, zum Baseballschläger griffen und sich dem vermeintlichen Einbrecher in den Weg stellten – der in den meisten Filmen natürlich ein psychopathischer Serienmörder war und die Begegnung zum Anlass nahm, seine Opfer statt in deren Bett halt im Flur zu zerstückeln. Nein, die meisten Menschen nahmen es kaum oder gar nicht wahr. So verhielt es sich auch jetzt. Andernfalls hätte ich etwas aus dem Schlafzimmer meines Opfers hören müssen, vor dessen Tür ich bereits angelangt war. Mit angehaltenem Atem drückte ich die Klinke nach unten und schob die Tür soweit auf, dass ich gerade hindurchpasste.

Die Jalousie war zwar heruntergelassen, die Lamellen jedoch standen fast horizontal. Ich fragte mich, warum in aller Welt man sie so einstellte. Gut, das Schlafzimmer lag nach hinten raus zum Garten und etliche Bäume und Holzzäune sorgten dafür, dass es von einem anderen Haus kaum einsehbar war. Dennoch war ich neugierig und trat ans Fenster, von wo ich einen Blick nach draußen warf. Ich erkannte die Nachbarhäuser lediglich als schemenhafte Umrisse. Okay, falls Nachbar Walton vom ersten Obergeschoss gegenüber hier hereinsehen will, verhindert der Lamellenstand dies. »Wieder etwas gelernt. Das ganze Leben ist doch eine Schule«, flüsterte ich.

Ein Seufzer ließ mich innehalten. Doch nichts passierte, sie atmete ruhig weiter. Ich schob mit Daumen und Zeigefinger zwei Lamellen auseinander und lugte noch einmal in die Nachbarschaft. Alles blieb still und dunkel. Na klar, es war ja auch mitten in der Nacht. Ich ließ die flachen Metallstreben über den Stoff meiner Handschuhe gleiten und nach einem kurzen Rascheln hatte die Jalousie wieder die Form von vorhin angenommen. Jetzt wandte ich mich vom Fenster ab und nahm die Frau in Augenschein, die nur bis zur Hüfte mit einem dünnen Stofflaken zugedeckt auf der Seite lag. Sie schlief in einem ihr viel zu großen T-Shirt, das ihr bis zur Taille hochgerutscht war und dadurch den knappen Slip freilegte. Ihr Gesicht war von mir abgewandt, doch ich konnte die glatte Haut ihres schlanken Halses sehen. Und wie die Halsschlagader langsam pulsierte.

Ich stand jetzt neben dem Bett, nur wenige Zentimeter trennten mich von ihrem Hintern, der fast über die Kante des Bettes hinausragte. Aber nur fast. Ein gut geformter Hintern, nicht zu knöchrig, aber auch nicht zu dick. Ich blickte von oben darauf und wanderte mit meinen Augen ihren Körper entlang bis zu ihrem Gesicht, das unter den wilden Haaren verborgen lag. Mit der rechten Hand glitt ich am Reißverschluss vorbei zur Innentasche meiner Jacke und griff hinein. Der kalte Stahl, auf den meine Fingerkuppen stießen, fühlte sich gut an. Ich konnte mich nicht beherrschen und stöhnte leise auf, während sich meine Hand um den Ebenholzgriff schloss und ich das Messer herauszog. Vorsichtig näherte ich mich ihrem Hals und fuhr ganz langsam mit der Spitze hinter ihrem Ohr in Richtung ihrer Schulter entlang. Ich spürte, wie sich mein Pulsschlag weiter erhöhte. Du hast es in der Hand, sagte ich mir. Du könntest es jetzt sofort beenden. Aber willst du das nach all der Mühe und den Vorbereitungen? Ich zögerte ...

Kapitel 3

Heute

In letzter Minute sprang Rachel in die ›L‹, wie die Einheimischen die städtische U-Bahn nannten, und hielt im Vorbeigehen dem griesgrämig dreinschauenden Fahrkartenkontrolleur ihr Ticket unter die Nase, woraufhin dieser etwas Unverständliches brummte und sie vorbeiließ. Die Türen schlossen sich mit einem Zischen und die Bahn fuhr an. Ihren Wagen hatte sie stehenlassen müssen, da nur noch wenig Sprit im Tank war und ihr die Koffeindosis wichtiger, als den letzten Dollar dafür zu verschwenden, sich durch den miefigen, zähfließenden Straßenverkehr quälen zu müssen.

Sie nahm in der vierten Reihe neben einem schlaksigen Typ mit Nickelbrille Platz, der sofort weiter ans Fenster rückte. Hat der etwa Angst vor dir?

»Danke«, sagte sie knapp und drückte sich an die Rückenlehne, die von einem undefinierbaren Stoff überzogen war. Sollte wahrscheinlich mal blau gewesen sein, schoss es ihr durch den Kopf. Ihr Sitznachbar räusperte sich. Der will doch nicht etwa …?

»Wohin fährt so eine hübsche Lady um diese Uhrzeit?« Rachel runzelte die Stirn und wandte sich ihm zu.

»Echt jetzt? Das ist dein Anmachspruch? Hat der schon mal funktioniert?« Binnen Sekunden erschien

Schweiß auf seiner Stirn. Der junge Mann schien massiv überfordert mit ihrer forschen Art und suchte händeringend nach einer Erwiderung. »Vergiss es, Süßer, ich bin nicht in der Stimmung für sowas«, erlöste sie ihn. Zumindest seinem deutlich vernehmbaren Ausatmen nach war er erleichtert, dieser Situation entkommen zu sein.

Vor der nächsten Haltestelle entschuldigte er sich, ohne sie anzusehen, schob sich an ihr vorbei und verließ schließlich den Waggon. Wenige Stationen später hatte auch Rachel ihr Ziel erreicht und stieg aus. Sie eilte die Treppen hinauf, nutzte eine Lücke im fließenden Verkehr und rannte auf die andere Straßenseite. Drüben angekommen warf sie den mittlerweile leergetrunkenen Kaffeebecher to go in den Mülleimer und lief den Fußweg entlang, bis sie das Gebäude der Chicago Tribune erreichte. Sie hetzte die Treppen zum dritten Stock hoch, bog nach rechts ins Großraumbüro ihrer Redaktion, schlängelte sich durch die engen Gänge zwischen den Arbeitsplätzen, bemüht, keinen Kollegen anzurempeln, und kam völlig außer Atem am Schreibtisch an, den sie sich einschließlich eines Computers mit zwei anderen Aushilfsredakteuren teilen durfte.

»Wieder auf den letzten Drücker, Callaghan?« Der Mann schüttelte den Kopf. »Und wie sehen Sie überhaupt aus?«

»Ihnen auch einen guten Tag, Mr. Forrester«, erwiderte Rachel und ging auf die Spitze des Chefredakteurs nicht weiter ein, der sie mit seinen kleinen Augen musterte, die unter den dichten, buschigen Augenbrauen kaum zu sehen waren. Warum sollte sie auch, er sah mit seiner fliehenden Stirn und dem Bauchansatz auch nicht gerade aus wie ein Hauptgewinn.

»Sehen Sie zu, dass der Bericht über die geborgenen Ölfässer bis 12 Uhr fertig ist.« Ohne eine Antwort abzuwarten, entfernte er sich.

»Hör auf, Rachel, wenn er das sieht, kannst du deine Sachen packen«, flüsterte Julia ihr mahnend zu, die auf der anderen Seite des Schreibtisches an ihrem Artikel schrieb. Rachel nahm ihren erhobenen Mittelfinger wieder herunter, zog einen Stuhl heran und ließ sich darauf fallen, sodass sie ihrer Kollegin gegenübersaß.

»Der Wichser kann mich mal«, sagte sie und grinste der aus Deutschland stammenden Julia Becker zu, deren Dad in seiner Funktion als CEO eines weltweit operierenden Sicherheitsunternehmens seine Beziehungen hatte spielen lassen, um seiner Tochter diesen Job zu besorgen. »Woran arbeitest du gerade?«

»Ganz spannend: Die öffentliche Sitzung des Bauausschusses.« Sie hielt sich die Hand vor den offenen Mund, um die Ironie mit einem angedeuteten Gähnen zu unterstreichen.

»Dann hau in die Tasten, ich muss gleich an den Rechner.«

»Ich brauche noch zehn Minuten, dann gehört das Equipment dir allein.«

»Wann kommt Billy?«

»Der kommt heute Nachmittag irgendwann.« Rachel nickte ihr zu und wühlte sich durch ihre Unterlagen. Wenn Billy, der dritte dieses Schreibtischteams, von Nachmittag sprach, schlug er meist gegen 14 Uhr auf. Er war am längsten hier beschäftigt und konnte seine Zeit freier einteilen als seine beiden Kolleginnen, denen noch mehr auf die Finger geschaut wurde. Trotzdem passte es. Bis er eintreffen würde, sollte sie die Vorbereitung für ihren morgigen Artikel soweit fertig haben.

Fünfzehn Minuten später verabschiedete sich Julia und Rachel sah der Deutschen nachdenklich hinterher. Vor einigen Wochen hatte Julia ihr die haarsträubende Geschichte erzählt, wie sie von einem Psychopathen in ihrer damaligen Heimat Frankfurt entführt und von ihrem bis dahin unbekannten Vater befreit worden war. Als sie ihm später zum näheren Kennenlernen nach Chicago gefolgt war, spitzte sich die Situation mit dem Entführer erneut zu. Zum Glück aller konnte die Polizei den Irren stoppen, bevor Schlimmeres passiert war.

»Eine ganz schön abenteuerliche Zeit damals.«

»Du solltest ein Buch darüber schreiben«, hatte sie Julia geraten, denn sie war fest davon überzeugt, dass ihre Story sich für einen Hollywood-Blockbuster eignen würde.

»Stimmt schon, aber das können andere besser«, hatte sie ihr lachend geantwortet. Rachel war damals erstaunt darüber, wie die junge Frau das alles wegsteckte, und das hatte sich nicht geändert.

Das rote Shirt Julias verschwand aus ihrem Blickfeld und Rachel machte sich an die Arbeit. Doch so richtig gelang es ihr nicht, sich zu konzentrieren, sie schweifte wieder ab. Sie hatte sich ihr Leben vor einigen Jahren deutlich anders vorgestellt, als es sich entwickelte. Der Tod ihrer Adoptiveltern innerhalb eines Jahres hatte ihre Karriereplanungen mächtig über den Haufen geworfen und sie monatelang in ein psychisches Loch geworfen, aus dem sie sich nur mühsam und mit Hilfe von Psychopharmaka und Alkohol hatte befreien können. Befreien, wie witzig. Guck dir an, wo du gelandet bist: Statt nach Abschluss des Studiums als Schriftstellerin groß durchzustarten, wie du es dir erträumt hast, schmeißt du die Uni, beziehst ein Loch in der Downtown Chicagos und hangelst dich mit Aushilfsjobs von Woche zu Woche. Ohne wirkliche Aussicht auf den Erfolg, den du dir erhofft hast. Den du mal meintest, verdient zu haben. Genau, die Welt der Literatur verzehrt sich geradezu nach deinen Ergüssen. Sie dachte deprimiert an das bisherige ›Highlight‹ ihrer Karriere: Sie durfte die Biographie eines pensionierten Politikers verfassen, die sich tatsächlich ganz ordentlich verkaufte. Allerdings ging der Vorschuss damals fast komplett für ihre Schulden drauf, und als die ersten Tantiemen kamen, war der Berg an Verbindlichkeiten schon fast wieder so groß wie zuvor.

Wie gern hätte Rachel einen Politthriller verfasst, der *Tom Clancy* vor Neid erblassen lassen, sehr lange die Bestsellerlisten beherrschen und das Feuilleton begeistern würde. Das Drehbuch dazu schreiben, welches anschließend verfilmt werden würde, und mit einem Oscar ausgezeichnet werden. Doch trotz guter Kritiken für die Biographie hatte bisher keines ihrer eigenen Manuskripte die Lektoren der großen Publikumsverlage überzeugt. So musste sie sich zur Zeit damit zufriedengeben, dass ihr Name – meist als Kürzel – über ein bis zwei kleinen Artikeln stand, die im hinteren Teil der großen Tageszeitung kaum Beachtung fanden.

»Wie sieht es mit deinem Leben aus? Wäre das kein Buch wert?«, hatte Julia damals zurückgefragt und nach sehr kurzem Nachdenken musste Rachel ernüchtert antworten:

»Meine Eltern, an die ich absolut keine Erinnerungen habe, sind in einer Wohnwagensiedlung mitsamt ihrer Behausung abgebrannt, als ich ein Kleinkind war und meine Adoptiveltern habe ich vor einigen Jahren an den Krebs verloren. Seitdem besteht mein Leben aus Gelegenheitsjobs, One-Night-Stands und Alkohol. Ziemlich jämmerlicher Plot, oder?«

»Ach komm, so schlimm kann es doch nicht sein.«

»Und ob, meine Liebe, und ob.« Danach hatte Rachel das Gespräch in eine ihr angenehmere Richtung gelenkt, doch der Gedanke, dass sie nichts anderes tat, als ihr Leben wegzuwerfen, ließ sie seitdem nicht mehr los. Irgendwann würde sie es ändern, neu anfangen, alles zum Besseren wenden. Irgendwann. Sie wartete nur auf den richtigen Moment. Er würde kommen, irgendwann. Bestimmt. Zu schieben war einfach – einfacher, als es anzupacken.

»Schon auf die Uhr geguckt, Callaghan?«, riss die Stimme des Chefredakteurs sie zurück ins Hier und Jetzt. »In fünf Minuten will ich den Bericht haben.«

»Ist so gut wie fertig, ich muss nur noch einmal drübergucken.« Sie blickte zum Monitor und räusperte sich. »Ach, Mr. Forrester, wie sieht es mit der Stelle von Andrews aus? Der geht doch Ende des Monats.«

»Und Sie meinen, dass Sie die Richtige für seinen Job sind, Callaghan?« Forrester musterte sie skeptisch. Andrews schrieb für den Kulturteil der Zeitung und wechselte zur New York Times. Kultur war zwar nicht unbedingt Rachels Paradedisziplin, und sie verzehrte sich nicht gerade nach Vernissagen, Museumsbesuchen und Opernarien, doch sie war flexibel und traute es sich durchaus zu, seriös darüber berichten zu können. Hauptsache, sie käme aus dieser Aushilfsposition heraus. Und damit aus ihrer misslichen finanziellen Situation.

»Ich denke schon, dass ich das hinbekomme«, sagte sie mit fester Stimme. Sie betätigte die Drucktaste und reichte Forrester den Entwurf ihres Berichts, nachdem der Drucker ihn wenige Sekunden später ausgeworfen hatte.

»Mh«, machte er, während er die Zeilen überflog. »Das ist okay so.« Er reichte ihr den Zettel zurück. »Freigegeben.« *Hört der Typ dir überhaupt zu?*

»Mr. Forrester?«, hakte sie nach, da er sich bereits abgewendet hatte. Er sah sie über seine Schulter hinweg an.

»Was ist denn, Callaghan?« Er stöhnte leise auf. »Ach so, wegen des Jobs. Ich denk drüber nach«, versprach er, doch überzeugend klang es in Rachels Ohren nicht.

»Danke«, sagte sie trotzdem.

***

Detective Miller vom Chicago Police Department kam gerade aus der Mittagspause zurück.

»Du hast da Blut«, wies ihn sein Kollege Ted auf einen Fleck hin, der sein Hemd in der Bauchregion zierte. Miller schaute hinunter.

»A positiv, Rhesusfaktorkombination kann ich nicht rausschmecken«, erwiderte er, nachdem er das Ketchup mit seinem Finger abgewischt und diesen anschließend abgeleckt hatte. Inständig hoffte er, ein Reservehemd in seinem Büro zu finden und zeitgleich beschloss er, nie wieder einen Hot Dog während des Dienstes aus der Hand zu essen.

»Wohl bekomm´s. Wir haben eine neue Leiche reinbekommen. Männlich, weiß, Mitte 50, wurde von einem Nachbarn gefunden und hat sicher schon ein paar Tage vor sich hin oxidiert. Drüben im Osten in einem Motel.«

»Und was macht die für uns interessant?«, fragte er ihn, während sie nebeneinander den Korridor hinuntergingen.

»Dem Kerl wurde geschmeidig sein Gemächt abgeschnitten. Der Rechtsmediziner meldet sich später, ob er daran verblutet ist oder vorher schon dahingeschieden war.«

»Hat er eine Vermutung?« Ted zuckte mit den Schultern und lächelte einer Kollegin zu, die ihnen entgegenkam. Sie erwiderte es, was ihn dazu veranlasste, ihr noch einen Blick hinterherzuwerfen, als sie an ihnen vorbeigegangen war.

»Du weißt doch, wie diese Erbsenzähler sind. Er würde nur Vermutungen anstellen, wenn die Fakten keine Alternativen zuließen. Bis dahin müssten wir uns gedulden. Die Vorschriften und bla bla bla.« Ja, das wusste Miller genau, doch gab er die Hoffnung nicht auf, vielleicht mal von den Pathologen aus der Rechtsmedizin überrascht zu werden. Aber wir werden es schon früh genug erfahren, dachte er sich weiter. Denn trotz des Personalengpasses in seiner Abteilung – immer mehr Cops wurden zur Bekämpfung der Überhand nehmenden Bandenkriminalität in der Stadt aus verschiedenen Dezernaten abgezogen und auch Miller musste seit Monaten auf zwei erfahrene Kollegen verzichten – hatten sie eine überdurchschnittliche Aufklärungsquote aufzuweisen. Seine geliebte Heimatstadt Chicago konnte sich traurigerweise damit rühmen, mit eine der höchsten Verbrechensraten in den Staaten zu beklagen. Es war wie mit dem Kopf der Medusa: Nach jeder aufgeklärten Straftat wurden analog zum abgeschlagenen Schlangenkopf zwei neue gemeldet. Doch aufzugeben und die Metropole kampflos den Banden zu überlassen, war für Miller keine Option. Nicht heute und auch nicht morgen.

»Sei´s drum. Hat die Spurensicherung was für uns?«

»Nein«, antwortete Ted knapp und schob hinterher: »Die sind gerade erst am Tatort fertig.«

»Dann gucken wir uns dort doch mal um.« Miller bewegte sich schon in Richtung des Treppenhauses, da hielt ihn Ted am Oberarm fest und blickte auf das Hemd seines Kollegen.

»Willst du nicht erst deine Wunde verarzten lassen?«

»Ach scheiße, ja.« Den verdammten Ketchupfleck hatte er bereits verdrängt. Er kehrte um und ging in sein Büro. Eine Minute später folgte Ted und warf ihm ein frisches Hemd entgegen.

»Du hast doch eh keines hier, das sollte dir passen«, sagte er grinsend, was Miller mit einem grenzdebilen Lächeln beantwortete. Binnen Sekunden hatte er sich umgezogen und zehn Minuten später verließen sie mit dem Dienstwagen die Tiefgarage des CPD.

***

Seit Stunden hatte Rachel online in öffentlich zugänglichen, städtischen Archiven recherchiert und auf einschlägigen Internetseiten nach einem passenden Foto gesucht, das ihren morgigen Artikel ein klein wenig aufwerten würde. Vorausgesetzt, Forrester würde ihn durchwinken, was er hin und wieder tat, wenn sie die Zeitung etwas auffüllen mussten. Vielleicht ja auch diesmal. Und selbst, wenn er ihn nicht genehmigen würde, hatte sie außer einer Viertelstunde für die

Suche nichts verloren. Sie hörte, wie sich jemand dem Schreibtisch näherte.

»Hi Rachel«, begrüßte sie der aus Dallas stammende Billy mit seinem breiten, texanischen Akzent und setzte dabei sein berühmtes *J. R. Ewing*-Gedächtnisgrinsen auf. So bezeichnete er es jedenfalls. Doch niemand außer ihm selbst sah eine Ähnlichkeit zwischen ihm und dem Schauspieler *Larry Hagman*.

»Hi, Billy, alles frisch?« Sie räumte ihre Arbeitsutensilien zusammen, damit er sich ausbreiten konnte.

»Jo.« Er stieß spielerisch mit seiner Hüfte gegen ihre und bahnte sich so den Weg zum Bürostuhl vor dem Rechner. »Ach, übrigens: Forrester will dich sprechen, bevor du gehst.« Rachels Herz machte einen Hüpfer. Hatte er es sich etwa doch überlegt? Da ihr Chef den letzten Bericht bereits abgenickt und von ihrer derzeitigen Arbeit noch nichts gesehen hatte, konnte es sich eigentlich nur um die Stelle von Andrews drehen. Und wenn er sie zu sich bestellte, dann sicher nicht, um ihr eine Absage zu erteilen. Das würde er im Vorbeigehen erledigen, damit er sich keinem Drama-Gespräch in seinem Büro aussetzen müsste. So jedenfalls lautete die Theorie, die sich innerhalb weniger Sekunden in ihrem Kopf manifestierte.

»Danke. Bis morgen«, sagte sie und klopfte ihm leicht auf die Schulter, bevor sie sich auf den Weg zu Forresters Büro machte.

Das Dienstzimmer des Chefredakteurs war lieblos eingerichtet. Einige Regalschränke teilten sich den Platz an den nackten Wänden mit einem Drucker, einem Kopierer und einem veralteten Wandkalender. Von Billy wusste sie, dass er aus dem Jahr stammte, in dem die Frau Forresters und seine Tochter bei einem Unfall ums Leben gekommen waren, und er es aus nostalgischen Gründen nicht über das Herz brachte, ihn abzunehmen oder durch einen aktuellen zu ersetzen. Der einzige persönliche Gegenstand im Büro war ein auf dem Schreibtisch aufgestelltes Foto, das die glückliche Familie Forrester zeigte. Und auch der Mr. Forrester von vor vier Jahren sah darauf zwar nicht unbedingt attraktiv, jedoch deutlich schlanker und zufriedener aus als heute. Doch Empathie stand bei Rachel gerade nicht hoch im Kurs: Zu sehr hatte sie mit ihren eigenen Problemen zu tun. Sie brauchte diesen Job unbedingt. Natürlich, sie konnte noch bis zum Wochenende ohne Strom klarkommen. Kalt zu duschen war nicht toll, ließ sich aber ertragen. Doch spätestens zum Wochenende würden die Akkus ihres Handys und des Diktiergerätes den Geist aufgeben und die Wäsche machte sich auch nicht von allein. Neue zu kaufen war angesichts ihrer prekären finanziellen Lage unmöglich. Mit dem Job von Andrews aber, den ihr Mr. Forrester gleich zusagen würde, wäre sie die meisten ihrer Sorgen los. Optimistisch, gut gelaunt und etwas angespannt trat sie ein. Forrester hatte den Kopf über eine Akte gesenkt und folgte mit dem Finger Zeile für Zeile dem Text, während er ihn lautlos las. Da er nicht hochschaute, räusperte sie sich nach einer halben Minute, worauf er abrupt mit dem

Lesen aufhörte und sie über den Rand seiner Brille ansah.

»Was gibt´s, Callaghan?« Rachels Lächeln gefror. Will der mich verarschen?

»Billy sagte mir, dass Sie mich sprechen wollten. Geht sicher um die Stelle«, erwiderte sie ernüchtert, denn der Glaube daran war soeben erloschen.

»Die von Andrews? Nein, die bekommt Jones.« Sie hatte ihrem Boss gegenüber nie angemerkt, dass sie chronisch knapp bei Kasse war, und es ging ihn auch nichts an. Dass er sie jedoch einbestellte, nur um ihr einen mitzugeben, sie demonstrativ auflaufen zu lassen, aktivierte das Adrenalin in ihrer Blutbahn. Sie war hin- und hergerissen, ob sie ihm den halbfertigen Bericht auf den Schreibtisch werfen und mit lautem Türknallen einen theatralischen Abgang hinlegen oder ihre Faust inmitten seines teigigen Gesichts parken sollte. Sie entschied sich für einen anderen Weg.

»Und warum sollte ich nun antanzen?«, sagte sie schnippisch und bemühte sich gar nicht darum, ihren Unmut zu verbergen. Forrester schien davon wenig beeindruckt, seine Miene zeigte jedenfalls keine Veränderung. Er schaute von ihr zu seinem Notizblock, der neben einem antiquierten Tischtelefon mit Wählscheibe lag, riss den obersten Zettel ab und hielt ihn ihr entgegen. Was soll das denn jetzt, will der ein Spielchen mit dir treiben? Sie trat auf ihn zu, nahm das Papier und warf einen Blick darauf. Smith & Goldstein hatte er darauf gekritzelt. Der zweite Name war unterstrichen, darunter eine Handynummer notiert.

»Die haben vorhin angerufen und sich nach Ihnen erkundigt. Mr. Goldstein hat nicht genau gesagt, worum es ging, aber er hätte einen lukrativen Auftrag für Sie. Nur für Sie.« Rachel schaute perplex vom Zettel zu Forrester und wieder zurück.

»Wer sind Smith & Goldstein und worum genau geht es? Und warum rufen die nicht mich an, wenn die was von mir wollen?« Der Redakteur seufzte.

»Kann es sein, dass Ihr Smartphone down ist, Callaghan?« Sie zog es aus ihrer Jeans und ihr Blick schien seine Vermutung zu bestätigen. Verdammt, du hattest es doch heute Nacht an den Strom gehängt. Oh, Mann, klar, der war ja schon abgestellt. Verlegen nickte sie, worauf er mit den Augen rollte. »Smith & Goldstein betreiben eine große Anwaltskanzlei und vertreten unter anderem unser Haus.« Er verschränkte die Arme vor seiner Brust und lehnte sich zurück. »Nur deswegen gebe ich das überhaupt an Sie weiter. Ich bin schließlich kein Jobcenter. Sie sollen sich bei Interesse melden und nach Mr. Edward Goldstein fragen.« Er wanderte mit dem Blick hinunter auf seine Akte und nach einem Moment wieder zu Rachel, die immer noch vor dem Schreibtisch stand und auf den Zettel starrte. »Das war alles, Callaghan, schönen Feierabend.«

***

Auf dem Heimweg hatte sie einen Stopp bei der Universität eingelegt, um diskret den Akku ihres Handys zumindest soweit zu laden, dass sie damit über den morgigen Vormittag kommen würde. Aus ihrer eigenen Studentenzeit wusste sie, dass sich in der Mensa einige Steckdosen befanden, die man unauffällig nutzen konnte. Am Nachmittag würde sie es irgendwo in der Redaktion anschließen, auch wenn das dort absolut nicht gern gesehen wurde. Eines der nervigen Dinge, die man als Aushilfe erdulden musste – den Festangestellten wurde natürlich ein Diensthandy gestellt, das selbstverständlich rund um die Uhr an der Dose hängen durfte.

Zu Hause angekommen suchte Rachel als Erstes ein paar Kerzen zusammen, damit sie den Abend nicht im Dunkeln verbringen musste, und legte sie neben der Streichholzschachtel auf dem Wohnzimmertisch parat.

Jetzt schob sie die Teller und Schüsseln auf dem Küchentisch beiseite, die sie in den vergangenen Tagen benutzt und nicht abgeräumt hatte, und aß trockene Cornflakes direkt aus dem Karton. Sie bevorzugte sie normalerweise zusammen mit Milch, doch die war während des Stromausfalls sauer geworden, der natürlich auch den Kühlschrank betroffen hatte. Getreu Murphys Gesetz, dachte sie genervt: Wenn etwas schiefgehen kann, wird es schiefgehen.

Gedankenverloren stopfte sie eine Handvoll Cornflakes nach der anderen in ihren Mund. Als Rachel zur Spüle guckte, auf der sich weiteres Geschirr und Töpfe stapelten, erinnerte sie sich plötzlich an den Zettel. Wie konntest du das vergessen, wo du die Kohle dringend brauchst? Sie zog eine Papierkugel aus der Hosentasche, entknüllte sie, strich den Zettel ein wenig glatt und legte ihn neben die Cornflakesschachtel auf den Tisch.

»Dann wollen wir doch mal recherchieren, was ihr so – ach Scheiße!« Ohne Strom kein Internet, ohne Internet keine Information über Smith & Goldstein. Sie trommelte mit den Fingern auf dem Zettel. Ruf ich da an oder lass ich´s bleiben? »Ach, was soll´s«, sagte sie schließlich und wählte die Nummer.

Nach dem sechsten Klingelton wollte sie den Anruf schon abbrechen, da meldete sich eine dünne Männerstimme mit einem englischen Akzent.

»Edward Goldstein am Apparat.« Rachel stutzte. Warum zum Teufel geht einer der Gesellschafter einer riesigen Firma selbst ans Telefon?

»Rachel Callaghan hier, guten Tag, Mr. Goldstein. Mr. Forrester von der Chicago Tribune sagte, Sie wollten mich sprechen.« Ein helles Fiepen ließ sie erst vermuten, dass etwas mit der Verbindung nicht stimmte. Als sie Mr. Goldstein aber weiter zuhörte, schloss sie darauf, dass er unter schwerem Asthma leiden müsste, da dieses Geräusch in jeder seiner Atempausen auftrat.

»Ms. Callaghan, vielen Dank für Ihren Rückruf. Ich hatte es auf Ihrem Mobilgerät probiert, bin jedoch nicht zu Ihnen durchgedrungen. Daher wählte ich den Weg über Ihren Vorgesetzten. Das ist Ihnen hoffentlich nicht unangenehm?« Unangenehm ist, dass ich mir den Arsch abfriere, nichts Ordentliches zu futtern habe und meinen Akku nicht laden kann, dachte sie. Doch das musste sie dem Anwalt nicht auf die Nase binden.

»Kein Problem«, sagte sie dennoch. Schließlich war es ihre eigene Schuld gewesen, dass der verdammte Akku leergelaufen war. »Was kann ich für Sie tun? Mr. Forrester konnte mir dazu nichts sagen.« Es folgte das Fiepen, unterbrochen von heiserem Gelächter.

»Das, meine Teure, betrifft Mr. Forrester auch nicht und geht ihn dementsprechend nichts an. Nun will ich Sie nicht lange auf die Folter spannen, Sie sind sicher neugierig. Ich wende mich im Auftrag eines Klienten unseres Unternehmens an Sie. Und zwar geht es ihm darum, dass seine Biografie in Buchform verfasst werden soll.« Rachel wurde hellhörig. Biografie? Buch? Sollte jetzt, wo du es am dringendsten brauchst, deine frühere Arbeit, die Politikerbiografie, späte Früchte tragen? Damit hatte sie nicht gerechnet. Tatsächlich hatte sie gar keine konkrete Vorstellung gehabt.

»Und da dachten Sie an mich? Das ist interessant, ich habe doch bislang kaum etwas veröffentlicht. Sehen wir von hunderten langweiligen Regionalreportagen einmal ab.« Sie biss sich auf die Zunge. Warum kannst du deine vorlaute Klappe nicht halten und stellst völlig unnötig dein Licht unter den Scheffel? Sie ohrfeigte sich innerlich dafür.

»Nicht wir, Ms. Callaghan, unser Klient ist überzeugt von Ihrer Arbeit und hat unmissverständlich gesagt, dass er Sie und nur Sie dafür gewinnen möchte.«

»Jetzt haben Sie mich verdammt neugierig gemacht«. Das war keinen Deut übertrieben, sie platzte fast. »Wer ist denn Ihr Klient? Ein Prominenter? Kenne ich ihn? Und über welchen Verlag soll das

Buch verlegt werden?« Erneut vernahm sie das Fiepen gepaart mit dem Lachen.

»Gemach, meine Teure, alles zu seiner Zeit. Ich mache Ihnen folgenden Vorschlag: Sie hören sich in Ruhe an, an welche Bedingungen dieser Auftrag geknüpft ist – und Sie können Gewiss sein, dass es nicht an den finanziellen Konditionen scheitern wird – dann schlafen Sie eine Nacht darüber und falls Sie mit allem einverstanden sind, wovon ich überzeugt bin, geben Sie mir Bescheid und machen sich an die Arbeit. Was sagen Sie dazu?« Rachel war bereits überzeugt, als Mr. Goldstein andeutete, dass die Bezahlung sehr gut sein würde.

»Schießen Sie los. Ich höre.«

»Als Erstes sei gesagt, dass unser Klient anonym bleiben möchte, bis Sie das Manuskript fertiggestellt und mindestens einmal überarbeitet haben.«

»Anonym?« Sie zögerte kurz. »Na ja, mir soll es recht sein, solange ich an alle notwendigen Informationen komme.« *Und du deine Kohle bekommst.*

»Dazu werden Sie ihn einmal pro Woche in einem Hotelzimmer treffen. Unser Klient sagte, ein Zeitfenster von ein bis zwei Stunden hält er für ausreichend. Sie dürfen zu dem Treffen weder Ihr Handy eingeschaltet haben noch einen Fotoapparat oder ein Diktiergerät mitbringen. Ein paar Stifte und ein Notizzettel sind natürlich erlaubt.« *Aha, will er dich filzen? Musst du durch eine Flughafenkontrolle oder was denkt der sich? Handelt es sich etwa um einen hochrangigen Politiker oder um einen paranoiden Whistleblower? Hängt dir am Ende noch das FBI oder Home-*

land Security am Arsch? Dies und einiges mehr schoss Rachel durch den Kopf, doch die Aussicht auf das Honorar wischte die aufkeimenden Zweifel weg.

»Okay. Und weiter?« Sie erwartete noch einen Haken, einen, der ihr die Entscheidung wirklich schwer machen würde.

»Des Weiteren dürfen Sie, solange Sie an dem Buch arbeiten, mit niemandem über unseren Klienten und diesen Auftrag sprechen. Er wird es Ihnen im Einzelfall genehmigen, sollten gewisse Dinge Ihrerseits recherchiert werden müssen. Falls Sie Fragen an ihn haben, notieren Sie diese auf einen Zettel und bringen sie zum jeweils nächsten Treffen mit.«

»Hm«, machte Rachel, »das hört sich etwas, sagen wir mal, spooky an.« Wobei die Adjektive albern oder kindisch es besser getroffen hätten, doch wollte sie Mr. Goldstein und seinen Klienten nicht vor den Kopf stoßen.

»Unser Klient ist speziell und genauso speziell ist dieser Auftrag. Aber seien Sie Gewiss, es lohnt sich für Sie. Wir haben uns schonmal erlaubt, Ihnen eine Anzahlung auf Ihr Konto zu überwiesen.« Das heisere Kichern erklang. »Bevor Sie sich fragen, wie wir an Ihre Bankverbindung gekommen sind: Wir sind nicht nur für die Rechtsberatung Ihres Arbeitgebers zuständig, wir erledigen auch die Buchhaltung für die Chicago Tribune.«

»Okay«, antwortete sie tonlos. Auf die Idee, das zu hinterfragen, wäre ich zwar nicht gekommen, aber trotzdem danke für die überflüssige Information, fügte sie gedanklich hinzu. Es juckte sie in den Fingern, sich sofort in das Homebanking ihrer Hausbank einzuloggen.

»Darüber können Sie unabhängig vom weiteren Verlauf der Zusammenarbeit verfügen. Unser Klient hat zwei Monate angesetzt, um die Rohfassung abzuschließen. Einen Monat nach dem ersten Treffen erhalten Sie den nächsten Abschlag, ein weiterer erfolgt vier Wochen darauf. Wenn das Manuskript überarbeitet ist, wird die letzte Vorauszahlung überwiesen und bei Veröffentlichung bekommen Sie eine Schlusszahlung obendrauf, sodass sich insgesamt ein Honorar in Höhe von 25.000 US-Dollar ergibt.« FÜNFUNDZWANZIGTAUSEND DOLLAR? Für knapp 3 Monate Arbeit? Kneif dich besser nicht, sonst erwachst du aus diesem Traum. Sie musste sich zwingen, Mr. Goldstein weiter zuzuhören, wollte sie doch jetzt am liebsten laut singend, nein, laut kreischend durch ihre Wohnung tanzen. »Nicht zu vergessen, dass Sie als Autorin auf dem Cover namentlich Erwähnung finden und prozentual am Verkauf des Buches partizipieren werden.« Nach einem langen Fiepen fuhr er fort: »Sind wir im Geschäft, Ms. Callaghan?« Rachel schloss langsam ihren Mund, der seit einigen Sekunden offenstand, und schluckte.

»Wann und wo treffe ich diesen Mann?«

***

Direkt nach dem Betreten des Fundortes der Leiche, einem versifften Motelzimmer, hielt sich Detective Miller die Hand vor das Gesicht, eilte durch das

Zimmer und riss das zweiflüglige Zimmerfenster bis zum Anschlag auf.

»Was für ein erbärmlicher Gestank das ist«, entfuhr es ihm. Er hielt den Kopf weit nach draußen und sog die Luft tief in seine Lunge. Erstaunt blickte er zu seinem Kollegen, der, vom Verwesungsgeruch offenbar unbeeindruckt, im Zimmer umherging und mit seinen behandschuhten Händen diverse Einrichtungsgegenstände unter die Lupe nahm, als würde er in einem Supermarkt die Ware in den Regalen betrachten.

»Du bist auch irgendwie ein Weichei geworden, kann das sein?«

»Gut möglich. Vielleicht habe ich aber auch nur das Falsche gegessen.« Langsam gewöhnte sich seine Nase an den Duft des Todes und er machte sich ebenfalls an die Untersuchung der Wohnung.

»Warum gegessen? Du hast das meiste davon doch auf deinem Hemd geparkt.«

»Ja, du mich auch.«

»Was haben die von der Spusi sichergestellt?«, rief Ted aus dem Eingangsbereich. Miller, der im Wohnbereich suchte, zog einen Zettel aus der Tasche und las vor:

»Eine viertelvolle Flasche Discounterwein, auf der es vor Fingerabdrücken nur so wimmelt, zwei einfache Trinkgläser, Bettbezug und Laken, die auch ohne Schwarzlicht schon deutliche Spermaspuren zeigen, und jede Menge Haare vom Fußboden. Und die Hygieneartikel aus dem Bad. Das ist alles ins Labor unterwegs.« Miller öffnete die Tür zum kleinen Waschraum, in dem ihm nichts Besonderes auffiel. Er sah ein paar Handtücher, Seife und einen unbenutzten Zahnputzbecher, was er auch erwartet hatte. »Mich würde es nicht wundern, wenn wir auf allen Sachen Fingerabdrücke von fünf Leuten finden würden. Und was die Haare angeht – hier wurde doch seit Monaten nicht mehr richtig saubergemacht.«

»Schrei doch nicht so«, sagte Ted grinsend, der jetzt direkt hinter ihm stand. »Eingangs- und Schlafbereich sind abgecheckt, keine weiteren Auffälligkeiten. Und ja, das ist ein Drecksloch hier, wie kann man hier nur pennen?«

»Brian Kruger wird uns dazu leider nichts mehr sagen können«, erwiderte Miller trocken. Sie hatten bei ihrer Ankunft den Namen des Opfers von einem Officer erfahren, der dessen Papiere im unverschlossenen Wagen des Mannes beim Durchsuchen des Handschuhfaches gefunden hatte. Das Kennzeichen war in Kentucky geprägt worden und Brian Kruger selbst war in Louisville, einer Stadt im Norden des Staates, wohnhaft gemeldet. Kruger hatte sein Zimmer im Voraus bar bezahlen und somit anonym einchecken können, daher hatte sich die Identifizierung der Leiche verzögert.

»Also hatte Brian hier ein Rendezvous«, folgerte Ted. »Und entweder war die Dame nicht zufrieden mit ihm und hat ihn deswegen niedergemetzelt oder jemand stattete ihm nach dem Schäferstündchen einen Besuch ab.«

»Oder besagte Dame arbeitet mit jemandem zusammen, der für die Drecksarbeit zuständig ist.«

»Warten wir die Laborergebnisse ab und was unser System ausspuckt. Bis dahin sollten wir uns mit seiner Familie und seinem Chef unterhalten. Sofern vorhanden.«

Miller seufzte. Als ob sie in Chicago nicht schon genug eigene Kriminalität hätten – warum nur mussten irgendwelche Schwachköpfe ihre Konflikte immer wieder hierher verlegen, die doch offensichtlich in anderen Bundesstaaten ihren Ursprung hatten. Dabei dachte er an einen ähnlich gelagerten Fall, der sich vor einigen Monaten hier in der Gegend ereignet hatte. Genaueres darüber wusste er nicht, da das damalige Tötungsdelikt von Kollegen einer anderen Abteilung bearbeitet worden war. Seine hatte zu dem Zeitpunkt keine Kapazitäten dafür. Er würde mit einem der in diesem Fall federführenden Detectives Williams oder Martinez reden, sobald er morgen früh wieder im Department war. Die Akte konnte er zwar bereits einsehen, doch ihm fehlten darin Eindrücke und Bauchgefühle der Ermittler, die von Bedeutung sein konnten und für Miller, der selbst oft intuitiv handelte, nicht zu unterschätzende Hilfsmittel darstellten. Ted, der sich eher auf harte Fakten verließ, hatte seinen Kollegen schon mehrfach deswegen aufgezogen.

***

Rachel starrte auf die Zeile, deren schwarze Schrift sich am unteren Rand ihres Smartphonedisplays deutlich vom mattgelben Hintergrund abhob. Aktueller Kontostand: 939,34 US-Dollar. Haben! Plus! Sie rieb sich die Augen und aktualisierte den Kontoauszug ihrer Hausbank zum wiederholten Male. Tatsächlich waren ihr heute genau Eintausend Dollar gutgeschrieben worden. Jedoch war nicht ersichtlich, von wo das Geld stammte. In der Betreffzeile unter dem Wort Gutschrift fand sie nur eine scheinbar zufällige Abfolge von Buchstaben, Zahlen und Sonderzeichen. Wen juckt´s? Dich doch nicht. Sie schüttelte den Kopf. Sollte heute etwa tatsächlich ihr Glückstag sein? Der Tag, der ihr Leben endlich zum Guten wenden würde? Der Tag, auf den sie so lange hatte warten und so einige Kröten in dieser Zeit fressen müssen?

Nachdem sie sich noch ein letztes Mal ihres Kontostandes versichert hatte, wies sie per Sofortüberweisung den ausstehenden Betrag an die Stadtwerke an, deren Servicemitarbeiter im anschließenden Telefonat freundlich bestätigte, dass in wenigen Stunden der Strom wieder eingeschaltet sein würde. Sie würden sich für die Unannehmlichkeiten entschuldigen und unnötigerweise klärte der Callcenter-Mitarbeiter sie darüber auf, dass eine ausreichende Kontodeckung ihr solche unangenehmen Situationen ersparen würde.

»Vielen Dank«, hatte Rachel höflich geantwortet und ein ›Fick dich, du verdammter Hurensohn!‹, gedanklich hinterhergeschoben, während sie mit einem Fingertippen das Gespräch beendete. Doch sie war viel zu gut drauf, um sich länger als ein paar Sekunden zu ärgern. Abrupt stand sie auf und tigerte durch die Wohnung, drückte immer wieder auf die Schalter verschiedener elektrischer Geräte. Nichts passierte, nichts sprang an. Sie spielte an den Lichtschaltern, fummelte an der Klimaanlage herum und stöpselte in fast jede Dose ihrer Wohnung den Stecker eines elektrischen Gerätes, obwohl sie natürlich wusste, dass entweder aus allen oder aus keiner Strom kommen würde. Jedoch war sie wegen ihres Kontostandes noch so aus dem Häuschen, dass sich rationale Überlegungen gerade nicht in ihrem Kopf durchsetzen konnten.

Ein kreischender Lärm aus dem Halbdunkel ihrer Küche ließ sie zusammenfahren. Im ersten Moment dachte sie tatsächlich, jemand wäre in ihrer Wohnung. Ein Einbrecher vielleicht. Als sie vom Licht im Flur geblendet wurde und die Stereoanlage im Wohnzimmer einen akustischen Gegenpart zum Krach in der Küche bildete, hatte sie natürlich begriffen, dass lediglich der Strom wieder eingeschaltet worden war. Sie eilte in die Küche und stellte zuerst den Mixer aus, in dessen leerem Glasbehälter die Klingen in einem Höllentempo kreisten. Den zum Test anzustellen gehörte nicht zu deinen cleversten Einfällen.

Rachel vergewisserte sich, dass sie alles ausgestellt hatte, was sie an elektrischen Gerätschaften gerade nicht benötigte. Endlich herrschte wieder Ruhe, was wohl auch der Nachbar von nebenan mitbekommen hatte, jedenfalls hörte sie ihn nicht mehr gegen die Wand klopfen. Nach der Kontrollrunde durch ihre

Wohnung fasste sie den Entschluss, sie in diesem Zuge auf Vordermann zu bringen. Wenn du schon einen neuen Lebensabschnitt einschlägst, dann kann der auch in einem aufgeräumten und gut sortierten Haushalt erfolgen. Und wenn wir ehrlich sind, Schätzchen, deine Bude hat es dringend nötig.

Sie ließ heißes Wasser in die Spüle laufen, gab Spülmittel dazu und weichte die besonders verkrusteten Teller und Pfannen ein. Währenddessen suchte sie die in der Wohnung verteilten, schmutzigen Wäschestücke zusammen, stopfte sie in die Waschmaschine und zog sogar ihr Bettzeug ab. »Das war tatsächlich höchste Zeit«, sagte sie und verzog ihr Gesicht dabei ebenso wie heute Morgen, als sie das Kondom aus dem Bett geworfen hatte. »Verdammt, das muss ich ja auch noch –.« So, wie sie es heute früh hinterlassen hatte, lag es auch jetzt noch da. Ein säuerlicher Geschmack breitete sich aus, den Würgereflex konnte Rachel jedoch unterdrücken. Heute musst du nicht kotzen, denn heute ist ein guter Tag! Sie benutzte den Kopfkissenbezug als Handschuh und entsorgte das Verhütungsmittel im Mülleimer unter der Spüle. Sie goss ihre Blumen, die bereits fast mit ihrem Dasein abgeschlossen hatten und dankbar das Wasser aufsogen. Nachdem sie in der Küche klar Schiff gemacht hatte, bezog sie das Bett neu. Jetzt fehlte nur noch das Saugen und Wischen des Fußbodens. Gedacht – getan. Kurz darauf verschwand unter dem monotonen Brummen des Gerätes mehr Dreck darin, als sie sich vorgestellt hatte. Sie musste gar den vollen Beutel ersetzen und das Wasser im Wischeimer war zum Ende hin schwarz wie Teer. Fertig. Sie hatte die komplette Bude von Grund auf gereinigt. Zum ersten Mal überhaupt, seit sie hier wohnte. Was dich nicht zwingend mit Stolz erfüllen sollte. Sie begann, sich ein klein wenig dafür zu schämen, doch dieses Gefühl verschwand so plötzlich, wie es gekommen war, als sie einen Blick unter ihr Bett warf. Was liegt denn da? Sie bückte sich und betrachtete es genauer. Im ersten Moment dachte sie, es wäre eine tote, bereits halb verrottete Maus. Doch je länger sie darauf starrte, umso sicherer war sie, dass es doch eher anorganisch wäre. Mit spitzen Fingern zog sie es hervor und hielt es gegen das Licht. Wenig später entsorgte sie es mit vielen anderen, unnützen Dingen im Müll.

Kapitel 4

Detective Williams und seine Partnerin kämen erst gegen Mittag rein, würden sich aber sofort mit ihm in Verbindung setzen, sobald sie vom Außeneinsatz zurück wären, sicherte man Miller telefonisch zu.

»Ausgeflogen?«, wollte Ted wissen, der an der Türzarge zu Millers unaufgeräumtem Büro lehnte, in dem einfach keine Grünpflanze länger als ein paar Monate überlebte. Was möglicherweise am viel zu kleinen Fenster lag oder daran, dass er sie, wenn überhaupt, nur selten mit Wasser goss. Meist bekamen sie abgestandenen Kaffee oder die Reste aus einer Coladose. So einfach gab Miller, der sich für einen Pflanzenliebhaber hielt, jedoch nicht auf und nur Tage, nachdem eine Pflanze eingegangen war, holte er sich die nächste. Er dachte gar nicht daran, sich zu informieren, welche Sorte bei ihm tatsächlich eine reelle Chance haben würde. Schließlich hatte er den grünen Daumen. Und offensichtliche Wahrnehmungsstörungen, die ihm Ted auf seine gärtnerischen Fähigkeiten bezogen mehrfach attestiert hatte.

»Jop, bis Mittag unterwegs. Aber ich denke, bevor wir unsere Zeit mit den trockenen Akten verschwenden, schauen wir doch, was das Umfeld Krugers so hergibt.« Ted trat an den Schreibtisch und nahm den Zettel entgegen, den Miller ihm hinhielt. »Unten steht die Nummer seiner Vermieterin, oben die seines

Arbeitgebers. Wen nimmst du?« Ted hob die Augenbrauen. Er schaute auf den Zettel, faltete ihn horizontal in der Mitte, zog mit dem Daumennagel entlang der Falz und teilte ihn anschließend so sauber entzwei, als hätte er dafür eine Schere benutzt. Daraufhin mischte er die beiden Hälften wie Spielkarten, stimmte die dramatische Filmmusik vom *Weißen Hai* an und gab Miller schließlich den Teil mit der Nummer des Arbeitgebers.

»Demnach ruf ich wohl seine Vermieterin an.« Miller hielt sich die Hand an die Stirn. Seit drei Jahren war Ted jetzt in seinem Team und er konnte sich immer auf ihn verlassen, aber an manche seiner Eigenheiten würde er sich wohl nie gewöhnen.

»Das hättest du auch weniger theatralisch haben können.«

»Nimm mir nicht meine Momente«, sagte er, während er demonstrativ das Gesicht nach oben reckte und abwendete. Als er merkte, dass Miller nicht mitspielen wollte, drehte er sich achselzuckend um und ging aus dem Büro. »Spaßbremse«, warf er ihm auf der Türschwelle noch zu, dann war Miller wieder allein. Er griff zum Telefon und wählte die Nummer des Arbeitgebers.

Nachdem er sich dem Herrn in der Firmenzentrale vorgestellt und gesagt hatte, worum es ging und mit wem er verbunden werden wollte, stellte man ihn zügig durch.

»Guten Morgen, Detective Miller, mein Name ist Gina Baker, ich bin die Vorgesetzte von Mr. Kruger.

Mir wurde bereits gesagt, worum es geht. Das ist ja schrecklich! Ermordet sagen Sie? Kein Wunder, dass er auf unsere Anrufe nicht mehr reagiert hat. Was genau ist denn passiert?«, plapperte sie auf ihn ein. Und er hatte bisher nur einen Kaffee intus. Wie sollte er das nur aushalten?

»Hi, Ms. Baker, zu den Einzelheiten darf ich zum gegenwärtigen Zeitpunkt keine Angaben machen. Laufende Ermittlungen und so, Sie verstehen?« Sie kicherte, worauf er leise aufstöhnte und die Augen verdrehte.

»Ja, selbstverständlich, entschuldigen Sie meine Neugierde.« Erneutes Kichern. Sie räusperte sich und fuhr in geschäftsmäßigem Ton fort. »Was also kann ich für Sie tun, Detective?« Geht doch, warum nicht gleich so?, dachte Miller.

»Nun, laut unseren Informationen ist, oder besser war Mr. Kruger mehrere Jahre als Außendienstmitarbeiter für Ihr Unternehmen tätig?«

»Richtig. Er fährt unsere Kunden an, informiert diese über unsere neuesten Produkte und nimmt die ein oder andere Bestellung vor Ort auf. Dabei handelt es sich hauptsächlich um Farmen, Werkstätten und kleine Drugstores.«

»Gemäß unserer Rechtsmedizin ist Mr. Kruger vor drei Tagen zwischen 18 und 24 Uhr gestorben«, gab er die Information über den Todeszeitpunkt an Gina Baker weiter, den er und sein Kollege am Morgen erfahren hatten. »Sind Sie über seine Termine im Bilde? Können Sie uns etwas über diesen Tag und vor allem den Abend sagen? Wir konnten sein Smartphone

bisher nicht knacken, tappen also noch im Dunkeln.«
Er hörte das typische Klackern, das entsteht, wenn man mit Hilfe des 10-Finger-Systems über die Tastatur fliegt.

»Ja, natürlich, hier haben wir seinen Terminplan schon. Vor drei Tagen, also am Dienstag. Nun, er hatte ... das ist ja seltsam.«

»Was ist seltsam?«

»Hm, anscheinend hatte er sich Dienstag einen Tag frei genommen. Montag um 16 Uhr war der letzte Termin in der Nähe von Springfield und der nächste wäre Mittwoch um 10 Uhr gewesen. Allerdings nicht in Chicago.«

»Sondern?«

»In Bloomington.«

»Das sind ja hundert Extrameilen hin und am nächsten Tag nochmal zurück. Heißt das, er war eher nicht dienstlich in der Stadt? Hatte er vielleicht einen neuen Kunden an der Angel?« Nach einem kurzen Zögern antwortete die Chefin Krugers.

»Nach meinen Unterlagen definitiv nicht, nein. Und Neukundenakquise gehört nicht zum Aufgabengebiet unserer Außendienstmitarbeiter. Jedenfalls keine Verhandlungen, die über das bloße Anbahnen als solches hinausgehen.«

Was immer das auch heißen mag, dachte Miller und erfuhr im weiteren Gespräch, dass Kruger eher ruhig und eigenbrötlerisch war, kaum Kontakt zu anderen in der Firma pflegte, seinen Job jedoch ohne Beanstandung machte und überzeugend im Kundenkontakt auftreten konnte, solange es dienstlich blieb. Trotz seines Stotterproblems, das ihm laut seiner Chefin nur auf privater Ebene zu schaffen machte. »Er selbst hat es damit erklärt, dass er nur stottern würde, wenn er mit irgendeiner Emotion ins Gespräch ging, war mir aber auch gleichgültig, solange er es während seiner Arbeitszeit im Griff hatte«, erklärte Gina Baker und bestätigte nach Rückfrage in der Personalabteilung und bei einigen Kollegen, dass Brian Kruger nie verheiratet gewesen war und seine Zwei-Zimmer-Wohnung im Norden Kentuckys nur selten nutzte, häufig in Motels in der Nähe seiner Kundentermine übernachtete.

Zum Ende des Gesprächs erschien Ted mit einer angedeuteten Stepptanzeinlage in der Tür.

»Wer, meinst du, hat seinen Anruf schon hinter sich?«, fragte er breit grinsend.

»Ich«, erwiderte Miller trocken und gab seinem verdutzten Kollegen den Inhalt des Gesprächs wieder. »Was hast du erreicht?«

»Wenn ich es richtig verstanden habe, hat mich seine Vermieterin zu einem Date eingeladen«, erklärte Ted lachend und fügte hinzu, dass sie ihrer Stimme nach um die 80 Jahre alt sein müsste. »Er war wohl selten zu Hause, hat bislang seine Miete pünktlich gezahlt und wenn er Besuch hatte, so sagte sie mir im Vertrauen, dann kam dieser sehr spät, jedenfalls wenn es dunkel war. Sie tippte auf Prostituierte. Aber ich kann dir nicht genau sagen, ob sie überhaupt gerafft hat, dass sie sich einen neuen Mieter suchen muss.«

»Hilft ja alles nichts, aber passt mit der Aussage seiner Chefin überein.« Er legte beide Hände flach auf die Tischplatte, klopfte ein paar mal und verzog den Mund. »Dann fragen wir die Kollegen aus Louisville mal, ob die sich seine Wohnung genauer anschauen wollen.« Ted klatschte einmal die Hände zusammen und wandte sich wieder zum Gehen.

»Ich kümmere mich darum.«

***

Rachel hatte unruhig geschlafen, mehrmals wachte sie auf und wanderte durch ihre Wohnung. Nachdem sie um 4 Uhr das letzte Mal aufgestanden und eine Viertelstunde später wieder ins Bett gegangen und eingeschlafen war, kitzelte sie jetzt ein Sonnenstrahl an der Nase. Sie rieb mit der Hand darüber, streckte sich und gähnte. Kaum zu glauben, dass man sich innerhalb von 24 Stunden so komplett anders beim Aufwachen fühlen konnte. Kam sie sich gestern noch vor wie durchgekaut und ausgespuckt, fühlte sie sich nun fit, frisch, munter und voller Energie. Sie schaute zum Wecker und atmete beruhigt durch, da sie noch ein paar Stunden Zeit hatte, bis sie bei der Tribune sein müsste. Musst du da überhaupt noch hin? Jetzt, wo du auf dem Weg zu Wohlstand und Ruhm bist? Sie lachte laut auf, was sich in ihren Ohren ein wenig unheimlich anhörte. So klingst du, wenn du irrwirst, sagte sie sich und begnügte sich nun mit einem stummen Grinsen. Mehrfach hatte sie gestern am Küchentisch eine 25 mit drei Nullen dahinter aufgemalt oder ausgeschrieben, in Schreibschrift und in Blockbuchstaben. Man konnte es drehen und wenden, wie man wollte, sie würde einen ordentlichen Sack voll Kohle mit einer simplen Biografie abgreifen. Einfacher, als die Lebensgeschichte eines Menschen aufzuschreiben, der sie einem praktisch diktiert, konnte man ihrer Meinung nach sein Geld nicht verdienen. Klar, die Story müsste etwas aufgehübscht, sauber und spannend artikuliert werden, sodass sie auch für Dritte interessant zu lesen sein würde. Doch gerade das lag Rachel im Blut: Für den Witz und die liebenswerten Spitzen in ihrem letzten Werk wurde sie vielfach gelobt. Rachel lachte auf, hätte sie den Job doch auch für einen Bruchteil des Honorars angenommen. Du bist ab sofort eine Gewinnerin!, gab sie als Marschplan aus und war überrascht davon, dass sich ihre gute Laune noch steigern konnte. Nichts wird deinem Erfolg jetzt noch im Wege stehen. Sie schmunzelte über sich selbst. Doch so ganz unrecht hatte sie nicht, denn selbst wenn sich das fertige Buch hinterher kaum verkaufen würde, hätte sie mit der fix zugesagten Knete für bestimmt ein Jahr ausgesorgt.

Nach einer Dusche holte sie sich ein Croissant aus Joe´s Diner, der in der Nähe ihrer Wohnung lag, rund um die Uhr geöffnet hatte und dessen Stammkundin Rachel seit langem war. Zusammen mit einem frisch gekochten Kaffee genoss sie ihr kleines Frühstück in ihrer aufgeräumten Küche. In sauberen Klamotten aus einer abgewaschenen Tasse. Im Anschluss wählte sie dieselbe Nummer wie am Abend zuvor und teilte dem giemenden Mr. Goldstein mit, den Auftrag anzunehmen.

»Und vielen Dank noch für den Vorschuss«, fügte sie höflich hinzu, nachdem sie das weitere Prozedere besprochen hatten. Rachel fühlte sich großartig, voller Tatendrang und hätte am liebsten sofort losgelegt. Die verstörende Entdeckung unter ihrem Bett gestern hatte sie bereits völlig verdrängt.

***

Die Tür zu Millers Büro schwang auf und eine Kollegin mit unübersehbaren lateinamerikanischen Wurzeln trat ein.

»Williams kommt heute nicht mehr rein, kann ich dir helfen?« Miller musterte sie und blieb für eine Sekunde zu lange an ihrem Ausschnitt hängen. Dem sehr tiefen Ausschnitt. Sie hielt ihre Hand davor und deutete mit dem Zeigefinger in Richtung ihres Gesichts. »Hier spielt die Musik, Kollege.«

»Ja, äh, klar«, stammelte er, fing sich jedoch schnell. »Hallo erstmal, Colina. Hat man dir ausgerichtet, worum es geht?«

»Nein.« Sie schüttelte den Kopf, während sie einen Stuhl heranzog und sich verkehrt herum daraufsetzte, um sich mit den Unterarmen auf der Rückenlehne abzustützen. »Nur, dass ihr einen Fall habt, der mit einem von uns zusammenhängen könnte.«

»Richtig«, bestätigte er und drehte den Monitor so, dass beide darauf schauen konnten. Nacheinander klickte er über zehn Fotos an, die die verstümmelte Leiche und den Ablageort zeigten. Miller beobachtete Detective Colina Martinez. Die hartgesottene Polizistin verzog keine Miene.

»Okay, ein Motel am Stadtrand, zwei Gläser und eine Pulle Billigwein auf dem Tisch. Und ziemlich üble Verletzungen. Einen zwingenden Zusammenhang mit einem unserer Fälle kann ich dabei nicht erkennen.«

»Und wenn ich dir sage, dass im Getränkerest Spuren von GHB gefunden wurden?«, schob er die jüngsten Erkenntnisse des Labors hinterher.

»K.-o.-Tropfen?« Sie verzog das Gesicht. »Die fanden wir auch. Aber die Verletzungen unterscheiden sich doch deutlich: Eurem Mann wurde das Gehänge abgeschnitten, woran er wahrscheinlich verblutet ist?« Miller nickte zur Bestätigung. Laut Autopsie verstarb Kruger, während er bewusstlos gewesen war. Sonst hätten sie zumindest Spuren seines Blutes an seinen Händen finden müssen, die er mit Sicherheit panisch auf die Wunde gedrückt hätte. Da an den Handgelenken keinerlei Quetschungen, Schnitt- oder Schürfwunden gefunden wurden, gingen sie nicht davon aus, dass er gefesselt worden war. Was wiederum das Ergebnis des Pathologen stützte. »Bei unserem Opfer sah das doch ganz anders aus.«

Sie glichen sämtliche bekannte Details beider Fälle miteinander ab und Miller bot seiner Kollegin an, ihren Fall zu übernehmen – unabhängig davon, ob sie eine Verbindung zu ihrem Mordopfer finden würden oder nicht.

»Alles klar, er gehört euch. Das verschafft uns etwas Luft. Danke.« Sie sprang vom Stuhl, der quietschend nach vorn rutschte, und verabschiedete sich knapp.

»Ich habe zu danken«, erwiderte Miller.

Ted verpasste sie nur um eine halbe Minute, was er persönlich bedauerte, denn auch ihm war der attraktive Ausblick bekannt, den Colina Martinez meist bot.

»Miller, du musst mir doch Bescheid geben, wenn so eine hier aufschlägt.«

»So eine ist unsere Kollegin. Punkt.«

»Ach, Miller, du verpasst dein ganzes Leben«. Er schüttelte mitleidig den Kopf. »Okay, also trotz Zweifeln von Colina gehen wir der Sache mit Verdacht auf einen Serienmörder nach«, stellte er kurz darauf fest, nachdem Miller ihn über das Gespräch mit Martinez informiert hatte. »Das verspricht, spannend zu werden.«

»Weil es bei uns ja auch immer so langweilig ist«, erwiderte Miller ironisch.

»Komm schon, Miller, du weißt doch, dass meine Reizschwelle deutlich über der von euch Hobbybullen liegt.«

»Das einzige, das ich weiß, ist, dass du nicht ganz dicht bist.«

»Aus deinem Mund fasse ich das mal als Kompliment auf.«

Kapitel 5

Julia hob den Kopf, als sie Rachel auf sich zukommen sah, spitzte ihren Mund und stieß einen Pfiff aus.

»Was ist mit meiner Kollegin geschehen und wer sind Sie?«, fragte Julia lachend und ergänzte: »Wow, du siehst ja wie ausgewechselt aus. Was ist passiert? Raus damit.« Die Angesprochene schaute leicht verwirrt zu ihrer Kollegin hinunter. Okay, also hat der Spiegel dich vorhin nicht getäuscht. Kein Wunder, du fühlst dich ja auch wesentlich besser als sonst.

»Hi, Julia. Danke, du siehst natürlich auch blendend aus«, gab sie das nicht übertriebene Kompliment zurück, denn die um ein paar Jahre jüngere Deutsche hatte trotz ihrer Drogenvergangenheit eine schöne und reine Haut, die ihre femininen Gesichtszüge angemessen zur Geltung brachte. Über Julias tadellose Figur wollte Rachel gar nicht weiter nachdenken, der jeder Doughnut sofort auf der Hüfte hängenblieb. Aber jetzt beruhig dich und pass auf, was du sagst. Denk an den Deal: Zu niemandem ein Wort davon! »Ich bin gestern abend zu Hause geblieben und habe einfach ausgeschlafen«, erklärte sie mit unschuldigem Blick.

»Ausschlafen wird überschätzt, aber das solltest du öfter machen. Zuhause bleiben, meine ich natürlich.« Sie lehnte sich zurück, musterte ihre Kollegin von oben bis unten und schnalzte mit der Zunge. »Jedenfalls dann, wenn DAS das Ergebnis ist.«

»Ja, du kannst jetzt mit dem Geschleime aufhören, du bekommst kein Date mit mir.«

»Schaaaade«, sagte Julia grinsend. Sie wandte sich zur Tastatur, speicherte ihre Arbeit und stieß sich vom Schreibtisch ab. Sie rollte einen Meter auf dem Bürostuhl zurück und erhob sich. »Okay, ich bin fertig, der Tisch gehört jetzt dir.« Rachel stellte ihre Handtasche neben den Monitor und schob sich an Julia vorbei zum Stuhl. Aus der jetzt getauschten Perspektive verabschiedete sich die Deutsche.

»Wir sehen uns dann übermorgen«, entgegnete Rachel. Natürlich, Billy würde morgen die Mittelschicht übernehmen, wodurch sich die beiden Frauen nicht begegnen würden. Julia legte salutierend zwei Finger an die Stirn und schlenderte davon, während Rachel einen USB-Stick in den Rechner steckte und einige Dateien aufrief, die sie zur Fertigstellung ihrer Story gestern angelegt und gespeichert hatte.

Auf dem Bildschirm war noch die Google-Startseite zu sehen, die Julia offenbar zuletzt genutzt hatte. Rachels Hand bewegte die Maus, sodass der Cursor mit gleichmäßiger Geschwindigkeit diagonal über den ganzen Bildschirm wanderte. Nein, Rachel, du darfst nicht recherchieren. Setz nicht wegen deiner Neugier die ganze Kohle auf´s Spiel. Mit einem Lächeln verkleinerte sie das Fenster und zog ihren Bericht auf Bildschirmgröße. Im Moment hatte sie eh keinen Anhaltspunkt, wonach sie hätte suchen sollen. Das würde heute Abend vielleicht schon ganz anders aussehen, denn um 21 Uhr stand ihr erstes Treffen mit ihrem Auftraggeber in ihrem Kalender. Und nicht nur wegen der vielen Kohle, auch wegen der Geheimniskrämerei, die der Mann um sein Projekt veranstaltete, war sie um ein Vielfaches neugieriger auf diesen Job, als sie es damals bei der verhältnismäßig trockenen Story über den pensionierten Politiker gewesen war. Kein Wunder! Dessen größter Skandal war das Schummeln auf der High School und dass er mal mit einer Freundin seiner langjährigen Ehefrau geknutscht hatte. Sicher hätte Rachel noch ein paar weitere Leichen aus dem Keller des Mannes holen können, aber der Mehrwert wäre den Aufwand nicht wert gewesen. Dazu war der Typ einfach zu langweilig und wenig charismatisch.

An Mr. None hingegen, wie sie ihren Auftraggeber getauft hatte, damit sie einen Arbeitsnamen nutzen konnte, hatte Rachel deutlich höhere Erwartungen. Insgeheim hoffte sie, der Mann wäre ein Wirtschaftsboss, der es durch Intrigen und halbseidene Geschäfte an die Spitze eines multinationalen Imperiums geschafft hatte und nun Offenbarungen machte, die die ganzen USA in ihren wirtschaftlichen Grundfesten erschüttern würden. Mr. None und sie selbst würden im Wechsel oder zusammen von Talkshow zu Talkshow tingeln, Interviews in den größten TV-Sendern und überregionalen Zeitungen geben. Kurzum: Ihr Leben wäre nach der Veröffentlichung nicht mehr annähernd mit ihrem jetzigen zu vergleichen. Monatelang würde die Biografie über Mr. None die Bestsellerlisten anführen, vielleicht sogar die in Europa und

Asien. Natürlich. Weltweit. Klotzen statt kleckern. Think big! Und sie als Autorin würde für ein fürstliches Honorar und fette Spesen nach Berlin, Paris, London, Madrid und Moskau reisen, um über ihr Buch und Mr. None zu sprechen. Die in Massen eintreffenden Folgeaufträge, die ihren Ruhm weiter steigern würden, hatte sie noch gar nicht einkalkuliert, stellte sie frohlockend fest.

»Callaghan, wie weit ist der Bericht?«, riss sie die Stimme ihres Chefredakteurs aus ihrer Träumerei. Sie lächelte ihn an. Der Tag war einfach zu schön, um sich runterziehen zu lassen. Selbst von diesem stets mürrischen, grummelnden Kerl, der sich Chefredakteur nannte. »Was ist los mit Ihnen? Sind Sie auf Drogen?«

»Nein, natürlich nicht«, erwiderte sie hastig. Heute nicht, fügte sie gedanklich hinzu, und dass er sie mal könne. »In einer Stunde liegt er auf Ihrem Schreibtisch, Mr. Forrester.«

Er schien damit zufriedengestellt zu sein, denn er steuerte kommentarlos auf einen Kollegen im hinteren Teil des Großraumbüros zu. ›Danke, Ms. Callaghan, auf Sie ist immer Verlass. Es tut mir leid, dass ich Sie bei der Vergabe der Festanstellung übergangen habe. Sie sind eine große Stütze für unsere Zeitung. Beim nächsten Mal sind Sie dran und werden ein astronomisches Gehalt bekommen‹. Ja, so etwas wäre Rachels Meinung nach angebracht gewesen, aber mittlerweile kannte sie ihren Chef gut genug, da hätte sie selbst eine simple Aussage wie ›gut gemacht‹ doch eher überrascht. Sie schüttelte den Kopf. Scheiß drauf, wenn alles so klappt, wie du es dir vorstellst, bist du in ein paar Monaten eh nicht mehr auf diesen Hungerlohn hier angewiesen.

Rachel merkte schnell, dass sie nicht richtig bei der Sache war, die Gedanken kreisten doch immer wieder um ihren 21-Uhr-Termin. Konzentrier dich, Mädel! Du wirst doch wohl noch diesen lächerlichen Bericht fertigbekommen, ohne ständig abzuschweifen. Und wieder malte sie sich das Treffen aus. Wie würde er wohl ... Nein! Schluss jetzt! Sie schlug fest mit der flachen Hand auf den Tisch, woraufhin einige Kollegen ihre Arbeit unterbrachen, kurz zu ihr herüberschauten, um sofort wieder wegzusehen und weiterzuarbeiten. Rachel hob entschuldigend die Hand, obwohl niemand mehr hersah, und ging sich einen Kaffee holen. Dir fehlt nur Koffein, das ist alles. Es wäre doch gelacht, wenn du dieses blöde Ding nicht zu Ende bekämst.

Knapp eine Stunde später warf sie einen abschließenden Blick auf ihr Tagwerk, druckte es aus und machte sich damit auf den Weg zu Forrester. Der wirkte wie immer sehr gestresst, überflog ihren Text und nickte lediglich. Das soll dir reichen, auf Smalltalk mit ihm hast du eh keinen Bock. Wieder zurück an ihrem Schreibtisch hinterlegte sie den Bericht mit der üblichen, auf ein Post-it geschriebenen Bitte an Billy, ihn Korrektur zu lesen und danach weiterzuleiten. So hielten die drei Aushilfen es üblicherweise, wobei der mit der letzten Schicht natürlich einen anderen Kollegen dazu einspannen musste.

Die Zeit verflog und der Uhrzeiger näherte sich unaufhaltsam ihrem ersten ›Date‹ mit Mr. None. Auf dem Weg nach Hause sprang ihr die Auslage der Boutique an der 211ten Straße ins Auge und für eine halbe Sekunde hatte sie mit dem Gedanken gespielt, das unglaublich heiß geschnittene, rote Kleid mit den schwarzen Diagonalstreifen anzuprobieren und heute Abend zu tragen, wenn sie zu ihm ins Hotel gehen würde. Doch eine weitere halbe Sekunde später musste sie schon über sich lachen. Da hast du einmal etwas Kohle auf deinem Konto, und dir fällt nichts Besseres ein, als es für ein Cocktailkleid rauszuhauen, das du obendrein zu einem Arbeitstreffen tragen willst, um einem Typen zu imponieren, den du nicht einmal kennst. Du bist Autorin, kein Callgirl! So ging sie mit einem letzten sehnsüchtigen Blick auf das Kleid weiter.

Rachel überraschte es selbst, wie wohl sie sich in ihrer Wohnung fühlte, die nach der Generalreinigung gestern jetzt im Tageslicht erstrahlte und bei wachem Verstand – heute Vormittag hatten sich ihre Augen noch im Halbschlafmodus befunden – zum ersten Mal seit ihrem Einzug wieder ein Ort war, an den sie gern zurückkehrte. So, wie es eigentlich immer sein sollte, was sie wegen ihrer Schlamperei und Gleichgültigkeit jedoch schon vergessen hatte.

»Ein paar Stifte und Notizzettel darf ich mitnehmen. Sehr großzügig«, murmelte sie vor sich hin, während sie das Arbeitsmaterial zusammensuchte, nachdem sie eine Stunde vor ihrem Kleiderschrank gestanden hatte. Sie konnte sich einfach nicht entscheiden, welches Outfit sie denn gleich tragen sollte, bis ihre Wahl schlussendlich auf ein schlichtes, beiges Kostüm gefallen war. Nach einer Dusche bereite sie sich ein Sandwich zu. Eine Stunde blieb bis zum Treffen, die Fahrt zum Hotel würde etwa eine halbe in Anspruch nehmen, hatte sie recherchiert. Ja, das durftest du wohl in Erfahrung bringen, dachte sie und grinste, da ihr ja Recherchen bei diesem Auftrag explizit untersagt worden waren.

Die L traf wie immer pünktlich auf die Minute ein und der anschließende Fußweg zum Hotel dauerte exakt die sieben Minuten, die ihre Routenapp vorhin angezeigt hatte. Sieben Minuten durch einen Stadtteil, dem ein eher zweifelhafter Ruf anhaftete und in den sie sich bislang nur selten verirrt hatte. Und das bei fortschreitender Dämmerung. Egal, dich wird schon niemand verschleppen. Trotzdem suchte sie in ihrer Handtasche nach dem Tränengas und atmete beruhigt aus, als ihre Finger die Spraydose ertastet hatten. Kurz darauf erreichte sie ihr Ziel. Auf dem Gehweg vor der Eingangstür blieb sie einen Moment stehen und besah sich die Fassade des Gebäudes. Ein seltsames Gefühl beschlich sie. Aufgrund des in Aussicht gestellten fürstlichen Honorars war sie davon ausgegangen, dass Geld keine Rolle spielen und die App sie demnach in ein Vier- oder Fünfsternehotel führen würde, wo sie der Pförtner in Uniform und weißen Handschuhen persönlich begrüßen und ihr die Tür aufhalten würde. Natürlich nur, sollte sie sich nicht elektrisch öffnen, sobald sie in den Radius des Sensors eintrat.

Der sich bietende Anblick erinnerte Rachel jedoch eher an eine Billigabsteige aus einem B-Movie. Das unscheinbare, dreistöckige Gebäude hatte seinen letzten Anstrich ihrer Schätzung nach kurz vor dem Vietnam-Krieg bekommen und das Baujahr des Komplexes lag mutmaßlich um den zweiten Weltkrieg herum. Allerdings passte es sich den umliegenden Gebäuden an, die ihre beste Zeit ebenfalls schon lange hinter sich zu haben schienen. Sofern man das in der einsetzenden Dunkelheit bei kaum vorhandener Außenbeleuchtung überhaupt beurteilen konnte. Warum bringst du dieses ›Hotel‹ jetzt in Verbindung mit dem Kriegsgeschehen? So schlimm sieht es nun auch wieder nicht aus, nicht zerbombt, nicht zerschossen. Kein deutlich anderes Bild, als deine Wohnung bis gestern bot. Alles nicht so wild.

»Oh doch, das ist es. Es ist sehr wild«, widersprach sie sich, als ihre Hand vom Türgriff abrutschte. Sie verzog das Gesicht, als sie den gelblichen Film in ihrer Handfläche sah, und vermerkte gedanklich, sich direkt nach dem Gespräch mit einer Großpackung Zovirax einzudecken, sonst würde sie den mit Sicherheit heute Nacht wuchernden Herpes nie wieder los. Sie lockerte die Finger um das Tränengasspray in ihrer Handtasche und holte stattdessen eine kleine Flasche Desinfektionsmittel hervor, deren Inhalt sie zur Hälfte auf die gelbe Stelle in ihrer Hand kippte. Mit einem Taschentuch wischte sie das schmierige Zeug ab und bedeckte danach den Griff an der Tür damit. Rachel unternahm den zweiten Versuch, während sie ein leises Brummen vernahm, das irgendwo in dem Gebäude seinen Ursprung haben musste. Es klickte und die Tür schwang auf.

Der Eingangsbereich war heller, als sie es von außen vermutet hätte, und die junge, eine schneeweiße Bluse tragende Frau hinter dem Empfangstresen hätte sie so auch nicht erwartet. Insgeheim hatte sie mit einem schmierigen, alten Sack gerechnet, ähnlich dem fetten Trucker, der sie vorgestern in der Bar angebaggert hatte. Von daher sammelte die Herberge – Hotel war nun wirklich übertrieben – den ersten Pluspunkt. Sollte das Brummen, das sie zwar immer noch leise, aber jetzt deutlicher wahrnahm, vom Betrieb der Klimaanlage herrühren, leistete sie gute Arbeit, denn sie fror fast.

»Guten Abend, was kann ich für Sie tun?«, fragte Ellen, deren Name Rachel dem Anstecker an ihrer Bluse entnahm, ohne Blickkontakt zu suchen.

»Hi, mein Name ist Rachel Callaghan. Ich habe eine Verabredung um 21 Uhr in Zimmer 38.« Ellen lächelte schüchtern und zeigte an Rachel vorbei. Sie folgte mit den Augen dem ausgestreckten Arm der Rezeptionistin.

»Der Fahrstuhl ist leider außer Betrieb, daher müssen Sie die Treppe nehmen. Ganz nach oben, den Gang rechts runter, dann kommen Sie genau darauf zu«, erklärte sie ihr mit einer Stimme, die sich deutlich älter anhörte, als das Mädel aussah. Rachel nickte, wandte sich ab und stieg über das passenderweise schlecht ausgeleuchtete Treppenhaus soweit nach oben, bis es nicht mehr weiterging. Nach rechts, sagte sie, ach ja, dahinten ist es ja schon. Der Bewegungsmelder hatte die Neonröhren im langen Korridor in dem Moment zum Flackern und schließlich zum Leuchten gebracht, als Rachel den Flur betrat. Zielstrebig ging sie auf die Tür am Ende zu, auf der übertrieben groß eine 38 stand, was sich allerdings bei den übrigen Zimmernummern nicht anders verhielt. Wahrscheinlich eine Unterkunft für Sehschwache, dachte sie noch, dann hatte sie die Tür erreicht. Sie holte ihr Handy hervor, schaltete es aus und ließ es wieder in der Handtasche verschwinden, bevor sie ein weiteres Mal durchatmete und anklopfte.

»Kommen Sie herein, Ms. Callaghan«, forderte eine entfernt klingende, tiefe Männerstimme hinter der Tür.

Kapitel 6

Es konnte beginnen. Akribisch hatte ich alles vorbereitet und saß entspannt in einem weichen Fernsehsessel, den ich in der Größe und Qualität nicht in einem Hotel wie diesem erwartet hatte. Erst recht nicht in dieser Unterkunft, die ich doch eher als Rattenloch bezeichnen würde. Darüber konnte auch eine auf den ersten Blick recht ansehnliche Empfangsdame nur kurz hinwegtäuschen, denn besah man sich hier die staubigen Ecken und schimmelübersäten Fugen in den Zimmern oder achtete man bewusst auf das leise Schmatzen, das entstand, wenn man sich über den dicken Teppich fortbewegte, dann wusste man, wo man gelandet war. Doch alles in allem hielt dieses Etablissement genau das, was es einem von der Straße aus versprach: Eine anspruchslose Unterkunft zu einem Spottpreis ohne unbequeme Fragen nach irgendwelchen Ausweispapieren.

Und hierin war dieser Sessel eigentlich fehl am Platz. Dieser absolut komfortable Sessel, den ich mir schon vor einigen Tagen zurechtgerückt hatte, gleich nachdem ich dieses Zimmer – eigentlich waren es drei ineinander übergehende Räume – bis auf Weiteres in Beschlag genommen hatte. Nein, es passte alles zusammen, wie ich es für meine Zwecke benötigte. Es war perfekt.

Pünktlich, etwa eine Minute vor der verabredeten Zeit, klopfte es an der Zimmertür. Ich streckte meinen Rücken durch und lehnte mich in meinem Sessel etwas vor, sodass ich meiner Stimme genügend Lautstärke verleihen konnte. Schließlich sollte sie mich deutlich auf der anderen Seite des Türblattes verstehen.

»Kommen Sie herein, Ms. Callaghan«, hörte ich mich sagen und im nächsten Moment wurde an der Klinke gedreht und die Tür langsam aufgeschoben. Ich wusste in diesem Moment nicht, worauf ich neugieriger war: auf Rachel Callaghan in voller Größe oder auf ihre erste Reaktion auf mein eigens kreiertes Arrangement.

Die junge Frau blieb mitten im Raum stehen, schaute sich nach allen Seiten um und wartete offenbar auf weitere Anweisungen. Sie schien ein wenig nervös, aber nicht besorgt zu sein, wobei ich das für eine durchaus angemessene Empfindung gehalten hätte, wenn ich als Frau in ein nahezu komplett dunkles, mir unbekanntes Hotelzimmer zu einem mir ebenfalls unbekannten Mann gehen würde. Zumal sich das Hotel in einer Gegend befand, die von einer schwerkriminellen Gang kontrolliert wurde. »Guten Abend und danke für Ihr Erscheinen, Ms. Callaghan. Oder darf ich Rachel sagen?«

»Normalerweise erlaube ich nur Männern, mich beim Vornamen zu nennen, deren Gesicht ich kenne.« Ihre Stimme klang fest, gar nicht nervös. Sollte ich mich so geirrt haben? Oder war es der tiefe Bass meiner Stimme, die mich selbst begeisterte, der zu ihrer Entspannung beitrug?

»Ich werte das einfach mal als ja.« Ihr Gesicht zeigte daraufhin keine Regung, also störte es sie nicht. Vermutete ich. »Bitte setzen Sie sich doch, Rachel, gleich dort drüben habe ich alles für Sie vorbereitet.« Sie sah zum Schreibtisch und deutete mit dem Arm darauf.

»Dahin?«

»Ja, bitte.« Mit etwas Verzögerung bewegte sie sich auf ihren neuen Arbeitsplatz zu, den ich vorab mit einigen Bögen Schreibpapier und verschiedenen Schreibstiften ausgestattet hatte. »Ich wusste nicht, welchen Stift Sie bevorzugen, daher habe ich eine kleine Auswahl besorgt.« Ich sah ihr zu, wie sie ihre eigenen Unterlagen bei den anderen platzierte und sich anschließend auf den Stuhl dahinter setzte. Sie legte ihre ineinandergefalteten Hände ebenfalls auf den Tisch und schaute wartend hoch.

»Okay, bekomme ich noch eine Erklärung?« Sie deutete mit nach oben gedrehten Handflächen um sich herum. Ich hörte den aggressiven Unterton in ihrer Stimme deutlich, obwohl er nicht sehr ausgeprägt war. Damit die Situation nicht noch seltsamer wurde, entschied ich mich, sie zu entschärfen, denn ich wollte auf keinen Fall riskieren, dass sie sich überstürzt davonmachte.

»Sie haben sicher viele Fragen an mich, doch lassen Sie mich Ihnen vorab ein paar Dinge erläutern. Vielleicht klärt sich damit schon das ein oder andere auf.« Was war das? Hatte sie da gerade ein Gähnen unterdrückt? Ich zwang mich, nicht aufzulachen. Diese Frau, Rachel, hatte das, was man landläufig Eier nannte. Das gefiel mir. Sehr sogar. Vorab hatte ich die Befürchtung gehegt, sie wäre eines dieser Mäuschen, das sofort den Schwanz einzog, wenn es unruhig wurde. Eier, Schwanz? Was ist mit dir denn los? Dieses Mal konnte ich es nicht verhindern: Ein Grunzer verließ meinen Mund. Doch Rachel entlockte er gerade mal ein leichtes Anheben ihrer rechten Augenbraue.

»Ich höre«, sagte sie und nickte. Sie erstaunte mich mit ihrer Selbstbeherrschung. Meine Stimme drang aus dem dunklen Nebenzimmer zu ihr und sie konnte mich nicht sehen. Der Lichtkegel der schwachen Deckenlampe, die genau über dem Schreibtisch angebracht war, reichte gerade mal bis zum Zimmerübergang. Sie behielt die absolute Kontrolle über ihre Stimme – natürlich abgesehen von der aggressiven Note, die mir gefiel. Sie ließ keinen Zweifel an ihrem Selbstbewusstsein aufkommen. Trotz der an alte Spionagefilme erinnernden Situation, der ich sie aussetzte. Die Inspiration dazu lieferten mir Erinnerungen an alte Krimis, die ich früher mal gesehen hatte, und deren Szenerie ich für meine Pläne als angemessen erachtete.

»Nun, Rachel, ich gehe davon aus, dass Sie sich einerseits darüber wundern, warum ich vorerst anonym bleiben möchte, und andererseits, warum ich dazu so ein Szenario wie dieses hier geschaffen habe.«

»Warum Sie anonym bleiben wollen, ist mir völlig egal, aber ja, warum das hier stattfindet und wir nicht einfach miteinander telefonieren, erschließt sich mir nicht.« Ich lachte leise auf, da mir in dem Moment bewusst wurde, dass ich noch viel Spaß mit ihr haben würde. Mehr, als ich vorher erwartet hatte. Jedenfalls das, was ich mir unter Spaß vorstellte.

»Ich beobachte bei einem Gespräch gern mein Gegenüber«, erklärte ich.

»Da sind wir schon zwei«, erwiderte sie prompt und ließ nun ihrerseits einen abfälligen Grunzer verlauten, der sich jedoch deutlich zarter als meiner anhörte. Sie konnte also auch damenhaft.

»Touchée, Rachel, aber vertrauen Sie mir, wenn ich Ihnen sage, dass Sie das alles hier umso mehr verstehen werden, je weiter wir mit unserer Arbeit voranschreiten.« Sie zuckte mit den Schultern und schaute auf ihre Fingernägel.

»Sei´s drum. Ihr Buch – Ihre Regeln, solange Sie die Rechnung bezahlen ...«

»Damit zeigen Sie eine lobenswerte und auch einzig akzeptable Einstellung. Gut, dann können wir uns ja auf das Wesentliche konzentrieren. Mr. Goldstein hat Sie soweit instruiert?«

»Keinen Namen, kein Gesicht, keine Recherchen, einmal wöchentlich rund 90 Minuten hier, Bezahlung nach Fortschritt. Fragen meinerseits jeweils schriftlich beim folgenden Treffen.« Sie hatte es auf den Punkt gebracht. Ich klatschte in die Hände und lehnte mich zurück. Der Sessel war wirklich zu bequem.

»Fein, damit dürfte alles geklärt sein. Ich denke, ich fange einfach von vorn an, was meinen Sie?« Nachdem sie durch ein Kopfnicken ihre Zustimmung gegeben hatte, begann ich.

Es ereignete sich zum Ende des vergangenen Jahrtausends: Ich erblickte als Hausgeburt auf einer Farm irgendwo in Iowa das Licht der Welt. Ich glaube, dass meine Mom mal sagte, ihr hätte statt einer Hebamme eine Flasche Whiskey als Geburtshelfer fungiert. Allerdings wusste ich nie, ob sie mit der Flasche meinen Dad gemeint hatte, der immer danach stank, wenn ich in seiner Nähe war, oder ob sie selbst vor oder während der Entbindung eine getrunken hat. Ist rückblickend auch egal und lässt sich nicht mehr klären. Ich schweife ab, jetzt schon. Aber gut, der Reihe nach.

Meine erste Erinnerung an meine Kindheit ist, wie ich eines unserer Kaninchen auf meinem Schoß streichelte. Es war ein warmer Sommertag, ich trug kurze Hosen und weder Socken noch Schuhe. Meine Unterschenkel waren zerkratzt von den Krallen des Tieres und den Dornen der Büsche am Waldrand, durch die ich immer wieder gerannt war. Meine Mom meinte häufig, dass ich vorsichtiger sein solle, da das doch weh tun müsse und sich entzünden könne. Ich hatte keine Ahnung, was das sein sollte, eine Entzündung, aber ich mochte das Gefühl an meinen Beinen, wenn die Dornen wie kleine Fangzähne in meine Haut schnitten. Ganz selten bin ich sogar absichtlich durch die dichtesten Büsche gerannt, sodass hinterher das Blut an mehreren Stellen meine Beine hinunterlief. Ich fühlte mich dann immer so, ich würde sagen, lebendig.

Aus der Zeit davor tauchen lediglich Fetzen in meinem Kopf auf, kurze Augenblicke, die so schnell verschwinden, wie sie aufblitzen.

»Das magst du, Flauschi, stimmt´s?«, hatte ich das Kaninchen einmal gefragt, während ich ihm das Fell kraulte, obwohl ich natürlich wusste, dass es nicht sprechen konnte. Ich verbrachte viel Zeit mit ihm und auch mit unserem Hund Carl. Der war riesig, bestimmt so groß wie ein Pferd. So kam er mir zumindest damals vor. Wenn ich jetzt daran zurückdenke, muss ich mich wohl korrigieren. Carl war ein Bernhardinermischling, der bestimmt auch nur so groß war, wie es diese Hunderasse wird, und eben nicht so wie ein Pferd. Doch ich denke, es ist normal, dass man als Kind alles um sich herum viel größer wahrnimmt, als es tatsächlich ist. Wahrscheinlich kann man das am besten mit einem an der Oberfläche schwimmenden Fisch vergleichen, den man von außerhalb des Wassers sieht. Der wirkt dann auch viel größer, als er in Wirklichkeit ist. Ich vermute stark, dass wegen dieser optischen Täuschung einiges an Seemannsgarn weltweit entstanden ist. Doch wieder zurück zu mir.

An einen besonders heißen Tag im selben Sommer erinnere ich mich noch gut. Meine Hand schwitzte, während ich Flauschi über das Fell streichelte, sie blieb fast kleben. Ich müsste das Kaninchen waschen, kam mir in den Sinn, daher nahm ich es hoch und lief mit ihm zum Brunnen, an dessen Kurbel mit einem Seil ein Holzeimer gebunden war. Mein Dad hatte darüber ein Holzdach gezimmert, wobei ich nie verstanden habe, was das sollte. Was war schlimm daran, wenn es in einen Wasserbrunnen hineinregnete? Er hatte mir schon oft gezeigt, wie ich das Wasser holen musste, aber eine für mich schlüssige Erklärung für das Dach konnte oder wollte er nie liefern. So rannte ich darauf zu, achtete nicht auf den Weg, stolperte über einen herumliegenden Ast und fiel bäuchlings auf die Nase. Das Holzstück zerbarst knackend, als ich drauf getreten bin. Ich rappelte mich auf, Flauschi hatte ich immer noch fest im Arm, klopfte mir mit einer Hand den Staub aus dem Gesicht und den Haaren und ging die letzten Schritte zum Brunnen. Ich setzte Flauschi neben dem halbgefüllten Wassereimer ab. Er fiel zur Seite.

»Du musst sitzenbleiben«, sagte ich zu ihm und richtete ihn auf. Doch er fiel erneut um. Ich hatte keine Ahnung, warum Flauschi nicht sitzenblieb und warum er so komisch guckte. Ich nahm etwas Wasser und beträufelte sein Fell. Das Kaninchen zitterte. Dann nahm ich mehr Wasser und noch mehr, bis ich schließlich wütend den Rest aus dem Eimer über ihn ergoss. Flauschi zitterte immer noch, an sich totaler Quatsch, denn selbst wenn das Wasser kalt war, die Sonne machte die Luft doch sehr heiß. Sonst hätten meine Hände auch nicht so geschwitzt. Ich stand nun neben ihm und schrie ihn von oben herab an, dass er gefälligst aufstehen und loshoppeln solle. Wie er es sonst tat, wenn ich ihn abgesetzt hatte. Er blieb liegen. Ich holte gerade mit dem Fuß aus, um nach ihm zu treten, als plötzlich ein großer Schatten über mir auftauchte. Es wurde dunkel um mich und auch über dem am Boden liegenden Flauschi.

»Warum zum Teufel schreist du hier so rum?«, rauschte die Stimme meines Vaters in mein Ohr und der Geruch des Alkohols in meine Nase. Ich zuckte zusammen, hielt mit einer Hand meine Nase zu – der Gestank war ekelhaft – mit der anderen zeigte ich auf das Kaninchen am Boden.

»Flauschi will nicht mehr laufen«, erklärte ich ihm. Dann spürte ich seine knochige Hand auf meiner Schulter, die sich in mein Fleisch bohrte und mich zur Seite schob. Ein gutes Gefühl, fast so gut wie die Dornen an meinen Schienbeinen. Er trat auf das Kaninchen zu und bückte sich zu ihm hinunter, sodass ich es nicht mehr sehen konnte. Im nächsten Moment hörte ich erneut ein Knacken, das dem von vorhin sehr ähnlich war. Mein Dad drehte sich um, hielt Flauschi, der sich nun gar nicht mehr bewegte, nichtmal das geringste Zittern, an den Hinterläufen fest und ging an mir vorbei in Richtung Haus. Dabei rempelte er mich an und sagte:

»Hör gefälligst damit auf, unserem Essen Namen zu geben. Hast du verstanden?«

»Ja, Sir«, erwiderte ich mit leiser Stimme.

Am Abend sah ich meine Mom hinter dem Haus, wie sie gerade ›dem Hasen aus der Jacke half‹, wie mein Dad mir später das Häuten des Tieres verdeutlichte. Ich verstand das alles nicht, doch von da an achtete mein Dad darauf, dass ich immer dabei zusehen musste, wenn ein Tier auf unserer Farm geschlachtet wurde.

»Ich werde es dem Balg schon austreiben, mit dem Essen zu spielen«, sagte er herrisch zu meiner Mom, die daraufhin erwiderte, ob das denn nötig sei, schließlich wäre ich noch ein Kind. »Aus! Basta! Ich will darüber kein Wort mehr hören!« Damit war das Gespräch beendet und das Urteil über mein zukünftiges Beiwohnen zu Schlachtungen endgültig gefällt. Sehr zum Unmut meiner Mom. Sie wollte noch etwas erwidern, aber ein Blick meines Dads hielt sie davon ab. Mir war es im ersten Moment egal, wusste ich doch gar nicht genau, was Schlachtungen überhaupt waren.

Nun war es nicht so, dass diese auf unserer Farm täglich mehrfach stattfanden. Eher das Gegenteil war der Fall: Die Tiere, die zu unserem eigenen Verzehr gedacht waren, fielen dem Beil, beziehungsweise dem Messer meines Dads vielleicht an zwei oder drei Tagen im Jahr zum Opfer. Flauschi hatte es sozusagen außer der Reihe erwischt, was aber, wie ich es heute einschätze, ausschließlich damit zu tun hatte, dass ich ihm bei dem Sturz durch mein Gewicht wohl das Rückgrat gebrochen hatte und meinem Dad somit keine Alternative blieb. Wenn das Kaninchen denn seiner ursprünglich gedachten Bestimmung folgen sollte: als Braten auf dem Sonntagstisch.

Nun, ich konnte nicht sagen, dass mich das besonders getroffen hätte. Weder das Schicksal Flauschis noch das der später unter meinen Augen getöteten Tiere. Klar, das Kaninchen war weich und ich fand es immer spannend, wie schnell sein kleines Herz unter meinen ebenfalls kleinen Händen schlug, als ob es wegrennen wollte. Andererseits hatte es auch sehr gut geschmeckt, zusammen mit Erbsen und Kartoffeln. Rückblickend betrachtet half mir mein Dad dadurch, mich selbst ein Stück weit besser zu begreifen, zu begreifen, was in mir vorging, wenn Lebewesen starben.

Ich hatte schon vor Flauschi Erfahrungen sammeln können, was das plötzliche Ableben kleinerer Tiere anging. Zum Beispiel bei der fetten Ratte, die Carl einige Zeit zuvor geschnappt hatte und die um ihr Leben kämpfend in seinem Maul zappelte. Ich weiß noch, wie fasziniert ich dabei zugesehen habe, wie er sie herumschleuderte und knurrend immer wieder fest zubiss, bis die Augen und Gedärme aus ihr herausquollen. Doch sie war zäh und bewegte sich immer noch. Wobei ich mich da auch geirrt haben könnte, und es vielleicht nur so ausgesehen hat, weil Carl mit ihr im Maul herumlief. Leider konnte ich sie nicht näher unter die Lupe nehmen. Carl lief damit fort, wahrscheinlich, um sie irgendwo zu verbuddeln. Ich rief ihm zu, dass er gefälligst stehenbleiben soll, doch Carl nahm mich nicht besonders ernst und trottete davon.

Oder da war der Vogel, der gegen unsere Scheune geflogen ist und sich dabei wohl den Flügel gebrochen hat. Ich folgte ihm mit etwas Abstand und sah, wie er vergeblich versuchte, wieder in die Luft zu kommen. Doch der komische Knick in einem Flügel schien das wohl zu verhindern. Leider dauerte dieses Schauspiel nicht lange, weil das Theater, das der Vogel veranstaltete, ziemlich schnell eine unserer Katzen auf den Plan rief. Nach wenigen Sekunden war es vorbei und den Vogel ereilte ein ähnliches Schicksal wie die Ratte, nur endete es für ihn zwischen den Fangzähnen der Katze, die mit ihrer Beute ins Innere der Scheune stolzierte. Ich lief nicht hinterher, denn der Vogel war bereits tot. Das, was mich interessierte, war schon vorbei: das Sterben.

Ich weiß nicht genau, wie alt ich damals gewesen bin. Vielleicht fünf oder sechs. Auf jeden Fall in einem Alter, in dem sich andere Kinder über Leben und Tod bestimmt noch keine Gedanken machten. Mich aber beeindruckte es, wie schnell es mit einem Tier zu Ende gehen konnte. Und mich faszinierte, wie sich ihr Blick veränderte, wenn das Herz zum letzten Mal schlug. Ich wollte unbedingt mehr darüber wissen und ein klein wenig interessierte es mich, ob es bei Menschen ebenso war. Wobei ›ein klein wenig‹ eine ziemliche Untertreibung darstellt.

An einem der bedauerlicherweise wenigen Schlachttage im darauffolgenden Frühling brachte ich es fertig, meinen Dad zum Lächeln zu bringen. Ich kann mich an keine andere Situation erinnern, in der ich ihn so glücklich gesehen habe, als in der, als ich ihn bat, die Kehle des Schweins durchschneiden zu dürfen. Wobei mich ehrlich gesagt kaum interessierte, ob er darüber glücklich oder gar stolz auf mich sein würde.

»Das kannst du nicht machen. Kein Kind in diesem Alter sollte so etwas tun«, flehte meine Mom ihn geradezu an, mir meine Bitte zu verwehren. Was fiel ihr ein? Warum musste sie sich immer einmischen? Ich wünschte in diesem Moment nur, dass sie verschwinden würde – meinetwegen auch für immer. Ich brauchte sie nicht. Dann müsste ich mir auch nicht mehr ständig dieses Gerede anhören, was richtig und was falsch wäre.

»Geh ins Haus, wenn du es nicht mit ansehen kannst, wie dein Kind erwachsen wird«, sagte er höhnisch grinsend, zog mich zu sich heran und legte seinen Arm um meine Schultern. Dieses Mal störte mich der Alkoholgeruch in seinem Atem kein bisschen. Ich schaute zu meiner Mom, die mit offenem Mund dastand, sich dann kopfschüttelnd umdrehte und irgendetwas vor sich hin murmelnd verschwand. Ich blieb allein zurück bei meinem Dad, dem Schwein und dem schweren, glänzenden Messer, das so lang war wie ein Arm von mir. Dad war zum Kopf des Schweins gegangen, dem ich natürlich keinen Namen mehr gegeben hatte, schließlich hatte Dad es verboten. »Komm her«, sagte er, legte den Holzgriff des Messers in meine kleine Hand und drückte meine Finger drumherum. Dann führte er es mit mir gemeinsam langsam unter den Hals des Tieres, das in einer so engen Holzbox stand, dass sie fast jegliche Bewegung verhinderte.

»Mach ich es so richtig?«

»Ja«, sagte er. »Ich zähle jetzt bis drei und bei drei drückst du es so fest, wie du kannst, gegen seinen Hals und ziehst es zu dir. Verstanden?« Ich nickte aufgeregt. »Eins«, hörte ich und bewegte mich nicht, hielt das Messer einfach fest. »Zwei.« Ich spürte, wie mein Herz schneller schlug. »Drei!« Mit aller mir zur Verfügung stehenden Kraft drückte ich den Stahl gegen die rosa Haut und zog es zu mir. Das Schwein stieß ein lautes Quieken aus, doch ich hörte es kaum. Ich hörte nur mein eigenes Blut durch meine Ohren rauschen und spürte im nächsten Moment das warme Blut des Tieres, wie es über meine Hand quoll. Immer größer wurde die Blutlache auf dem Boden, ich konnte meinen Blick nicht davon abwenden. Doch ich musste es, zwang mich dazu, ich musste seine Augen sehen.

Es dauerte, bis das Tier zusammenbrach und starb. Der Blick, da war er wieder. Es brodelte in meinem Bauch. Auch wenn ich nicht verstand, warum das so war. So ganz weiß ich es auch heute noch nicht.

»Das hast du sehr gut gemacht. Ich bin stolz auf dich«, sagte mein Dad, während er mir langsam das Messer aus der Hand nahm. Ich hörte ihn zwar, aber ich war so elektrisiert von den letzten Herzschlägen des Tieres, wie das Blut in immer längeren Intervallen aus der aufgeschnittenen Kehle lief, bis es schließlich nur noch tropfte. Aus der von mir aufgeschnittenen Kehle. Ich allein hatte das Leben dieses Tieres genommen. Und zum ersten Mal in meinem Leben empfand ich dieses Gefühl, für das ich damals natürlich keinen Namen kannte. Heute weiß ich, dass es das unglaubliche Gefühl der Macht gewesen ist. Und meine Mom gönnte mir dieses Gefühl nicht.

Nachdem ich noch einige Elemente meiner frühkindlichen Erinnerung hinzugefügt hatte, die den anderen in gewisser Weise ähnelten, musterte ich die Autorin. Entweder beherrschte sie Stenografie oder sie hatte sich ihre eigene Technik angeeignet, denn sie schrieb fast schneller, als ich redete.

»Ich denke, zum Auftakt sollte das reichen«, erklärte ich ihr und versuchte dabei, Freundlichkeit in meine Stimme zu legen.

»Einen Moment«, erwiderte sie, ohne von ihren Notizen aufzublicken. Ein paar Sekunden später legte sie den Stift zur Seite, nahm die Blätter in beide Hände – es müssten zwischen 10 und 20 gewesen sein, wenn ich es richtig gesehen habe – überflog sie und drehte anschließend den Kopf in die Richtung, aus der meine Stimme kam. »Okay. Wollen Sie zum nächsten Treffen den Entwurf haben?« Diese Frau hatte sich unter Kontrolle, keine Frage. Sie blieb absolut professionell und zeigte keinerlei Gefühlsregung aufgrund meiner Geschichte. Viele andere Menschen hätten sicher verstört darauf reagiert, doch nicht Rachel. Ich hatte mit ihr die richtige Wahl getroffen.

»Das wäre mir sehr recht.« Zu meiner Überraschung folgten keine weiteren Fragen. Sie erhob sich, packte ihre Sachen in die Handtasche und ging zur Tür.

Bevor sie den Raum verließ, drehte sie sich noch einmal um.

»Nächste Woche hier um dieselbe Zeit?« Ich nickte, schob jedoch schnell ein »Ja« hinterher. Für einen Moment hatte ich verdrängt, dass sie mich nicht sehen konnte.

***

Nachdem Rachel die Tür von außen zugedrückt hatte, lief sie ins Treppenhaus. Was war das für ein Freak? Sitzt der Typ da in der dunklen Ecke wie in einem billigen Spionage-Thriller und erzählt dir so ein widerliches Zeug! Du musst raus hier, ganz schnell! Sie nahm zwei Stufen auf einmal, flog nur so Etage für Etage hinunter und marschierte wortlos an Ellen vorbei. Die Frau hinter dem Rezeptionstresen schien das offenbar wenig zu interessieren, sonst hätte sie zumindest mal hochgeschaut, fiel Rachel auf. Warum machst du dir über dieses dumme Huhn Gedanken? Los, an die Luft, sonst erstickst du!

Doch tief Luft zu holen erlaubte sie sich erst wieder, als sie soweit gelaufen war, dass die Klitsche außer Sichtweite lag. Bis dahin hatte sie das Gefühl, dass ihre Lunge ihre Arbeit verweigern und die Alveolen abriegeln würde, wodurch die kleinen, feinen Bläschen des Atmungsorgans, aus denen der Sauerstoff ins Blut gelangte, ihren Job nicht erledigen könnten.

Rachels Weg führte sie ins erstbeste Café, das einige hundert Meter weiter unscheinbar zwischen einem

Juwelier und einem Elektronikladen auf ihrem Weg lag. Ein Juwelier in dieser asozialen Gegend? Na, herzlichen Glückwunsch. Sie verzog sich mit einem Cappuccino in die hinterste Ecke des Lokals. Komm wieder runter, so schlimm war es nun auch wieder nicht, beruhigte sie sich und nippte an ihrer Tasse. Sie wollte, nein, sie musste diesen schalen Geschmack loswerden, der sich seit ungefähr der Mitte der Erzählung Mr. Nones in ihrem Mund ausgebreitet hatte.

»Alles in Ordnung?«, wollte die Kellnerin wissen.

»Was? Ach so, ja, danke.« Siehst du so schlimm aus? Sie kramte einen Kosmetikspiegel aus ihrer Handtasche, während die Angestellte sich um die Gäste an einem anderen Tisch kümmerte. »Oh ja, du siehst übel aus«, stellte Rachel ernüchtert fest. Die Haare waren vom Wind zerzaust und für ihre Gesichtsfarbe kam ihr kein anderer Begriff außer aschfahl in den Sinn. Sie fuhr sich mit abgespreizten Fingern über ihren Kopf und konnte die Frisur damit einigermaßen retten, danach kniff sie sich ein paar Mal in die Wangen, was die Durchblutung spürbar wieder in Gang brachte.

Langsam konnte sie wieder klar denken. Niemals hätte sie damit gerechnet, dass der Mann sie mit seiner Story dermaßen durcheinanderbringen würde. Natürlich nicht, woher solltest du auch ahnen, die Biografie eines Tierquälers schreiben zu müssen?

Wie vielen Menschen erging es auch Rachel so, dass es ihr nichts ausmachte, wenn Menschen in einem Film in bester Slasher-Manier gefoltert und zu Tode gequält, ihnen Körperteile abgetrennt und diese daraufhin aufgegessen wurden. Roh oder schonend gegart, egal, alles kein Problem. Meist lachte sie sogar darüber. Schließlich war es alles nur ausgedacht, Fiktion, aus dem Hirn des Autors oder Regisseurs. Aber wehe, bei den Opfern handelte es sich um Kinder oder noch viel schlimmer, um Tiere. Das war das No Go schlechthin. Dann hielt sie sich sofort die Augen zu und im Wiederholungsfall wurde der Film oder die Sendung auf ihre persönliche rote Liste gesetzt, manchmal inklusive der Darsteller. Da spielte es auch keine Rolle, ob es Fantasie oder wahre Begebenheiten waren.

Gut, Mr. None berichtete über sich nicht, wie man es schon öfter gehört hatte: Es ging hier nicht um den klassischen kleinen fiesen Jungen, der Lust daran verspürte, einer Spinne die Beine auszureißen oder einen Frosch mit einem Strohhalm solange aufzupusten, bis dieser platzte. Nein, es schien etwas anderes zu sein, das ihn antrieb, und Rachel gefiel es gar nicht, dass sie gerade Entschuldigungen für diesen Mann suchte. Andererseits handelte es sich hier um Geschichten aus seiner Kindheit, die ihn wahrscheinlich nur dahingehend geprägt hatten, was ihn jetzt ausmachte. Doch was machte ihn aus? Sie hatte keine Ahnung. Klar, sie war selbst manchmal neben der Spur und hatte diverse Macken und sich auch schon gefragt, ob sie noch alle Latten am Zaun hatte. Doch das war eine ganz andere Kategorie. Oder hat der dir diesen Dreck erzählt, um dich zu testen? Falls ja, wann bestehst du und wann fällst du durch? Und vor allem, wozu sollte das dienen? Darauf bekommst du frühestens nächste Woche eine Antwort. Bei der nächsten Sitzung. Dass sie dorthingehen würde, stand für sie vollkommen außer Zweifel, dafür reichte allein ein kurzer Gedanke an das Honorar.

Rachel trank aus, steckte sich den beigelegten, kleinen Keks in den Mund, legte etwas Trinkgeld auf die Untertasse und verließ das Café. Auf dem Gehweg blieb sie stehen und schaute nach links und rechts. Sie musste sich tatsächlich erstmal orientieren, wie sie am schnellsten zum nächsten U-Bahnhof gelangte. Dann fiel ihr Blick auf einen Mann, der ihr schräg gegenüber auf der anderen Straßenseite stand und sie direkt ansah. Beobachtet der mich etwa?, schoss es ihr durch den Kopf, dann nahm ihr ein vorbeifahrender LKW die Sicht.

»Sieh zu, dass du wegkommst«, knurrte sie in Richtung des Fahrers. Einen Augenblick später konnte sie wieder hinübergucken. Doch an der Stelle, von der sie eben noch der Mann angestarrt hatte, sah sie nur noch die Straßenlaterne. »Das ist doch verrückt. Du bist verrückt.« Kopfschüttelnd schwenkte sie nach links und ging los.

Kapitel 7

Die Tage verstrichen. Rachel war ihr Verhalten bereits am Morgen nach dem Treffen dämlich vorgekommen. So kümmerte sie sich um ihre Zeitungsberichte, hielt weiterhin die Wohnung in Schuss und benutzte zum ersten Mal überhaupt, seit sie dort wohnte, das bis dahin noch verpackte Bügeleisen.

»Dazu bist du also gut«, murmelte sie grinsend, während sie mit dem Gerät die Falten aus ihren Jeans strich. »Passt so auch besser zur neuen Rachel«, sagte sie, als sie ihre Hand über den geglätteten, feuchtwarmen Stoff des Hosenbeins gleiten ließ. Mal sehen, wie lange du die Maskerade aufrechterhalten kannst, bevor du wieder in deine alten, bequemen Muster zurückfällst. »Challenge accepted«, erwiderte sie auf ihre innere Stimme.

Sie war noch unschlüssig, ob sie heute in die Bar gehen – dieses gewisse Kribbeln in ihrem Schoß breitete sich langsam wieder aus – und einen Kerl abschleppen oder endlich mit der Ausarbeitung ihrer Notizen anfangen sollte. Rachel entschloss sich zu Letzterem, schließlich müsste sie die Rohfassung beim Treffen in ein paar Tagen an Mr. None übergeben. Und sollte er damit unzufrieden sein, könnte er sie feuern und das durfte sie natürlich nicht riskieren. Der Vorschuss war schon so gut wie aufgebraucht und das ›Taschengeld‹, welches sie von der Chicago Tribune erhielt, würde gerade mal bis zum Ende des Monats reichen. Wenn dann nicht der verabredete zweite Vorschuss von Mr. None eintreffen würde, könnte sie ihre Kerzen schon mal wieder aus der Schublade holen. Rachel seufzte. Warum musste alles immer so kompliziert sein? Sie räumte die gebügelte und zusammengelegte Wäsche in den Kleiderschrank, der in die Schlafzimmerwand eingelassen war. Auch das war eher ungewöhnlich für Rachel, häufig feuerte sie ihre Klamotten unsortiert und vor allem nicht zusammengelegt in den Schrank. Meistens schafften es die Sachen gar nicht erst dort hinein, sondern verteilten sich auf einem Stuhl, dem Bügelbrett – das interessanterweise schon ewig dort stand und nie seiner ursprünglichen Bestimmung folgen durfte, stellte sie erstaunt fest – und dem Fußboden. Nein, du bist kein Messi, sagte sie sich regelmäßig, wusste jedoch, dass sie den schmalen Grat dorthin schon längst erreicht und manches mal mit einem Fuß überschritten hatte. Doch jetzt schaute sie sich in einer tadellos aufgeräumten und sauber gemachten Wohnung um, in der nichts, absolut nichts einfach so herumlag, ohne einen Zweck zu erfüllen. Selbst die Spinnweben aus den Zimmerecken hatte sie mit einem Feudel entfernt, der ihr ebenso überraschend wie das Bügeleisen in die Hände gefallen war. »Was hier alles zu finden ist, interessant. Such lieber nicht weiter, sonst wirst du noch zum Zimmermädchen«, hatte sie sich spielerisch ermahnt und musste über sich selbst lachen.

Jetzt saß sie an ihrem Küchentisch, der auch als Schreibtisch herhalten musste, hatte ihren Laptop aufgeklappt und gestartet. Die Zettel mit ihren Aufzeichnungen und ein paar Stifte lagen sorgfältig daneben. Auf der anderen Seite sorgte eine Tasse mit grünem Zitrustee für ein angenehmes Aroma in der Wohnküche.

Das Schreibprogramm öffnete sich automatisch, nachdem der Rechner hochgefahren war. Rachel legte eine neue Datei an und gab ihr den Namen ›Das Leben des Mr. None‹, den sie gleichzeitig als Arbeitstitel für das Projekt zu benutzen gedachte. Den Zusatz ›kranke‹ oder ›verstörende‹ verkniff sie sich, da ihr Auftraggeber möglicherweise sensibel darauf reagieren könnte, sollte der Titel aus Versehen in einer Rohfassung auftauchen.

Ein schneeweißes, virtuelles Blatt Papier füllte den größten Teil des Bildschirms aus. Rachel nutzte nur wenige Zusatzelemente ihres Autorenprogrammes, denn obwohl sie noch sehr jung war, fühlte sie sich den großen Schriftstellern vergangener Zeiten verbunden. Und die hatten schließlich auch nur mechanische Schreibmaschinen zur Verfügung, später dann elektrische, doch das alles hielt dem Vergleich mit der heutigen Zeit nicht stand, in der sich Geschichten durch zahllose Hilfsmittel fast von selbst schrieben. Was sie als einen Grund ansah, dass sich in den letzten Jahren gefühlt jeder Zweite zum Schriftsteller berufen fühlte, irgendeinen Quark auf Amazon oder einer anderen Plattform veröffentlichte und damit langsam aber sicher einen Beitrag zum Untergang der konservativen Buchbranche leistete. Würde man ein maschinengeschriebenes Manuskript anstatt einer Mobi- oder Epubdatei dazu einreichen müssen, wäre das Problem der Miese-Autoren-und-schlechte-Bücher-Schwemme mit einem Handstreich vorbei, war sich Rachel sicher, da bestimmt 95 Prozent dieser Autorendarsteller es nicht auf die Kette bekämen. Andererseits fanden viele eben jener qualitativ unterirdischer Machwerke teilweise mehr Leserinnen als die wirklich gut geschriebenen. Der Markt bestimmt halt selbst, was er will. Was wiederum ihre Meinung bestärkte, dass es vielen Fans wichtiger war, Fotos von Katzen oder der Hängematte ihrer Lieblingsautorin auf deren Profil bei Instagram oder Facebook gezeigt zu bekommen, als eine handwerklich runde und künstlerisch wertvolle Geschichte von ihr zu lesen. Aber egal, nicht dein Problem. Du hast einen ungemein lukrativen Vertrag an Land gezogen, scheiß auf die anderen!

Sie überflog ihre Notizen, um ein Gefühl für den besten Einstieg zu entwickeln. Plötzlich tauchte der Mann von der Straßenseite gegenüber des Cafés vor ihrem inneren Auge auf. War der wirklich dort oder hast du ihn dir nur eingebildet? Sie legte die Zettel auf den Tisch und lehnte sich zurück. Dummerweise waren ihre Augen zu lange an seinen auffälligen Schuhen kleben geblieben, sodass sie sein Gesicht kaum erkennen konnte, das zum großen Teil von einer dunklen Sonnenbrille und einem Krempenhut verdeckt wurde. Sie schätzte ihn auf etwa 30-40, was dem

Alter entsprach, auf das sie auch Mr. None anhand seiner Stimme und Ausdrucksweise schätzte, nachdem sie ihm über eine Stunde zugehört hatte. Sie hatte immer wieder verstohlene Blicke in das Schwarz des Nebenraums geworfen, in der Hoffnung, er würde sich aus Versehen doch zu erkennen geben. Doch Fehlanzeige, er hatte seine selbstgeschaffene Situation unter Kontrolle behalten. Aber warum sollte Mr. None dir nachstellen und dann auch noch so auffällig zu dir herüberstarren? Sie schüttelte den Kopf über sich selbst und ihre seltsamen Gedankengänge. Was juckt es dich, sieh zu, dass du den Text schreibst!, forderte ihre innere Stimme. Kümmer dich um das Wesentliche und jag keinen Hirngespinsten hinterher. »Ja, ja, hast ja recht.« Sie verbannte den Mann von der Straße aus ihrem Kopf, zumal sie immer noch nicht sicher war, ob sie ihn wirklich gesehen hatte oder ob ihr Gehirn ihr einen Streich spielte und ihr ein Bild des Mannes unterschob, der sie durch seine Geschichte leicht verstört hatte.

Zehn Minuten später war es vollbracht: Der erste Satz war fertig – und er war perfekt. Die folgenden Sätze schrieben sich wie von selbst. Nur selten musste sie die Aufzeichnungen zu Rate ziehen, das meiste konnte sie aus der Erinnerung wiedergeben. Klar, an der Struktur und den Formulierungen würde sie noch massiv feilen müssen und, sollte diese Geschichte tatsächlich verlegt werden, müsste auf jeden Fall noch ein Lektorat erfolgen, um die letzten linguistischen Unfälle zu beseitigen. Darüber brauchst du dir jetzt keinen Kopf zu machen, schreib einfach.

Vier Stunden, fünf Tassen Tee und etliche selbstgedrehte Zigaretten später setzte Rachel den Punkt hinter den letzten Satz des ersten Kapitels. Sie speicherte die Datei, zog sich Sportzeug an und nahm sich vor, eine Runde durch den in der Nähe gelegenen, kleinen Park zu laufen. Das würde ihre verspannten Schultern lockern und den Kopf freimachen. Vielleicht schaffst du heute noch die erste Überarbeitung. Das ist doch mal ein Plan.

Nach einer halben Meile warf sie diesen keuchend und mit auf den Oberschenkeln abgestützten Armen über den Haufen. Der Schweiß rann ihr von der Stirn, als hätte sie einen Halbmarathon hinter sich. »Ich bin so ein Wrack!«, stöhnte sie, womit sie einen Vogel im Strauch neben sich aufscheuchte, der meckernd davonflog. »Sorry, Piepmatz«, sagte sie und versuchte, weiter zu joggen, was sie nach wenigen Metern aufgab. Wenn du schnell gehst, ist es fast dasselbe. Doch auch das überforderte sie kurze Zeit später. Sie reduzierte ihre Geschwindigkeit auf die eines entspannten Spaziergangs, befreite ihre Haare von der Kapuze ihres Hoodies, zog eine Zigarette mitsamt Feuerzeug aus ihrer Tasche und zündete sie an. Die hast du dir verdient. Sie sog den giftigen Qualm tief in ihre Lunge und lächelte beim Ausatmen. Im nächsten Moment überkam sie ein Hustenanfall, der ihr das Lächeln vergehen ließ. Nachdem sich ihre Lunge und Bronchien beruhigt hatten, nahm sie einen weiteren Zug und inhalierte dieses Mal langsamer und nicht so tief. Der Hustenreiz keimte nur kurz auf und verschwand sofort wieder. »Zum Glück«, sagte sie und rauchte den Glimmstängel mit einigen Zügen zu Ende, bevor sie ihn achtlos auf den Gehweg fallen ließ.

Eine halbe Stunde später saß sie frisch geduscht wieder vor dem ausgedruckten Text und überarbeitete ihn. Anschließend fügte sie die Änderungen in die Ursprungsdatei ein, speicherte sie und fuhr den Computer herunter. Wenn du noch zwei weitere Male drüber gegangen bist, sollte es okay sein. Sie zerriss die Zettel und warf sie in einen Extrakarton neben dem Mülleimer. Da in Chicago Ende Oktober die große Paper & Plastics Recycling Conference angesetzt war, wollte die neue Rachel ihren persönlichen Beitrag gegen die Umweltverschmutzung leisten und sich an die Mülltrennungsvorgaben der Stadt halten, auch wenn sie das System nicht wirklich durchblickte. Darüber könntest du auch mal einen Bericht schreiben. Doch kurz darauf fiel ihr mit einem Grinsen ein, dass sie ja die nächsten Monate und Jahre mit dem Umherfliegen zu diversen öffentlichen Auftritten beschäftigt sein würde. Schnell erstarb dieses Grinsen, denn nach dem ersten Kapitel glaubte Rachel nicht mehr daran, dass Mr. None eine Wirtschaftsgröße oder ein anderer prominenter Superstar war. Na, egal, allein mit dem Honorar kannst du dir eine ziemlich nette Zeit machen.

Zum Ausklang des Abends schaute sie noch eine Dokumentation über die globale Erderwärmung und ihre Folgen, die gerade endete. Rachel ging in Richtung Badezimmer, um sich für das Bett fertig zu machen, da läutete es. Verdutzt schaute sie zur Haustür, dann zum Radiowecker auf dem Kühlschrank – 23:35 Uhr zeigte er an – dann wieder zur Tür. Wer will um diese Zeit was von dir? Wer will überhaupt was von dir, hier zu Hause? Außer an den Postboten und hin und wieder die Jungs von den Versorgungswerken der Stadt konnte sich Rachel gerade nicht daran erinnern, dass überhaupt einmal jemand bei ihr geklingelt hätte. Zögernd ging sie trotzdem hin und warf einen Blick durch den Türspion, wozu sie sich auf die Zehenspitzen stellen musste, um vernünftig hindurchgucken zu können. Wer ist dieser Typ? Er kam ihr irgendwie bekannt vor, klar zuordnen konnte sie ihn aber nicht. Sein offenes Lächeln und das nervöse von einem Bein auf's andere Treten deutete nicht gerade auf einen psychopathischen Serienmörder hin, daher öffnete sie die Tür einen Spalt. Die Sicherungskette ließ sie jedoch im Schloss.

»Ja?« Sie musterte den Mann von oben bis unten, wobei ihr erster Blick auf seine Schuhe fiel. Wenigstens trägt er nicht die von Mr. None, beziehungsweise die des Mannes gegenüber des Cafés, den du zu deinem persönlichen Mr. None erklärt hast – obwohl du mittlerweile davon überzeugt bist, dass niemand dich dort beobachtet hat. Du hast ein Problem, Schätzchen, ein Schuhproblem. Sie lächelte unwillkürlich. Der Mann vor der Tür bezog es wohl fälschlicherweise auf sich und grinste breit.

»Hi, Rachel, entschuldige die späte Störung. Ich war vorhin schon einmal hier, aber du warst nicht zu Hause.« Auch seine Stimme kam ihr bekannt vor.

»Nein, ich war unterwegs«, erwiderte sie und kräuselte die Stirn. »Aber wer bitte sind Sie und was wollen Sie von mir?« Sie beobachtete, wie das Grinsen blieb, die Falten in den Augenwinkeln jedoch verschwanden.

»Ähem, okay, dann scheine ich wohl doch nicht so viel Eindruck hinterlassen zu haben, wie ich dachte.« Er griff sich in die Haare und wandte sich schon zum Gehen, da drehte er sich wieder zu ihr. »Paul, ich bin Paul. Wir haben vor einigen Tagen die Nacht miteinander verbracht und ich hatte deine Nummer nicht. Daher dachte ich, ich schau einfach mal ... ach, dumme Idee.« Langsam kamen die Erinnerungen wieder und ja, jetzt konnte sie mit seinem Gesicht auch wieder etwas anfangen. Ein attraktiver Kerl, ohne Frage. Sie war überrascht davon, dass er nüchtern betrachtet dem standhielt, wie er in ihrem angetrunkenen Zustand auf sie gewirkt hatte. Dennoch klingelten ihre Alarmglocken. Ob es ihrem Abwehrsystem um die generelle Abneigung gegen zuviel Nähe ging oder ob Paul im Speziellen ein ungutes Gefühl auslöste, konnte sie unmöglich so schnell unterscheiden. Und sie wollte es auch gar nicht. Sie war müde und wollte ins Bett und sich nicht mit einem abgelegten Lover herumschlagen.

»Nun, wenn ich gewollt hätte, dass du meine Nummer hast, dann hättest du sie auch. Und mitten in der Nacht einfach so vor meiner Tür zu stehen? Das ist mir too much. Ich dachte, ich hätte mich an diesem

Abend verständlich ausgedrückt.« Paul hob entschuldigend die Hände und verbeugte sich übertrieben.

»Es tut mir leid, dass ich dich in deiner heiligen Privatsphäre gestört habe. Keine Ahnung warum, aber ich dachte, es hätte geknistert zwischen uns.«

»Sorry, auch wenn es hart für dich ist: Bei mir knistert gar nichts. Jedenfalls nicht mehr. Ich brauchte an diesem Abend einen Kerl und du warst da. Das ist schon alles. Und jetzt möchte ich dich bitten, zu gehen.« Sie trat einen halben Schritt zurück, schloss die Tür und lehnte sich mit dem Rücken dagegen. Hoffentlich hat er das gerafft, das Letzte, das du gebrauchen kannst, ist ein nervender Stalker. Sie begann, tonlos bis zehn zu zählen. Dann würde sie sich umdrehen und nachsehen. War er verschwunden, wäre alles gut, würde er noch vor der Tür oder in der Auffahrt stehen, gäbe es ein Problem. Acht, neun, zehn. Sie atmete durch und warf einen erneuten Blick durch den Spion.

Kapitel 8

Brian Kruger und James T. Walker waren demselben Mörder zum Opfer gefallen, daran zweifelte Detective Miller nicht mehr. Auch Ted überzeugten mittlerweile die vorliegenden Hinweise.

»Mörderin«, korrigierte er lediglich, »wenn wir von derselben Herangehensweise in beiden Fällen ausgehen: Es kommt zu einem Treffen mit den Männern, sie gehen gemeinsam auf sein Zimmer, sie mischt ihm GHB unter, wartet, bis er weggetreten ist, und macht sich an die Arbeit.« Miller nickte und überflog einzelne Dokumente der in der Zwischenzeit angewachsenen Akte, die sie aus beiden Fällen zu einer zusammengefasst hatten.

»Dem einen sticht sie die Augen aus, dem anderen schneidet sie das Gemächt ab. Das ist ein Statement, dahinter steckt auf jeden Fall etwas Persönliches.« Er warf Ted einen grimmigen Blick zu, da der sich scheinbar mehr für eine Kollegin interessierte, die sich mit dem vor dem Büro stehenden Drucker beschäftigte, als für den Fall. »Konntest du schon was über eine Verbindung zwischen beiden Opfern herausfinden?«

»Was?«, fragte er abwesend. Miller warf einen Ball nach ihm, der ihn am Rücken traf. Ted zuckte kurz, dann grinste er. »Die ist echt heiß, ist dir das schon aufgefallen?«

»Junge, komm zur Sache. Verbindung zwischen den Opfern?«

»Ich bin dran.« Er wandte sich Miller zu. »Bisher wissen wir lediglich, dass die Tankstelle, die Kruger früher betrieben hat, im selben County liegt, in dem Walker bis zu seiner vorzeitigen Pensionierung vor einigen Jahren als Deputy Sheriff Dienst geschoben hat. Ob die beiden sich kannten oder sogar etwas miteinander zu tun hatten, konnte ich noch nicht in Erfahrung bringen.« Ted zuckte mit den Schultern. »Dass Kruger die Tanke vor über zehn Jahren aufgegeben hat und dort weggezogen ist, vereinfacht die Ermittlungen nicht gerade. Eine große Familie hat keiner der beiden hinterlassen. Krugers Mutter lebt in einem Pflegeheim und ist dement, Walker hat eine Ex-Frau, die nicht gut auf ihn zu sprechen ist und von Kruger nie gehört haben will. Andere Verwandte konnte ich bislang nicht ausfindig machen.«

»Wie weit wohnten die beiden Opfer auseinander?«

»Das sind locker 25 Meilen. Also wenn wir von der Tanke Krugers ausgehen. Seine aktuelle Wohnung liegt natürlich hunderte Meilen entfernt vom Wohnsitz Walkers. Und was den angeht: Ich hab mit der Sekretärin des Sheriffs telefoniert, der war ja nun sein direkter Vorgesetzter. Sie versprach, das Thema anzureißen, sobald er aus seinem Urlaub zurückgekehrt ist. Er ist beim Fliegenfischen und verbittet sich solange jede Störung, dafür müssten wir Verständnis haben.« Miller rollte mit den Augen, worauf Ted laut auflachte.

»Ist doch immer dasselbe mit diesen Landeiern«, sagte Miller und seufzte. »Da läuft die Zeit echt anders als bei uns.«

»Ach komm, eigentlich wäre das doch genau das Richtige für dich: Frische Luft, kaum Verkehr, keine Kugeln, die dir um die Ohren fliegen – höchstens eine kleine Keilerei mit ein paar Rednecks im Sam´s Inn am Wochenende. Frauen, die zu dir aufschauen, mit deinem goldenen Stern auf dem hellbraunen, gestärkten Hemd und –«.

»Danke, reicht«, unterbrach ihn Miller. »Übereinstimmende DNA an beiden Tatorten gibt es zwar, die ist aber nicht im System«, sagte er, wieder in die Akte blickend. »Und die einzige, die wir in der Datenbank finden konnten, stammt vom zweiten Mord und gehört einem Kleinkriminellen, der seit über einem Jahr einsitzt, richtig?«

»Richtig«, bestätigte Ted. »Er befand sich zu keinem der beiden Todeszeitpunkte auf Freigang. Den können wir getrost abhaken.«

»Genauso, wie dieses Motel seine Putzkräfte abhaken kann.« Wieder lachte Ted.

»Komm schon, Fred, du glaubst doch nicht wirklich, dass die überhaupt ´ne Putze dort haben.« Er verzog übertrieben das Gesicht, worauf sich Miller gedanklich sofort in der versifften Bude wiederfand, in der Kruger tot aufgefunden worden war. Allerdings würde seine Wohnung wahrscheinlich nicht viel anders aussehen, wenn er nicht vor Jahren eine Reinigungskraft aufgetrieben hätte, die einmal in der Woche seinen Saustall auf Vordermann brachte.

»Wahrscheinlich nicht, du hast recht. Also haben wir im Moment nur den kurzen Ausschnitt des Überwachungsvideos.«

»Ja«, bestätigte Ted. Das Video wurde im Diner gegenüber des Fundortes von Deputy Sheriff Walkers Leichnam aufgenommen und zeigte ihn laut Rechtsmediziner etwa zwei Stunden vor dem Eintritt seines Todes beim Essen mit einer langhaarigen Frau. »Aber die ist ja nur von hinten zu sehen, auch beim Verlassen des Diners. Und die Heckansicht allein bringt uns nicht weiter.«

»Als ob sie sich bewusst von der Kamera abgewandt hat.« Die Kollegen Williams und Martinez hatten sich damals sämtliche Bänder angesehen, die an den Tagen vor der Tat aufgezeichnet worden waren. Sie hatten vergeblich darauf gehofft, dass diese Frau beim vorsorglichen Inspizieren des Ladens aufgenommen wurde.

»Jo, sieht aus, als ob es geplant war. Wenn wir jetzt noch ein Überwachungsvideo finden würden, die Kruger kurz vor seinem Tod mit einer Frau – bestenfalls dieser Frau – zeigen würde ...«.

»Was aber nicht geschehen wird, da wir bereits alle Diner, Cafés und Restaurants im Umkreis von drei Blocks um sein Motel abgecheckt haben.« Ted zuckte mit den Schultern.

»Damit bleibt uns erstmal nichts anderes übrig, als uns auf die Verbindung zwischen den Opfern zu konzentrieren. Vielleicht sollten wir mal rüberfahren?«

»Vergiss es, das kriegen wir beim Captain nicht durch.«

»Du unterschätzt meinen Charme, mein Freund.« Ted bildete mit seinem Daumen und Zeigefinger eine Pistole, richtete sie auf Miller und drückte ab, bevor er sich abwandte und aus dem Büro ging. Miller sah ihm kopfschüttelnd hinterher.

***

Es waren bereits ein paar Tage vergangen, seitdem sie den unerwarteten und vor allem unerwünschten Besuch ihrer Kneipenbekanntschaft, des One-Night-Stands Paul, bekommen hatte. Grenzwertig lange hatte er noch vor ihrem Haus herumgelungert, nachdem sie ihm unmissverständlich klargemacht hatte, dass sie kein Interesse mehr an ihm hatte und er sich vom Acker machen sollte. Gerade in dem Moment, als Rachel, die ihn minutenlang durch den Türspion beobachtet hatte, wie er den Gehweg vor ihrer Wohnung auf- und abgegangen war und immer wieder in Richtung ihrer Wohnung schaute, zu ihrem Handy griff, um die Polizei zu rufen, trollte er sich endlich und verschwand.

Ihre Befürchtungen, dass er zu einem Stalker mutieren und sie weiter belästigen würde, hatten sich indes glücklicherweise nicht bestätigt. Vielleicht ist er doch einfach nur ein netter Kerl, der dich kennenlernen wollte. Und so schlimm war es nun auch wieder nicht, mit etwas Abstand betrachtet. Obendrein sieht er gar nicht übel aus. Du hast anscheinend noch einen guten Männergeschmack, wenn du angetrunken bist. Dennoch legte sie auch jetzt keinen Wert darauf, ihn wiederzusehen. Falls sie tatsächlich mal – irgendwann, in vielen Jahren vielleicht – eine langfristige Beziehung zu einem Mann unterhalten wollte, dann sollte es bitte keine Kneipenbekanntschaft sein, die sie bereits beim Kennenlernen abgeschleppt hatte. Nein, falls sich wirklich eines Tages ein Mann ihr Freund nennen dürfte, sollte er sich vorher schon richtig um sie bemüht haben. »Hach, du hast ja doch einen Funken Restromantik in dir«, säuselte sie und gab sich ein gedankliches High-Five. Im folgenden Moment widmete sie ihre Konzentration den bevorstehenden Stunden. Das nächste Treffen mit Mr. None stand unmittelbar bevor und sie konnte die stetig wachsende, morbide Neugier darauf nicht unterdrücken, wie die gestörte Geschichte wohl weitergehen würde.

»Guten Abend, Ms. Callaghan, Sie werden bereits erwartet«, begrüßte sie die Rezeptionistin Ellen lächelnd und deutete zum Treppenhaus. Vielen Dank, aber den Weg hättest du auch selbst gefunden.

Auch die Klimaanlage brummte wieder leise, wobei es Rachel heute deutlich wärmer vorkam. Fein, sie mochte Wärme. Beim zweiten Betreten des heruntergekommenen Hotels empfand sie es auch nicht mehr ganz so widerlich wie bei der Premiere. Man gewöhnt sich an fast alles, warum also nicht an diese Bruchbude, dachte sie, nickte Ellen zu und ging auf direktem Weg zum Treppenhaus. Anders als beim letzten Mal flackerte kein Licht – weder im Treppenhaus noch oben im Flur – es war schlicht keines an. Lediglich die dezent grün leuchtenden Notausgangsschilder unterbrachen die Dunkelheit. »Ich fasse es nicht, ein Wunder, dass hier überhaupt noch jemand einkehrt.« Wobei ihr bislang allerdings noch kein anderer Gast über den Weg gelaufen war. Und wenn schon, was kümmert dich das? Nichts, genau, du wohnst hier schließlich nicht. Sie zog ihr Smartphone hervor und bahnte sich mit Hilfe der Displaybeleuchtung den Weg. Wie beim ersten Mal schaltete sie es vor der Tür aus und wurde direkt nach dem Anklopfen ins Zimmer 38 gebeten.

Die Beleuchtung war, obwohl sie genau wie letzte Woche nur ihren Arbeitsplatz und den näheren Umkreis erfasste, eine Erholung für ihre Augen. »Mein Platz?«, fragte sie und deutete auf den Tisch.

»Ja, Rachel, der gehört wieder Ihnen«, erwiderte Mr. None ohne erkennbare Emotion in der Stimme aus dem Nebenzimmer.

Kapitel 9

Dieser Sessel war wirklich zu bequem. Obwohl ich Schwierigkeiten damit hatte, Emotionen einzusortieren oder vielleicht auch, überhaupt zu empfinden, hatte ich diese Woche etwas verspürt, das man wohl als Vorfreude bezeichnete. Die letzten Tage hatte ich gedacht, es wäre wegen des Mädchens gewesen, doch jetzt, da ich wieder in diesem unglaublichen Wohnmöbel saß, war ich mir nicht mehr sicher.

Rachel erschien erneut pünktlich auf die Minute. Zuverlässig scheint sie zu sein, das ist gut und vereinfacht vieles von dem, was ich noch vorhabe – mit ihr vorhabe. Ihr Gesicht zeigte wieder diesen leicht aggressiv-genervten Ausdruck, zu der die Freundlichkeit in ihrer Stimme nur bedingt passen wollte. Mir war es egal, das heißt, nein, mir gefiel es. Demnach war es wohl doch nicht der Sessel allein.

»Hier habe ich den Entwurf der letzten Sitzung«, sagte sie, während sie sich setzte und gleichzeitig einige zusammengeheftete Zettel in die Luft hielt.

»Legen Sie ihn bitte in die Schublade, die Sie unter dem Tisch finden.« Sie wich etwas zurück, die Stuhlbeine rutschten quietschend über den Parkett-Fußboden, und schaute nach unten.

»Okay«, sagte sie knapp und ließ die Papiere darin verschwinden. »Wann darf ich meine Fragen stellen?« Die professionelle Freundlichkeit in der Stimme war wieder der dezenten Gereiztheit gewichen, was mich irgendwie amüsierte.

»So Sie denn welche haben, bitte«, bot ich ihr an. Ich sah, wie sie sich streckte, und hörte einige Wirbel knacken. Sie räusperte sich. War sie etwa doch nervös? Menschen wurden in meiner Gegenwart meist schnell nervös.

»Die Namen, die Ihrer Eltern und Ihres Heimatortes, sind die wichtig? Die des Hundes und des Hasen haben Sie mir doch auch gesagt.«

»Des Kaninchens.«

»Bitte?«

»Kaninchen. Flauschi war ein Kaninchen. Kein Hase. Diesen Unterschied zu recherchieren fällt nicht unter unsere Ausschlussbedingungen.«

»Dann halt Kaninchen.« Sie schien die Belehrung nicht persönlich zu nehmen. Ich dachte eine Sekunde darüber nach, ob sie es wohl im Entwurf korrekt bezeichnet hatte. Das müsste ich unbedingt nachlesen.

»Sämtliche Namen von Personen, Institutionen oder Orten, die in meiner Erzählung vorkommen, werde ich Ihnen bis zum Ende mitteilen, so sie denn für die Story von Bedeutung sind.« Ich atmete kurz durch, bevor ich weitersprach. »Ich habe Ihre letzte Arbeit mehrfach gelesen und ich weiß, dass Sie ohne diese überflüssigen Informationen in der Lage sind, meine Geschichte so zu Papier zu bringen, wie ich es mir vorstelle. Wie ich es erwarte und womit wir beide am Ende zufrieden sein werden. Versuchen Sie es einfach. Haben Sie Vertrauen in Ihre Fähigkeiten, das tue ich auch. Sie können nur gewinnen.« Eine kurze Pause entstand, in der ich Rachel beobachtete, wie sie einen Zettel überflog – ich vermutete, es handelte sich um weitere Fragen, die sie vorbereitet hatte – ihn dann zerknüllte und in ihrer Handtasche verschwinden ließ. Anschließend griff sie nach einem Stift und wandte sich dem dunklen Nachbarzimmer zu.

»Ich bin bereit. Meinetwegen können Sie loslegen.«

»Gut«, sagte ich und erzählte meine Lebensgeschichte weiter.

Ich muss um die zehn Jahre alt gewesen sein, genau sagen kann ich es nicht, da bei uns keine Geburtstage gefeiert wurden. Natürlich kannte ich das Datum meiner Geburt, aber auch nur von der Urkunde her, die ich ein oder zwei Jahre zuvor zufällig in unserem Familienstammbuch gefunden hatte, während ich auf der Suche nach, ich weiß gar nicht mehr, wonach ich damals gesucht hatte, war.

Jedenfalls kam ich an diesem Tag spät aus der Schule, der Bus hielt etwa eine Meile von unserer Farm entfernt an der Landstraße. Das war in unserer Gegend normal, ganz anders als in der Stadt, in der man an jeder Ecke eine Haltestelle findet.

»Bleib standhaft«, sagte Bert zu mir, als ich ausstieg. Wie jeden Tag. Ich weiß bis heute nicht, was der Busfahrer damit gemeint hatte, ob er mir damit irgendetwas Besonderes mitteilen wollte oder ob das nur eine Floskel war, die er mir zugedacht hatte. Ich fand ihn und seinen Spruch langweilig. Wie jeden Tag erwiderte ich auch an diesem lediglich ein »Mh«, sprang aus dem gelben Fahrzeug und machte mich auf das letzte Stück des Weges.

Schon bevor ich unseren Hof erreicht hatte, fielen mir die zahlreichen Autos auf, die vor unserem Haus parkten. Neben einem Krankenwagen stand der des Sheriffs. Der Dodge unseres Nachbarn Pete war ebenfalls dort abgestellt neben einem Wagen, den ich nicht kannte. Ich hatte keine Ahnung, was die alle bei uns wollten. Das war ungewohnt für mich, denn uns besuchte nur sehr selten jemand. Je näher ich der Veranda kam, auf der mein Dad mit dem Sheriff und einem anderen Mann lauthals diskutierte, desto mehr stieg meine Anspannung. Als mich die Erwachsenen erblickt hatten, redete der Sheriff eindringlich auf meinen Dad ein.

»Tu das nicht.« Mein Dad winkte mürrisch ab und hob seine Stimme.

»Ich tu nichts, das hättest du ihr sagen müssen. Es ist ihre Schuld, nicht meine!« Er kam einen Schritt auf mich zu, legte seine Hand auf meinen Rücken – er stank gerade besonders stark nach Schnaps – und schob mich an den Männern vorbei ins Haus. Durch das Wohnzimmer, die Treppe hoch, den Korridor entlang. Vor dem Schlafzimmer meiner Eltern wartete ein Mann in einem Anzug, wie ihn Bänker oder Anwälte trugen oder manchmal unsere Lehrer. Er schaute bedrückt zu Boden und ließ uns vorbei. »Hier, guck es dir an!«, flüsterte mein Dad mir zu und gab mir einen

Schubs, der mich ins Schlafzimmer beförderte. Überrascht schaute ich nach vorn.

Sie sah ganz friedlich aus in ihrem geblümten Sonntagskleid und den schwarzen Pumps. Einzig die ungesunde Farbe in ihrem Gesicht und die stark hervorquellenden Augen deuteten für mich darauf hin, dass meine Mom weder schlief, noch dass es ihr gutging. Das hatte ich allerdings sofort in dem Moment begriffen, als ich sie an dem Seil baumeln sah, das am Holzsparren befestigt war, der mittig entlang der Zimmerdecke verlief. Ich trat einen Schritt auf sie zu und berührte sie am Knie, erst vorsichtig, dann kräftiger, woraufhin sie leicht zu schaukeln begann.

»Das reicht jetzt«, sagte Pete bestimmt, der plötzlich neben mir stand und mich aus dem Zimmer schickte. Im Vorbeigehen sah ich, wie mein Dad erst ihm einen feindseligen, dann mir einen entschuldigenden Blick zuwarf.

Ich hörte zwar, wie die Erwachsenen – abgesehen von meinem Dad natürlich – danach auf mich einredeten und mich trösten wollten. Doch warum? Ich war nicht traurig, zumindest dachte ich das, denn ich wusste gar nicht, wie sich das anfühlte. Anfühlen sollte, anfühlen musste. Meine Mom war zu weich für diese Welt, das hatte ich oft genug meinen Dad zu ihr sagen hören. Und er hatte recht, denn sonst hätte sie sich nicht so feige aus dem Staub gemacht und sich erhängt. Doch anders als ich es kannte, wühlte etwas in meiner Bauchgegend. Ich verzog mich in mein Zimmer und schloss die Tür hinter mir. Anfangs redeten sie weiter durch das Türblatt auf mich ein, doch nach einiger Zeit gaben sie auf. Mein Grummeln im Bauch wurde von Minute zu Minute stärker und irgendwann wusste ich, was es zu bedeuten hatte. Ich spürte Zorn: eisigen Zorn auf meine Mom. Doch nicht, weil sie sich das Leben genommen hatte – das war mir gleichgültig – nein, ich war zornig, weil sie mir die Möglichkeit genommen hatte, dabei zu sein, als das Leben ihren Körper verließ. Dabei zu sein, als ihr Herz aufhörte, zu schlagen. Dabei zu sein, als ihre Augen diesen Blick bekamen. Und das würde sie niemals wieder gutmachen können.

Ich schaute zu Rachel, deren Hand wie gewohnt nur so über das Blatt Papier flog, auf dem sie ihre Notizen machte. Sie wirkte konzentriert auf mich, keinesfalls mehr so verstört, wie es mir beim ersten Treffen mitunter vorgekommen war. Demnach hatte sie sich wohl daran gewöhnt, was sie von mir zu hören bekam, zumindest damit abgefunden. Ich nahm einen Schluck Wasser aus der Flasche, die neben dem, neben meinem Sessel stand, und sprang in meiner Geschichte ein paar Jahre nach vorn.

Die Zeit nach dem Freitod meiner Mom hat mich stark geprägt. Die wenigen Situationen, in denen sie mich ihrer Meinung nach vor schlimmen Dingen bewahrt hatte, gab es nicht mehr. Es gab nur noch meinen Dad, seinen Schnaps und mich. Mehr und mehr übernahm ich die Aufgaben, für die zuvor meine Mom zuständig gewesen war: Ich machte die Wäsche, das Essen und sorgte dafür, dass unser Haus aufgeräumt war. Auch mein Dad veränderte sich. Immer seltener sah ich ihn nüchtern. Nach einem Monat etwa sah ich ihn niemals mehr ohne eine Flasche in seiner Nähe. Egal, ob er im Wohnzimmer vor dem TV saß, mit dem Traktor auf der Farm oder mit dem Truck in die Stadt fuhr, um die nötigsten Besorgungen zu machen. Schnaps, Brot, Schnaps und Erdnüsse. Und Schnaps. Das waren zugleich auch die einzigen Nahrungsmittel, die er zu sich nahm. Ich mochte keinen Schnaps und auch Erdnüssen konnte ich nach wenigen Tagen nichts mehr abgewinnen. Manchmal lief ich nach der Schule ins Dorf und kaufte Lebensmittel für mich ein, aber ich war genügsam und brauchte nicht viel.

Ich glaube, ich war um die 14 oder 15, als Nathan, der Junge unseres Nachbarn Pete, mal wieder mit seinem Fahrrad bei uns vorbeikam. Warum auch immer, aber Pete dachte wohl, wir wären Freunde und es wäre gut für uns, wenn wir gemeinsam etwas unternehmen würden. Mich langweilte Nathan. Was zum einen sicher daran lag, dass er nicht die hellste Kerze auf der Torte war, zum anderen daran, dass er alles machte, was ich ihm sagte. Wie ein Hund. Ein ziemlich dummer Hund, nicht wie Carl, der hörte nämlich kaum auf mich. Trotzdem mochte ich Carl.

Für mich war Nathan ein Spielzeug. Außer mir hatte er keine Freunde, er war der typische Prellballjunge: klein, dick, nicht sehr clever. Ständig wurde er in der Schule von den anderen Jungs gemobbt, verprügelt und auf jede erdenkliche Art geärgert. Das ging solange, bis die Jungs mitbekamen, dass er mein Freund war, sie jedenfalls davon ausgingen. Ab diesem Moment ließen sie ihn in Ruhe, wahrscheinlich, weil die anderen Kinder Angst vor mir hatten, obwohl ich nie einem von ihnen etwas getan hatte. Hin und wieder hörte ich, wie sie über mich flüsterten, wenn ich an ihnen vorbeiging. »... ist ein Freak«, sagten sie und »... hat schon als kleines Kind einem Schwein die Kehle durchgeschnitten und hinterher das Blut getrunken.« Auf die Idee, das Blut zu trinken, war ich selbst gar nicht gekommen, fand sie aber gut und nahm es mir für die nächste Schlachtung vor. »... hat vor nichts und niemandem Angst.« Das stimmte tatsächlich, lag aber sicher eher daran, dass ich zu dem Zeitpunkt nicht wusste, wie sich Angst anfühlte. Solche Dinge hörte ich immer wieder und mir gefiel es. Es hat mich eh nie interessiert, wenn die anderen Kinder Fangen, Gummitwist, Baseball oder Basketball spielten, über die seltsamsten Dinge lachten oder wegen der geringsten Kleinigkeit losheulten wie kleine Babys. Nathan jedenfalls freute sich darüber, dass sie dachten, wir wären befreundet, und nutzte jede Gelegenheit, meine Nähe zu suchen: in der Schulpause oder an den Tagen, an denen ihm sein Dad erlaubte, mich zu besuchen.

Oft sagte ich ihm dann, er müsse sich irgendwo in den Scheunen auf unserer Farm oder in den Feldern vor mir verstecken. Ich würde ihn suchen. Das tat ich jedoch nie. Spätestens wenn es dunkel wurde, hat er sich dann in die Hose gemacht und ist nach Hause gefahren. Manchmal bestand er darauf, mich zu suchen. Ich ging dann einfach in mein Zimmer und ließ ihn stundenlang draußen rumrennen. Meist schickte ihn mein Dad irgendwann fort.

Trotzdem kam Nathan immer wieder zurück. Als ich älter wurde, kam das Versteckspielen natürlich nicht mehr in Frage. Ich ging dazu über, Experimente mit und an ihm durchzuführen. Einmal ließ ich ihn eine halbe Dose Motoröl trinken, woraufhin es ihm speiübel wurde und er zum Arzt musste. Pete hat am selben Abend ein Gespräch mit meinem Dad geführt, währenddem er ihm sagte, dass mit mir irgendetwas nicht stimmen würde. Mein Dad winkte nur ab und ließ ihn stehen. Die nächsten Wochen besuchte Nathan mich nicht mehr, was mich ärgerte. Schließlich war er mein Spielzeug. Später in der Schule sagte ich ihm, er müsste unbedingt am Nachmittag zu mir kommen und dürfte seinem Dad davon nichts erzählen.

»Dad wird dann aber furchtbar böse«, jammerte er. Ich schaute ihn einfach an, stand auf und sagte, während ich wegging:

»Okay, dann sind wir nicht mehr befreundet.« Für mich war die Sache in diesem Moment erledigt, Nathan hingegen rannte mir sofort hinterher.

»Wenn du nicht mehr mein Freund bist, kommen die anderen Jungs wieder«, sagte er mit Tränen in den Augen. Ich zuckte mit den Schultern.

»Das ist mir egal«, sagte ich und genau das war es.

»Also gut«, gab er klein bei. »Ich frage ihn. Bestimmt lässt er mich wieder zu dir.« Ich sah ihn an und nickte.

Später am Nachmittag saß ich auf der untersten Stufe zur Veranda, als Nathan von seinem Dad gebracht wurde. Konnte der Fettsack nicht mit dem Rad kommen? Warum ließ er sich bringen?

»Und pass auf, dass du keinen Scheiß machst, ist das klar, du Dumpfbacke?« Nathan nickte eifrig seinem Dad zu und rannte zu mir. Pete, der das Seitenfenster heruntergekurbelt hatte, winkte mich heran. »Ich hab keine Ahnung, was mit dir nicht stimmt«, zischte er, »aber wenn du meinem Sohn nochmal auch nur ein Haar krümmst, dann –.« Er sprach es nicht aus, doch der Ton in seiner Stimme war unmissverständlich. Pete meinte es ernst. Allerdings nahm ich das nur nebenbei wahr, denn ich hatte etwas, oder vielmehr jemanden auf dem Rücksitz erblickt. Es war Meredith, Nathans kleine Schwester. Die hatte ich das letzte Mal gesehen, als sie ein Baby war. Jetzt war sie vielleicht 4 oder 5. Sie schaute zwischen den Lehnen der Vordersitze nach vorn. Unsere Blicke trafen sich und mir kam sofort meine Mom ins Gedächtnis. Genauso, wie ihre Augen damals leer ins Nichts starrten, als sie an der Decke des Schlafzimmers baumelte, so leer war der Blick von Meredith. Sie schaute zwar zu mir, doch ich war sicher, sie würde durch mich hindurchsehen. Das verwirrte mich, denn es war der Blick der Toten. Wie auch die Tiere nach der Schlachtung trüb ins Nichts starrten. Doch Meredith war nicht tot, sie saß zwar still und unbeweglich auf ihrem Kindersitz, doch sie atmete. Ich konnte erkennen, wie sich ihre kleine Brust hob und senkte. Wie es wohl wäre, wie es sich wohl anfühlte, wenn das Leben aus ihr herausflösse? Und wie würden ihre Augen sich dann verändern, wenn sie jetzt schon so tot aussahen? In meinem Bauch fühlte es sich warm an. Mit einem Schlag wurde mir bewusst, dass das die Leere in mir schließen könnte, die dadurch entstanden war, dass meine Mom ohne mich gestorben war, ohne mich daran teilhaben zu lassen. Meredith würde diese Lücke ausfüllen, die seit Jahren wie das Loch eines Puzzles, dem ein einziges Teil fehlte, in mir klaffte. Pete bemerkte den Blickkontakt zwischen Meredith und mir. Er schnauzte mich an: »Nimm deine verdorbenen Augen von meinem Mädchen, du Teufelsbraten!« Ich drehte mich langsam in seine Richtung und ging einen Schritt zurück. Ich spürte, dass er noch etwas sagen wollte. Er holte bereits Luft, doch irgendetwas hielt ihn davon ab. Ich vermutete, dass ich es war, denn sein Gesicht sah gerade so aus wie das der Jungs in der Schule, wenn sie über mich tuschelten. Ängstlich. Ganz klar, er hatte Angst vor mir. Ich weiß es nicht mehr genau, aber ich glaube, ich habe ihn angelächelt, woraufhin er das Fenster hochkurbelte und mit durchdrehenden Reifen von unserem Hof fuhr.

Nach einigen Minuten, der vom Wagen aufgewirbelte Staub hatte sich weitestgehend wieder gelegt, kam Nathan zu mir gelaufen. Ich stand nachdenklich am selben Platz, die Reifenspuren zu meinen Füßen waren noch gut sichtbar.

»Mein Dad sagt, mit dir stimmt was nicht und ich soll vorsichtig sein«, sagte er mit brüchiger Stimme. »Aber das ist nicht wahr, ich glaube ihm nicht. Du bist mein Freund. Du bist doch mein Freund?« Langsam wandte ich mich zu ihm. Obwohl er größer war als ich und mindestens das Doppelte von mir auf die Waage brachte, wirkte er mit seinem eingezogenen Kopf und den herunterhängenden Schultern wie ein kleiner Klumpen Lehm. Er wich zurück. Ich ging weder auf seine Frage ein noch auf die Warnung seines Vaters. Nathan war schließlich mein Spielzeug, da bestimmte ich die Regeln und das schloss natürlich ein, worüber wir uns unterhielten. Außerdem hätte es unsere ›Beziehung‹ unnötig verkompliziert, wenn ich ihm verraten hätte, dass sein Vater damit recht hatte.

Mit mir stimmte so Einiges nicht, das wusste ich seit vielen Jahren. Ich war mir dessen spätestens in der Schule bewusst geworden, als ich regelmäßig mit Gleichaltrigen zu tun hatte. Vorher kannte ich andere Kinder fast nur aus dem TV und ich dachte, die in der Glotze wären seltsam. Doch ich irrte mich. Ich selbst war es. Ich war anders. Allerdings verunsicherte oder ängstigte mich diese Feststellung kein bisschen. Im Gegenteil: Es gefiel mir, etwas Besonderes zu sein. Ich verwendete viel Zeit darauf, mir selbst beizubringen, wie ›normale‹ Menschen in unterschiedlichen Situationen reagierten, und wenn ich genügend Zeit hatte, mich auf etwas vorzubereiten, konnte ich häufig die passenden Emotionen simulieren.

Leider funktionierte das nicht, wenn ich spontan mit einer Gegebenheit konfrontiert wurde, wie beispielsweise mit dem Freitod meiner Mom. Hätte ich damals etwas Vorlauf gehabt, um mich darauf einzustellen, hätte ich das schockierte und trauernde Kind gut rüberbringen können, das sich auf die Knie warf und mit weinerlicher Stimme nach seiner Mutter rief, dem der Schnodder aus der Nase und das Wasser aus den Augen lief. Nur gab mein Dad mir diese Zeit nicht. Stattdessen nötigte er mich dazu, ihren toten Körper vollkommen unvorbereitet anschauen zu müssen.

Ich musste nachdenken. Doch wie sollte ich nachdenken, wenn sich Nathan in meiner Nähe aufhielt?

»Komm«, sagte ich und ging an ihm vorbei in Richtung unserer großen Scheune. Nathan folgte mir nur zögerlich, wahrscheinlich dachte er noch an das letzte Mal, als ich ihn mit in die Scheune geschleppt hatte. Damals überredete ich ihn, vom Fenster unter dem Dach auf den Heuhaufen zu springen, der sich direkt daneben befand. Natürlich sprang er und wie ich es erwartet hatte, landete er mit einem Schuh in den Zacken einer umgedrehten Harke, die ich vorher dort deponiert und mit Heu abgedeckt hatte. Noch heute höre ich sein Gejammere wegen dieses kleinen Kratzers, den er davongetragen hatte. Schließlich hatte sich nicht einmal einer der Zinken durch seinen Fuß gebohrt, sondern nur die Haut an der Außenseite etwas aufgerissen. Die Blutung war lächerlich.

Trotzdem folgte er mir und sein Ausatmen sollte wohl seiner Erleichterung Ausdruck verleihen, als er merkte, dass es nicht bis ganz nach oben, sondern nur auf die erste Ebene ging, wo wir unsere Strohballen lagerten. Wir stapelten sie so, dass wir wie auf einem Sofa darauf liegen konnten, die Füße auf einem Extraballen zwischen uns, der quasi eine Fußbank darstellte.

»Deine Schwester«, sagte ich unvermittelt zu ihm.

»Meredith?« Nathan antwortete mit dünner und leiser Stimme.

»Ja, Meredith. Oder hast du noch andere Schwestern?«

»Nein, natürlich nicht. Das weißt du doch. Was ist mit Meredith?« Immer noch flüsterte er fast.

»Das sagst du mir jetzt«, befahl ich ihm. Schweißperlen traten auf seine speckige Stirn, was ich wegen seiner kurzgeschorenen Haare gut sehen konnte. Sein Gesicht lief rot an. Aha, dachte ich, ich lag also richtig.

»N-nichts, warum willst du das wissen?« Jetzt klang seine Stimme kläglich und es schien mir, als würde er momentan lieber von oben mit dem Gesicht auf die Harke springen, als dieses Gespräch mit mir führen zu müssen. Ich nahm meine Füße vom provisorischen Beistelltisch, stellte sie auf den Boden und neigte meinen Oberkörper nach vorn. Im selben Maße versuchte Nathan, zurückzuweichen, was ihm wegen des Strohballens in seinem Rücken nicht gelang.

»Nathan«, sagte ich ruhig, aber eindringlich. Plötzlich begann er zu zittern und zu heulen. Ich wartete geduldig, bis er sich beruhigte. »Also?«

»Sie muss —«, er schniefte, »bei meinem Dad Sachen machen.« Erneut kamen ihm die Tränen.

»Sachen machen?« Ich hielt mich für intelligent und dachte, dass ich mich mittlerweile gut auskannte in der Deutung von normalen Menschen, doch in diesem Moment stand ich auf dem Schlauch. Was meinte er? Sollte sie tanzen oder Kunststücke vorführen? Oder die Hausarbeit machen, die Nathan üblicherweise übernommen hatte, seit sich seine Mom vor einigen Jahren mit einem anderen Mann aus dem Staub gemacht hatte?

»Ja.«

»Was heißt das: Sachen machen?«

»N-nichts«, versuchte der kleine Schlawiner abzuwiegeln.

»Nathan, du weißt, dass wir Freunde sind.«

»Ja.«

»Und du weißt auch, dass sich Freunde alles sagen können?« Ich hoffte inständig, dass er im Umkehrschluss nicht auf die dumme Idee käme, dass dies auch für mich gelten würde.

»Ja«, sagte er und wischte sich den Schnodder mit seinem Ärmel ab. Widerlich. Aber ich wollte genau wissen, was mit Meredith los war. Warum sie diesen Blick hatte.

»Dann weißt du auch, dass du mir alles sagen kannst. Also, was für Sachen muss sie machen?«

»Sie muss ihn da anfassen.« Dabei zeigte er auf seinen Schoß. Nun dämmerte es mir. Natürlich, der von seiner Frau verlassene, stets um seine Kinder besorgte und freundliche Pete verging sich an seiner eigenen Tochter. Über sexuellen Missbrauch hatte ich in den letzten zwei, drei Jahren sehr viel im Internet gelesen und verschlang jeden Film und jede Dokumentation, die darüber im TV gezeigt wurde. Es faszinierte mich total, wie sich diese Taten auf die Opfer auswirkten, so vielfältig und doch wieder ähnlich. Von einem jedoch war ich durch meine Nachforschungen diesbezüglich überzeugt: Alle hatten danach diesen toten Blick. Nicht immer und in jeder Situation, doch hin und wieder konnte sich kein Opfer dagegen wehren, da brach der durch den Schänder getötete Teil an die Oberfläche. Und genau diesen Blick hatte ich bei Meredith vorhin gesehen und jetzt verstand ich auch, warum. Nun wusste ich, was zu tun war.

»Woher weißt du das?«

»Was?« Oh, komm schon, du Idiot, wie dumm bist du?

»Mit dem Anfassen.« Ich zeigte auf seinen Schoß, woraufhin er zusammenzuckte.

»Mein Dad, also er, sie, sie machen das meist im Wohnzimmer. Das kann man von oben sehen. Ich erinnerte mich an einen meiner wenigen Besuche bei Nathan und wie das Haus innen beschaffen war. Tatsächlich konnte man von einer Ecke auf der Galerie aus das Sofa gut sehen, zumindest einen großen Teil davon.

Es bedurfte einer gelungenen Mischung aus Drohung und gutem Zureden, um Nathan weitere Details aus der Nase zu ziehen. Anfangs sträubte er sich, doch wie gewohnt gab er schnell klein bei. Demnach lief es wohl immer recht ähnlich ab: Nachdem die Kinder im Bett waren, setzte sich Pete ins Wohnzimmer, manchmal allein, manchmal war sein stotternder Freund Brian dabei, dem die Tankstelle an der Zufahrtsstraße zum Highway gehörte. Sie tranken ein paar Bier und schauten fern, bis sie irgendwann einen Porno in den DVD-Player warfen und dadurch angeturnt Pete seine Tochter dazu holte.

Nathan war bei unserer Unterhaltung nicht ganz bei der Sache, es schien ihn aufzuwühlen, daher musste ich ihn zwischendurch immer wieder auf Kurs bringen, bis er mir endlich alles erzählt hatte. Daraufhin erläuterte ich ihm meinen Plan. Das heißt, ich sagte ihm soviel, wie er wissen musste.

»Hast du alles verstanden? Sobald du merkst, dass ES wieder losgeht, meldest du dich. Einmal klingeln lassen und wieder auflegen.« Nathan nickte, mehr aus Ehrfurcht als aus Überzeugung. Er hatte natürlich keine Ahnung, was ich wirklich vorhatte, aber das würde er schon noch erfahren – auch wenn es dann für ihn zu spät wäre. Den Grund hingegen, aus dem ich das tun wollte, tun musste, würde er niemals erfahren. Warum auch, er würde es mit seinem Spatzenhirn sowieso nicht verstehen.

Unsere Farmen lagen nur ein paar Meilen auseinander. Ich brauchte höchstens zehn bis fünfzehn Minuten mit dem Fahrrad, mein Plan schien perfekt. Das Einzige, was ich nun zu tun hatte, war abzuwarten.

Ich unterbrach die Geschichte und schaute zu Rachel. Die Autorin schrieb und schrieb, mich hätte nicht gewundert, wenn kleine Rauchschwaden vom Schreibtisch aufgestiegen wären. Doch die blieben aus. Natürlich blieben sie das.

»Möchten Sie eine Pause?« Ich hatte gelernt, dass Erzählungen dieser Art manchen Menschen zusetzten, daher wollte ich auf Nummer sicher gehen, Rachel nicht zu ›verbrennen‹. Doch wie bei meiner letzten Nachfrage schaute sie auch dieses Mal nicht hoch, sondern antwortete mit gleichmütiger Stimme, während der Stift weiter nur so über das Papier hetzte.

»Nein, wenn Sie keine brauchen, ich benötige keine.« Ich glaube, eine andere Reaktion hätte mich auch verwundert. Ich fuhr fort.

Drei Tage nach dem Gespräch in der Scheune war es soweit. Endlich. Kurz nach 22 Uhr klingelte unser Telefon genau einmal. Ich schaltete meinen Computer aus, an dem ich mich weiter über dieses sehr interessante Thema informiert hatte, griff nach der Plastiktüte, die ich gleich nach der Abmachung mit Nathan gepackt und paratgestellt hatte, eilte in den Schuppen, schwang mich auf mein Bonanza-Rad und trat kräftig in die Pedale. Einmal hatte mein Dad vorgeschlagen, mir ein neues Rad zu besorgen, eines, das zu mir passen würde. Und er meinte, das alte Schrottteil, das er selbst bereits als Kind gefahren hatte, passte nicht mehr in diese Zeit. Ich sagte damals lediglich, dass ich kein anderes wollte und insgeheim war er wahrscheinlich froh darüber, kein Geld dafür ausgeben zu müssen. Nachher fehlte es noch für den Schnaps. Nicht auszudenken. Abgesehen davon verstehe ich bis heute nicht, warum es nicht zu mir gepasst haben soll.

Vollkommen außer Atem kam ich an. Nathan wartete bereits mit einem albernen Pyjama bekleidet an der Hintertür. Bärchen. Auf dem Schlafanzug tummelten sich Bärchen! Ich schüttelte nur den Kopf.

»Bitte sei leise«, sagte er mit flehender Stimme. »Wenn Dad uns sieht, mich sieht, dann –.«

»Was dann?«, unterbrach ich ihn. Ich hatte keine Lust, meine wertvolle Zeit mit blödem Gequatsche zu vertrödeln, schließlich erwartete mich etwas viel Besseres. Oh nein, jetzt fing er wieder an zu heulen. »Was wäre dann?«, fragte ich nochmal und versuchte, meine Stimme sanft klingen zu lassen, verständnisvoll, wie ich es im TV gesehen hatte und wie Ms. Shipman, unsere Lehrerin zu Schülern sprach, wenn sie eine besonders schlechte Klassenarbeit wiederbekamen.

»Dann«, druckste er herum, »dann muss ich die Sachen vielleicht auch wieder machen.« Das überraschte mich vollkommen. Also hatte Nathans Vater ihn früher ebenfalls missbraucht und Meredith hat ihn sozusagen er- und abgelöst. Der liebe Pete, langsam bekam ich etwas Respekt vor seiner Fähigkeit, seine perversen Neigungen zu überspielen. Komisch nur, dass ich bei Nathan nie diesen gewissen Blick gesehen hatte. Vermutlich lag es an seinen kleinen Schweinsaugen, die unter den Fettwülsten kaum zu sehen waren. Oder war der Grund dafür, dass ich Nathan niemals richtig angesehen hatte? Ich weiß es bis heute nicht.

»Gut, ich bin leise«, beruhigte ich ihn, damit es endlich losgehen konnte. Ich zog meine Schuhe draußen aus, schlich hinter ihm her durch die Küche, die hintere Treppe hinauf und dann langsam an der Brüstung der Galerie entlang, bis wir die Stelle erreicht hatten, von der aus ich sie sehen konnte: Nathans Dad Pete und den stotternden Brian von der Tankstelle. Vor ihnen auf dem Tisch standen mehrere volle und leere Bierflaschen, auf dem Bildschirm lief anscheinend ein Porno, was ich anhand der Geräusche vermutete. Erkennen konnten wir von unserer Position aus nicht, was in der Flimmerkiste lief.

»Wie lange dauert das noch?« Ich wartete bereits mehrere Minuten.

»Nicht mehr lange«, antwortete Nathan und hörte sich an, als ob ein dicker Kloß in seinem Hals stecken würde.

»Das hoffe ich für dich.« Mich verwunderte, dass Nathan selbst in dieser Situation mehr Respekt vor mir als Angst vor seinem Dad zu haben schien, ansonsten hätte er unserer Exkursion doch nie zugestimmt. Eine viertel Stunde und einige Flaschen Bier später war es endlich soweit.

»Was meinst du, holen wir uns Gesellschaft?«, hörten wir Pete fragen. Seine Stimme schwankte leicht wie kurz darauf auch sein Gang.

»Ja, hol sie her«, erwiderte Brian, ebenfalls etwas angeheitert, aber ohne zu stottern. Keine zwei Minuten später kehrte Pete zurück, die in einem graublauen Nachthemd gekleidete Meredith im Schlepptau. Unter ihrem Arm trug sie einen kleinen Teddybären mit einer roten Schleife. Pete nahm ihr vorsichtig den Bären weg und legte ihn auf das Sofa. Dann schob er das Mädchen zwischen sich und seinen Freund.

»Du weißt doch, dass du zwei freie Hände brauchst.« Meredith nickte und ich begriff, dass das, was folgte, schon viele Male vorher geschehen sein musste. Fast gleichzeitig zogen sich die Männer aus und jeder führte eine der Hände Merediths dahin, wo Hände eines Kindes nichts zu suchen hatten, das wusste ich von meinen Fortbildungen. Kurz ging mir durch den Kopf, was passieren würde, wäre ich jetzt an Merediths Stelle. Ich schmunzelte wegen des Massakers, das ich veranstaltet hätte. Ich schaute zu Nathan, der dem Treiben unten mit Tränen in den Augen zusah und am ganzen Körper zitterte. In diesem Moment freute ich mich darüber, dass Empathie für mich lediglich ein Wort war, über dessen wahre Bedeutung ich nicht im entferntesten Bescheid wusste. Zwar hatten meine Nachforschungen ergeben, dass es einigen Menschen körperliche und seelische Qualen bereiten würde, müssten sie tatenlos diesem

Schauspiel beiwohnen, warum das jedoch so war, konnte ich damals nicht nachvollziehen.

Auch ich beobachtete die drei im Wohnzimmer eine Zeit lang. Mir tat weder etwas weh noch fühlte ich mich gequält, ich war einzig von Nathans Geheule genervt. Das Heulen war jedoch in dem Moment vorbei, als ich in die mitgebrachte Tüte griff und den Inhalt herauszog. Er riss die Augen auf und atmete tief ein.

»Was willst du denn damit?«, krächzte er. Ich antwortete ihm nicht, da die Frage meiner Meinung nach absolut überflüssig war, sondern hielt die Polaroidkamera vor mein Gesicht. Durch das Suchfenster fand ich schnell mein Motiv, stellte den Zoom ein und drückte ab. Es klickte, dann summte es und das Gerät warf das Foto aus, auf dem noch nichts außer einem schwarz-grauen Belag zu sehen war. Nathan hielt sich die Hand vor den Mund, offensichtlich hatte ich es geschafft, seine Angst noch zu steigern. Aus meiner Sicht war sie jedoch unbegründet, da die Männer unten wegen ihres Gestöhnes das leise Klicken der Kamera unmöglich mitbekommen haben konnten. Zumal auch das TV lief und das nicht gerade leise.

Langsam konnten wir auf dem Abzug erkennen, was ich mit dem ersten Versuch eingefangen hatte. Obwohl das Foto gut gelungen war, machte ich noch zwei weitere. Beim letzten schaute Meredith hoch und ich bin mir sicher, dass sie uns gesehen hatte. Mich gesehen hatte. Sie schaute direkt in die Kamera, während sie das tat, was ihr Dad von ihr verlangte.

»Das reicht. Wir können abhauen.« Ich steckte die Kamera zurück in die Tüte und hörte Nathan erleichtert ausatmen, bevor wir uns leise von der Galerie zurückzogen und nach unten schlichen.

»Was hast du jetzt vor? Mit den Fotos?«, wollte Nathan von mir wissen. Ich zog gerade meine Schuhe an.

»Das geht dich nichts an«, sagte ich nur und merkte, dass er noch etwas sagen wollte, doch wie es vor ein paar Tagen bei seinem Dad funktioniert hatte, klappte es jetzt auch bei Nathan. Ich sah ihm kurz in die Augen und er schluckte herunter, was auch immer ihm auf der Seele lag. Ich klemmte die Tüte mit der Kamera auf den Gepäckträger, befestigte sie mit dem Gummiriemen und fuhr nach Hause. Das heißt, ich fuhr nicht direkt nach Hause, sondern ich machte einen kleinen Umweg.

Nathan überraschte mich am darauffolgenden Montag, als er in den Schulbus stieg und sich wie jeden Morgen neben mich setzte. Nicht deswegen, sondern weil er nichts zu mir sagte. Für sich allein war das zwar nicht ungewöhnlich, denn ich hatte ihm früh in unserer Bekanntschaft vermittelt, dass ich von nutzlosem Gerede nichts halten würde. Anfangs hatte er es nicht verstanden, wie er vieles andere auch nicht verstehen konnte, doch nach einigen Wochen kam es nur noch vereinzelt vor, dass er mich zum Beispiel fragte, wie es mir ging. Aber an diesem Tag verhielt es sich vollkommen anders. An diesem Tag war ich neugierig, denn schließlich war es am vergangenen Freitag gewesen, als wir den Missbrauch an Meredith von der Galerie aus beobachtet hatten. Und es war am selben Freitag, nur etwas später, als ich James T. Walker die Beweisfotos auf den Fahrersitz seines unverschlossenen Polizeiwagens gelegt hatte, der, wie meist um diese Zeit, vor dem Pub parkte, in dem der Deputy Sheriff sein Feierabendbier zu trinken pflegte. Dazwischen lag nun das komplette Wochenende. Das musste doch genug Zeit für ihn gewesen sein, die Ermittlungen aufzunehmen. Zumal ich im Internet vielfach darauf gestoßen war, dass die Behörden Verdachtsfällen Kindesmissbrauch betreffend schnell nachgingen und, was diesen Fall anging, ich meine, mit diesen Fotos, das ging doch schon sehr weit über einen Verdachtsmoment hinaus. Dachte ich jedenfalls. Doch Nathan schwieg wie sonst und schaute über die Sitzreihen nach vorne.

»Ist am Wochenende bei euch nichts passiert?«, fragte ich ihn schließlich, woraufhin er mich anglotzte, als wäre ich ein Außerirdischer. Ob es daran gelegen hatte, was ich fragte, oder daran, dass ich ihn überhaupt ansprach, weiß ich nicht. Nach einem Moment antwortete er stockend.

»Nein, äh, was soll denn gewesen sein?« Irgendetwas war also schiefgelaufen bei meinem Plan. Dass Nathan mich anlog, war unvorstellbar, daher blieben nur drei Möglichkeiten: Der Deputy Sheriff hatte die Fotos nicht gesehen, weil sie vielleicht jemand vor ihm aus dem Wagen geholt hatte, oder er hatte sie gesehen und überlegte noch seine Vorgehensweise oder er hatte sie gesehen und ermittelte einfach nicht.

»Nichts, schon gut«, beruhigte ich ihn, was dazu führte, dass er wieder debil lächelnd nach vorne guckte. Das in mir aufkommende Gefühl kannte ich nicht so gut, wahrscheinlich kam es dem am nächsten, was man unter Enttäuschung verstand. Meist funktionierte das, was ich mir vornahm. An diesem Tag nicht. Doch kurz darauf, als ich noch einmal darüber nachgedacht hatte, kam ich zu dem Schluss, dass es tatsächlich eine glückliche Fügung gewesen war, denn mein Plan hatte einen bedeutenden Haken, den ich vollkommen außer Acht gelassen hatte. Das durfte mir nicht wieder passieren. Ich nutzte die verbleibende Busfahrt zur Schule, um mir eine alternative Vorgehensweise zu überlegen. »Das ist es!«, rief ich sehr zur Überraschung der anderen Schüler aus, als der Bus vor der Schule anhielt. Viele schauten verwundert zu mir, aber keiner traute sich, seinen Blick länger als eine halbe Sekunde auf mir ruhen zu lassen. Sie war noch da, die Angst vor mir. Obwohl sie mich gar nicht kannten. Die meisten von ihnen kannten nicht einmal meine Stimme.

»Was ist es?«, fragte Nathan, der vor mir herging und so für mich den Weg zur Tür bahnte.

»Erzähle ich dir nach der Schule. Komm nachher zur Scheune.« Ich hätte ihn auch in einer Unterrichtspause oder auf dem Rückweg einweihen können, doch ich wollte den Plan noch im Kopf durchspielen, damit mir dieses Mal kein Patzer unterlief.

Am späten Nachmittag, die Schule war lange aus und Nathan hatte seine Hausaufgaben erledigt, kam er, wie ich es verlangt hatte, zu mir. Es war ziemlich heiß an diesem Tag, daher holte ich mir gerade frisches Wasser aus dem Brunnen. Das Quietschen seiner Pedale kündigte Nathans Erscheinen lange an, bevor man ihn sehen konnte. Er stoppte neben mir, ließ sein Fahrrad fallen, nahm mir ungefragt den vollen Wassereimer ab und folgte mir in die Scheune. Die Strohballen oben waren noch genauso angeordnet wie beim letzten Geplauder, nur stellten wir heute den Wassereimer auf den Tischballen, statt unsere Füße darauf abzulegen.

»Nathan, das hier ist ein wichtiges Gespräch, verstehst du?«, sagte ich mit ernster Stimme. Warum er allein deswegen fast zu heulen anfing, wusste ich nicht. Offensichtlich ahnte er, in welche Richtung es sich erneut entwickeln würde. Dennoch nickte er tapfer. Ich war sicher, dass er es nicht verstehen würde, doch das war gleichgültig, solange er später tat, was ich von ihm verlangte. Und dies wiederum verlangte eine gute Performance meinerseits.

»Mh«, erwiderte er.

»Es geht um Meredith –.«

»Warum wieder sie?«, unterbrach er mich weinerlich. Ich verengte meine Augen zu Schlitzen und zischte:

»Hör gefälligst zu!«

»Gut«, sagte er kleinlaut.

»Um Meredith und um dich. Und darum, was dein Dad mit euch macht.«

»Ich will darüber nicht sprechen.«

»Ich will es aber.«

»Warum spielen wir nicht etwas? Oder gehen in den Wald?«

»Nathan, ich habe dir etwas zu sagen und du musst mir gut zuhören.« Erneut schluchzte er.

»Du willst bestimmt wieder zugucken. Warum denn? Du hast doch die Fotos.« Schön wär's, dachte ich, aber wo die sich befanden, wusste ich nicht einmal ansatzweise.

»Nein, Nathan. Hör mir zu.«

»Ich will aber nicht.« Er sprang auf und lief zur Leiter, die nach unten führte.

»Wo willst du hin?«, herrschte ich ihn an. »Setz dich gefälligst wieder. Ich bin noch nicht fertig.« Wie ein geprügelter Hund schlich er zurück zu mir.

»W-was willst du denn jetzt noch?« Ich senkte meine Stimme und lächelte ihn milde an.

»Ich wollte dich nicht anschreien, tut mir leid.« Fast hätte ich dabei erbrochen, riss mich jedoch zusammen. »Du hast Angst, deine Schwester hat Angst. Das muss aufhören. Du musst, wir müssen dafür sorgen, dass es aufhört.« Die letzte Wendung schien Nathan eingefangen zu haben, denn in dem Moment, in dem ich von ›wir‹ gesprochen hatte, blickte er hoffnungsvoll auf. »Ich bin dein Freund und werde dir, werde euch helfen.«

»Willst du es etwa der Polizei erzählen? Die Bilder der Polizei geben? Dann kommt mein Dad ins Gefängnis und Meredith und ich ins Heim.« Ganz genau, du und deine Schwester würdet im Kinderheim landen und genau das war der große Pferdefuß meines letzten Planes. Deswegen musste es Fügung gewesen sein, dass er fehlschlug, wobei ich an Fügung, Vorsehung, Schicksal und diesen ganzen Quatsch nicht glaubte. Aber ich begrüßte es schon immer, dass andere das taten. Dadurch vereinfachte sich so manche Manipulation.

»Nein, die Polizei kann dabei nicht helfen. Das musst du selbst, müssen wir selbst in die Hand nehmen.«

»Was meinst du denn damit? Ich verstehe das nicht.«

»Pass auf, ich erkläre es dir.« Nathans Mund klappte bereits zu Beginn meiner Ausführung auf und er schloss ihn nicht, während ich ihm meinen Vorschlag unterbreitete, oder besser gesagt, meine Anweisungen erteilte. Mir war bewusst, dass dieser Plan ebenfalls ein gewisses Risiko barg, schiefzugehen, doch ich hatte lang genug darüber nachgedacht und beschlossen, dass das meinige bei der ganzen Angelegenheit sehr überschaubar sein würde. Für Nathan sah das natürlich anders aus, aber das sollte nicht mein Problem sein. Wer war er schon? Ein dummer Junge, den ich beliebig austauschen könnte, sollte es nicht klappen. Zu diesem Zeitpunkt war ich jedoch davon überzeugt, dass alles so laufen würde, wie ich es mir ausgemalt hatte.

»Ich weiß nicht, ich weiß nicht, ich weiß nicht«, sagte er immerzu, während er rhythmisch mit dem

Oberkörper vor und zurück schaukelte, als litt er unter Hospitalismus.

»Du musst, wir müssen das machen. Es gibt keine andere Möglichkeit. Du willst deine Schwester doch beschützen.«

»Ich weiß nicht, ich weiß nicht, ich –.« Ich gab ihm eine schallende Ohrfeige. Erschrocken hörte er auf und sah mich an. Und obwohl mein Handabdruck auf seiner Wange zu sehen war, es also ziemlich brennen musste, weinte er nicht. Auch schrie er nicht. Etwas ziemlich Seltsames geschah in diesem Moment, was selbst mir, dem Prototypen der Seltsamen ein verwundertes Stirnrunzeln entlockte. Es war, als hätte eine andere Person Besitz von Nathan ergriffen. Seine Stimme klang fest, kräftig und entschlossen und viel tiefer als seine eher helle Kinderstimme. Konnte es sein, dass er innerhalb weniger Sekunden den Stimmbruch hinter sich gebracht hatte und zum Mann geworden war?

»Du hast recht. Wir müssen, nein, ich muss Meredith vor diesem Monster beschützen. Ich bin ihr großer Bruder.« Ich lehnte mich zurück und musterte ihn. Falls ich in meinem bisherigen Leben jemals richtig beeindruckt worden war, dann in diesem Moment von Nathan.

Die nächsten Schultage hielt die merkwürdige Veränderung an, abgesehen davon, dass seine Stimme wieder die gewohnt helle Klangfarbe angenommen hatte. Ansonsten war er ruhig, unauffällig, als hätte sich der alte, weinerliche Nathan in Luft aufgelöst.

Meine Zuversicht war groß. Er würde es durchziehen. Andererseits stieg mit jedem Tag, an dem es nicht passierte, die Gefahr, dass seine wundersame Wandlung verpuffte und er einen Rückzieher machte.

Doch zwei Tage später kam der große Tag. Es klingelte. Einmal. Unser Signal. Wie beim vorigen Mal hetzte ich mit dem Rad zu Nathan, der mich wieder an der Hintertür erwartete. Nur trug er keinen Kinderpyjama, sondern hatte sich nach dem zu Bett gehen wieder seine Jeans und das labbrige T-Shirt angezogen, in dem er die letzten Tage schon herumgelaufen war.

»Bist du bereit?«, wollte ich wissen.

»Mh«, machte er, was nicht annähernd so überzeugt klang, wie ein paar Tage zuvor in der Scheune. Ich packte ihn am Oberarm, krallte mich fest und sah ihm eindringlich in die Augen.

»Ob du bereit bist, will ich wissen!« Er zwang sich, nicht zu weinen, und nickte knapp. Dann ein erneutes Nicken, nur wirkte es entschlossen.

»Ja, ich bin der große Bruder.« Ich klopfte ihm auf die Schulter und wir nahmen den gewohnten Weg rauf zur Galerie.

»Wo ist der Stotterer?«, fragte ich, denn ich sah nur Pete vor dem TV.

»Der ist heute nicht da. Aber es wird trotzdem passieren. Das weiß ich.« Er deutete nach unten. Ich folgte seinem Blick und dann hörte ich, was er meinte. Leises Stöhnen aus dem Fernsehgerät. Der Porno lief und leere Bierflaschen zierten den Tisch. Meine Gedanken rasten. War es ein Vorteil oder ein Nachteil, dass der stotternde Tankwart nicht dabei war? Je mehr ich darüber nachdachte, umso mehr tendierte ich dazu, dass es gut für uns war. Gut für mich. Gut für meinen Plan.

Wie auf Zuruf erhob sich Pete und schlurfte aus dem Zimmer. Warum kam er nicht zurück? Wo blieb er? Was war da los, verdammt? Sollte heute alles schieflaufen? Dann hörte ich das Rauschen der Toilettenspülung. Kurz darauf kehrte Pete mit Meredith an der Hand zurück und drehte sie so, dass sie neben dem Fernseher mit dem Gesicht zum Sofa stehenblieb. Pete beugte sich vor, zog dem Mädchen das Nachthemd über den Kopf und sich die Hosen aus. Meredith wehrte sich nicht, ließ es geschehen. Er setzte sich, umfasste ihr kleines Becken und zog sie zwischen seine Knie.

»Nathan, jetzt!«, zischte ich ihm zu. Er rührte sich nicht. Ich stieß ihn mit dem Ellbogen in die Seite und wiederholte mich. Immer noch keine Reaktion. Gerade wollte ich ihm erneut eine Ohrfeige verpassen, da bewegte er sich und richtete sich auf. »Du bist ihr Beschützer!«

»Ich bin der große Bruder«, machte er sich Mut. Er entfernte sich in Richtung seines Zimmers. Ich wartete. Das abartige Treiben unten nahm Fahrt auf, Nathan würde sich beeilen müssen. Ich hörte seine Schritte hinter mir und wandte mich zu ihm. Er hielt das Jagdgewehr seines Dads in der Hand, wie wir es besprochen hatten. Von dem geladenen Zustand hatte ich mich auf dem Weg nach oben bereits überzeugt.

Nicht, dass der Trottel die Munition vergessen würde. Nathan ging an mir vorbei und stieg leise die Treppenstufen hinab. Das Stöhnen seines Vaters wurde immer lauter und schneller.

»Los jetzt, Nathan«, murmelte ich vor mich hin. »Mach schon.« Und Nathan machte. Er stand jetzt direkt hinter seinem Dad, vielleicht einen Meter hinter dem Sofa.

»Lass Meredith in Ruhe, du Schwein!« Ich musste lächeln. Nathan hatte fast wieder mit der Stimme aus der Scheune gesprochen. Wäre er nicht so ein jämmerlicher Dummkopf gewesen, hätte ich fast Respekt vor ihm gehabt.

Völlig überrumpelt ließ Pete von seiner Tochter ab und schubste sie von sich. Meredith stolperte ein paar Schritte zurück, fing sich und blieb regungslos stehen. Sie schaute zu ihrem Dad und ihrem Bruder, aber irgendwie doch eher durch beide hindurch. Da war er wieder, dieser Blick, weshalb ich überhaupt diesen Plan geschmiedet hatte. Jetzt musste es Nathan nur noch zu Ende bringen.

»Drück ab«, sagte ich leise. »Drück einfach ab und wir können weitermachen. Ich komme zu euch runter und genieße, wie die letzten Herzschläge Petes Blut aus der Schusswunde pumpen. Und dann, wenn alles vorbei ist, kümmerst du dich um deine Schwester. Du legst sie auf das Sofa, streichelst ihr tröstend über den Kopf und sagst ihr, dass jetzt alles gut wird. Es wird einen Moment dauern, dann begreift sie es und lächelt dich an. Und dann, Nathan, legst du deine Hände um ihren schlanken Hals und drückst ganz langsam und vorsichtig zu, um Meredith von allen quälenden Erinnerungen zu befreien. Und ich sitze an ihrem Kopfende, lege meine Hand auf ihren Brustkorb und sauge ihre letzten Atemzüge, die letzten Schläge ihres kleinen Herzens in mich auf. Und ihre Augen werden mir diesen Blick schenken. Meinen Blick. Dadurch wird die Wunde heilen, die meine egoistische Mom vor Jahren brutal in mich gerissen hat. So sah mein Plan aus.

»Nathan!«, hörte ich Pete unten mit fester Stimme schreien. »Du gottverdammter Nichtsnutz, leg sofort das Gewehr aus der Hand!« Komm schon, Nathan, erledige ihn. Es ist ganz einfach, nur den Abzug betätigen. Einfach deinen Zeigefinger zu dir ziehen. Anlegen, Druckpunkt suchen, durchziehen. Ein Kinderspiel.

»Nein«, erwiderte er und ich hörte, wie seine Stimme brach. Verdammt, Nathan! Versau das jetzt bloß nicht!, schrie ich innerlich. Wie auf Befehl wich er einen Schritt zurück und hob das Gewehr ein Stück höher, sodass der Doppellauf direkt auf Petes Brust zielte. Sehr gut, Nathan, und jetzt tu es!

»Leg sofort das Gewehr fort!«, wiederholte Pete scharf, und was dann folgte, konnte ich im ersten Moment nicht glauben. Pete wartete, bis Nathan die Waffe einen Deut sinken ließ, dann machte er einen Satz zur Seite, griff Merediths Arm und zog sie vor seinen Körper. Ich konnte Nathans Augen nicht sehen, da er mit dem Rücken zu mir stand, aber ich war sicher, dass er sie mindestens genausoweit aufgerissen hatte, wie ich meine. Da versteckte sich dieser feige Kinderficker Pete hinter seiner eigenen Tochter. Was für ein Waschlappen. Kurz überlegte ich, hinunterzurennen, Nathan das Gewehr aus der Hand zu reißen und die Sache selbst zu Ende zu bringen. Doch das war nicht mein Stil. Noch nicht. Abgesehen davon erledigte sich diese Überlegung in der nächsten Sekunde. Nathan schluchzte, ließ die Arme sinken und schließlich das Gewehr neben sich auf die Bodendielen fallen. Pete war außer sich vor Zorn. Er stieß Meredith erneut von sich. Sie prallte gegen den Tisch und stürzte, doch auch dieses Mal machte sie keinen Laut.

Unbeeindruckt sprang Pete ohne seine Hose über die Lehne des Sofas und erreichte Nathan. Der hielt schützend die Hände vor den Kopf, doch die konnten nicht verhindern, dass sein Vater wie ein Berserker wieder und wieder auf ihn einschlug und nach ihm trat. Meredith beobachtete es, ohne eine Regung zu zeigen.

Verdammt. Zum zweiten Mal war mein Plan misslungen, was mich ärgerte. Nathan war einfach zu dumm und daher nutzlos, das hätte ich vorhersehen müssen. Hatte ich aber nicht. Zugegeben, das Schauspiel unten entschädigte mich zu einem gewissen Grad, auch wenn ich gern hinuntergegangen wäre, um den regungslos in seiner Pisse und seinem Blut am Boden liegenden Nathan zu beobachten. Vielleicht würde er ja –. Das Klingeln an der Haustür unterbrach jäh meine Gedanken.

»Pete, hier ist James, James Walker. Was ist da los? Mach die Tür auf!«, hörte ich es von draußen rufen.

Warum tauchte ausgerechnet jetzt der Deputy Sheriff hier auf? Na ja, ich würde es gleich erfahren. Zum Glück hatte ich oben ausgeharrt und war nicht, wie ich es kurz überlegt hatte, schon vor Minuten abgehauen.

Die Situation unten, die ich von meinem Logenplatz aus beobachten durfte, bot ein skurriles Bild. Der nur mit dem Shirt bekleidete Pete stand über seinen auf den Dielen liegenden Sohn gebeugt, keuchte vor Anstrengung und überall schien Blut zu sein: Fußboden, Nathans Körper, Petes Hemd und Gesicht waren voller Blutspritzer und von den Händen des Mannes tropfte es ebenfalls. Wobei ich nicht einschätzen konnte, ob es sich dabei um Nathans oder seinen eigenen Körpersaft handelte, denn so, wie er auf ihn eingedroschen hatte, war es durchaus vorstellbar, dass er sich die Handknöchel blutig geschlagen hatte. Ein paar Meter weiter blickte die splitternackte Meredith ausdruckslos in die Richtung der beiden.

Nach einer gefühlten Ewigkeit und einem weiteren Klingeln an der Tür kam Bewegung in die Sache. Pete griff nach seiner Jeans, zog sie hoch und drückte Meredith im Vorbeigehen ihr Nachthemd vor den Bauch.

»Zieh das an«, zischte er und öffnete kurz darauf die Tür. »Was willst du schon wieder?«, begrüßte er den Deputy Sheriff unfreundlich.

»Oh mein Gott, wie siehst du denn aus? Was ist passiert?« Der etwas übergewichtige Gesetzeshüter schob sich an Pete vorbei, dem es offensichtlich sehr unangenehm war, den Cop im Haus zu haben. Ich folgte weiter fasziniert dem Schauspiel. »Wer ist das?«

Walker zeigte in Richtung des am Boden liegenden Nathan und ging auf ihn zu. »Ein Einbrecher oder – mein Gott, Pete, das ist ja Nathan!« Er beugte sich zu ihm runter und machte irgendetwas, das ich von meiner Position aus nicht sehen konnte. Ich vermute, er tastete nach dem Puls meines Handlangers. »Was hast du getan? Wir müssen den Notarzt rufen, der Junge muss sofort in ein Krankenhaus!« Pete war dem Deputy langsam gefolgt und stand nun hinter ihm. Auch er blickte auf Nathan herab, jedoch wirkte er nicht mehr zornig.

»Ach was, eine kleine Abreibung hat noch niemanden geschadet«, erklärte er mit leiser Stimme.

»Abreibung? Der Junge ist bewusstlos und sein Puls ich schwach.« Er sprang auf und zog sein Handy aus der Tasche. »Schlimm genug, dass ich das mit deiner Tochter gedeckt habe, aber hier ist Schluss.«

»Denk an –«, begann Pete.

»Vergiss es«, unterbrach ihn Walker scharf. »Und jetzt ist mir auch egal, ob ihr mich wegen der alten Geschichte verpfeift. Der Junge muss ins Krankenhaus und du wirst die Konsequenzen tragen.«

»Aber James, w-was wird aus meiner Tochter?« Jetzt konnte ich hören, woher Nathan diese weinerliche Stimme hatte, denn Pete bettelte den Deputy förmlich an.

»Je eher sie von dir wegkommt, umso besser ist es für sie. Ich verdamme mich schon, dass ich dich nicht eingebuchtet habe, als mir die Fotos zugespielt worden sind.«

»Welche Fotos?«

»Das tut jetzt nichts zur Sache.« Doch Pete blieb hartnäckig, bis Walker ihm schließlich vom Fund in seinem Wagen erzählte.

»Das kann nur Nathan gewesen sein. Weiß Gott, wie er auf diese Idee gekommen ist.«

»Lass Gott aus dem Spiel. Warum hab ich dich nicht einfach weggesperrt, als ich sie gesehen habe?«

»Weil du selbst nicht in den Knast willst. Hör zu, James. Melde, dass ich den Jungen zu hart angepackt habe, aber bitte nicht das mit Meredith. Bitte!«, flehte er. »Dann sag ich auch nichts von der alten Sache.« Kein Wunder, dass Nathan so ein Weichei geworden war, bei dem Vater. Doch viel mehr als die Neuigkeiten, die ich eben erfahren hatte, machte mich nervös, dass Nathan da unten vielleicht gerade den Löffel abgab und ich nicht dabei sein konnte.

Ich hörte noch, wie Walker einen Krankenwagen verständigte und dass sich die beiden bei ihrem krummen Deal einig wurden, dann habe ich mich zurückgezogen und auf den Heimweg gemacht. Ich war wütend auf Nathan. Wegen seiner Dummheit und Zögerlichkeit bin ich um den Ertrag meines Planes gekommen und noch schlimmer: Durch die neuen Entwicklungen war ich weiter davon entfernt als jemals zuvor.

Ich wartete, bis Rachel den letzten Punkt hinter ihre Aufzeichnungen gemacht hatte. Sie warf noch einen Blick über die Blätter, bevor sie fragend hochsah.

»Kommt noch was heute?«

»Nein, für diese Sitzung soll es genug sein.« Wie beim letzten Mal verlor sie auch heute keine Zeit, sondern packte routiniert ihre Sachen zusammen und griff in einer fließenden Bewegung nach ihrer Jacke und der Handtasche, während sie vom Stuhl aufstand.

»Dann bis nächste Woche«, verabschiedete sie sich und fügte mit freundlicher Stimme hinzu: »Ich muss zugeben, dass Sie mich neugierig gemacht haben.«

»Danke«, erwiderte ich ebenfalls freundlich. Einen Augenblick später war sie zur Tür hinaus.

Kapitel 10

Es war nicht gelogen. Die feine Saat der Neugierde war aufgegangen, keimte und wuchs. Im Gegensatz zum ersten Meeting, das Rachel fast fluchtartig verlassen hatte, ging sie jetzt verhältnismäßig entspannt durch das unbeleuchtete Treppenhaus nach unten. Sie warf Ellen, die offenbar gerade etwas las, jedenfalls steckte ihre Nase tief in einer Zeitschrift, einen kurzen, unerwiderten Gruß zu und fand sich Sekunden später auf der Straße wieder. »Es scheint zu stimmen: Man kann sich an alles gewöhnen«, sagte sie sich und in der Tat wirkte der zweite Teil der Story von Mr. None überhaupt nicht mehr so freakig wie der erste. Gut, das mit dem kleinen Mädchen war heftig, ohne Frage, doch Rachel hatte während des Zuhörens und des Mitschreibens das Gefühl, dass die Sache sich am Ende zum Guten wenden würde.

Vor allem gelangte sie im Laufe der Erzählung zu der Überzeugung, dass sie Mr. None die Story nicht abkaufte. Niemals schildert er dir da sein Leben, nein, er präsentiert dir eine Eins-A-Psychostory, damit er hinterher ordentliche Verkaufszahlen bekommt und absahnen kann. Wovon auch du profitieren wirst, Mädel, also ist alles gut. Andernfalls, und das verbot sie sich ernsthaft in Erwägung zu ziehen, teilte sie sich einmal wöchentlich ein Hotelzimmer mit einem psychopathischen Soziopathen oder umgekehrt, einem soziopathischen Psychopathen. War beides keine Traumvorstellung. Nein, die Idee mit dem Psychothriller erschien ihr am plausibelsten.

Vielleicht lässt es dich aber auch wegen des unangemeldeten Besuchs von Paul kalt, der dir mit seinem seltsamen Blick einen ganz realen Schauer über den Rücken gejagt hat. Weil es dich persönlich betrifft und nicht irgendeinen Hasen oder gemobbten Jungen von einer Farm im Mittleren Westen der USA. Dagegen waren die Worte von Mr. None nicht greifbar, fiktiv, sie waren einfach nur eine abstrakte Geschichte.

Mit nur wenigen Fahrgästen teilte sie sich den Waggon in der L. Fünfzehn Minuten hast du bis zu deiner Station, da kannst du deine Aufzeichnungen ruhig schon mal überfliegen. Rachel legte die Zettel auf ihren Schoß und begann zu lesen. Vereinzelt schüttelte sie den Kopf wegen der – vermeintlichen – Gedankengänge von Mr. None als Kind und Jugendlicher, doch insgesamt musste sie anerkennen, dass er eine durchaus dichte und fesselnde Erzählweise hatte und ohne großartige Effekthascherei auskam. Das alleine disqualifizierte ihn doch schon als Soziopath, oder? Sie würde das später googlen. Und wenn du schon dabei bist, google den Rest doch auch, ich meine, warum sonst hat er heute Namen genannt? Oder war das wieder ein Test, ob du dich an die Abmachung hältst? Rachel grunzte leise auf. Ach komm schon, wie soll der das denn überhaupt merken, solange du dich nicht verquatschst? Das ist egal, du hast dein Wort gegeben, mahnte die Engelsstimme.

Die kontroverse Diskussion zwischen dieser und ihrer Teufelsstimme kam gerade in Fahrt, da zwang sich Rachel, diese Gedanken vorerst auf Eis zu legen, und erklärte, zumindest für den Moment, die Stimme mit dem Heiligenschein zur Siegerin.

Auf dem Weg von der Haltestelle zu ihrer Wohnung überlegte sie angestrengt, was sie noch essen sollte. Ihr Magen hing ihr gefühlt auf den Knien. Im Haus hatte sie nichts Sättigendes mehr, daher könnte sie noch eben in den Kiosk springen, der gerade in ihrem Sichtfeld auftauchte, oder sich eine Pizza nach Hause bestellen. Pizza wäre prima, entschied sie eine Sekunde darauf. Sie zückte ihr Handy und orderte bei ihrem Stammlieferservice eine Pizza Margarita mit extra Käse. Dann hast du gleich noch was für´s Frühstück morgen da. Sie wusste, dass ihr Appetit grundsätzlich größer war, als das, was sie nachher tatsächlich von ihrer Portion essen würde. Hinzu kam natürlich, dass Rachel das Gefühl hatte, Kalorien würden sich in ihrem Körpermilieu besonders wohlfühlen und dementsprechend ungehemmt vermehren. Wobei Larry dir immer bestätigt, dass du noch gut in Form bist. Aber was weiß der schon?

Ein seltsames Gefühl beschlich sie, als sie an Larry dachte. Also weniger an ihn persönlich, er war einfach ein Kumpel, der stets ein offenes Ohr für sie hatte, nein, sie dachte mehr an seine Bar. Deine Bar, deine Stammkneipe, in der du dich regelmäßig zuschüttest und von wo du hin und wieder einen Kerl nach Hause schleppst. Wie lange warst du schon nicht mehr da?

Sie überschlug im Kopf, dass es schon über eine Woche hersein müsste. Das hatte es in den letzten Monaten nur ein Mal gegeben, als sie mit einer fiebrigen Grippe zehn Tage das Bett hüten musste. Etwas anderes gab ihr jedoch mehr zu denken: Dieses Kribbeln im Schoß, das sie regelmäßig zwang, ihren Trieb auszuleben und zur Not den nächstbesten Kerl flachzulegen, dieses Kribbeln, das normalerweise drei, vier Tage nach dem letzten Sex langsam anstieg, bis es fast die Kontrolle über sie übernahm und sie zu einer triebgesteuerten Hobbynymphomanin machte – dieses Kribbeln war verschwunden. Sie erinnerte sich daran, dass es ein paar Tage nach dem Sex mit Paul kurz aufgeflackert war und sie davon ausgegangen war, es wäre bald wieder soweit. Doch weit gefehlt. Solltest du diesen verdammten Fluch tatsächlich noch losgeworden sein? Sie lauschte in ihren Körper hinein, besonders in den Bereich zwischen den Lenden. »Warum sollst du nicht auch mal Glück haben?«, sagte sie fröhlich, als sie keine Unannehmlichkeiten in diese Richtung spüren konnte.

Sie bog in ihre Straße, nur noch ein Block trennte sie von ihrem zu Hause. Je näher sie ihrer Wohnung kam, umso dunkler wurde es. Ist das ein Special-Effect, mit dem man dich drankriegen will, oder – ach, du Trottel. Es war keine Sendung mit einer versteckten Kamera, zu deren unfreiwilliger Darstellerin Rachel wurde, es lag schlicht und ergreifend daran, dass die letzten drei Straßenlaternen, die den Gehweg vor ihrer Wohnung normalerweise gut ausleuchteten, ihren

Dienst versagten. Wahrscheinlich wurden sie von ein paar Halbstarken ausgetreten, folgerte sie. Und solange es dabei blieb und nicht plötzlich ein paar Gangmitglieder auftauchten und mit halbautomatischen Waffen in der Gegend herumballerten, juckte es sie auch nicht weiter. Es waren schließlich nur noch ein paar Meter.

An der Wohnungstür angekommen schaltete sie das Display ihres Handys an, damit sie den Wohnungsschlüssel unter den neun weiteren finden konnte, die an ihrem schweren Bund befestigt waren. Den musst du dringend mal wieder ausdünnen, nahm sie sich vor, fand den richtigen und öffnete die Tür. Gerade wollte sie den ersten Fuß in die Wohnung setzen, da spürte sie einen Stoß in ihrem Rücken und strauchelte hinein.

***

Ted grinste. Den ganzen Tag schon. Auch jetzt, da es auf den Abend zuging. Langsam nervte es Miller.

»Pass auf, dass du keinen Krampf in deiner Visage kriegst.« Miller warf einen Seitenblick auf Ted, während dieser gegen den Duftbaum tippte, der am Rückspiegel hing und den Wagen mit Lemongrasaroma erfüllte.

»Du meinst, weil ich so gut drauf bin? Weil wir den ganzen Tag durch das schöne Iowa streifen und die Natur genießen dürfen? Weil ich es geschafft habe, den Captain einzuwickeln?«

»Ja, du bist großartig«, erwiderte Miller müde. Sicher, Ted hatte es tatsächlich geschafft, dass der

Captain ihnen grünes Licht für eine Ermittlung vor Ort gab, wenn sie auch ein paar Tage damit hatten warten müssen, da außerplanmäßig eine andere Abteilung ihre Unterstützung benötigte.

»Aber du musst zugeben, dass es effizienter ist, mit den Leuten persönlich zu sprechen, als sie von Chicago aus anzurufen.« Ja, das musste er. Aber auch sein eigener Vorschlag, die adrette Dienstkleidung gegen etwas ältere, leicht verwaschene Klamotten auszutauschen, erwies sich als gute Entscheidung, da dies zu weniger Misstrauen ihnen gegenüber bei der Landbevölkerung führen würde. Natürlich verpasste ihm Ted daraufhin eine Spitze, dass er das nur deshalb vorgeschlagen hatte, weil er sowieso immer wie der letzte Schlunz herumlief. »So wird das nie etwas beim FBI mit dir«, zog er ihn weiter auf.

»Welcher Cop, der was auf sich hält, will schon zu den Feds?«

»Diejenigen, die mal aus der miefigen Großstadt herauskommen wollen.«

»Finde den Fehler, Kollege, dazu brauche ich keine FBI-Marke, solange ich dich habe.«

»Was du hoffentlich zu schätzen weißt, Miller.«

Der unterhaltsame Schlagabtausch zog sich mit Unterbrechungen bereits über den ganzen Tag. Bei den Befragungen der Leute auf ihrer Liste, die sich im Laufe des Tages kontinuierlich erweiterte, verhielten sie sich jedoch professionell und schufen in jedem Gespräch eine vertrauensvolle Stimmung.

Sie erfuhren, dass Brian Kruger seine Tankstelle ohne Mitarbeiter betrieben hatte. Er war so gut wie nie krank und falls doch einmal, ließ er die Zapfsäulen geöffnet mit der Bitte, das Geld für den Sprit möglichst passend in den Briefschlitz der Shoptür zu werfen. Und, wie den Cops mehrfach bestätigt wurde, nutzten dieses nur vereinzelt Leute aus und tankten für lau. Niemand hatte ihn je mit einer Frau zusammen gesehen. Zwei Kumpane soll er damals gehabt haben. Sie erfuhren die Namen der Männer, die der Bezeichnung Freund wohl am nächsten kamen: Pete Gibson, der seit vielen Jahren in einem Staatsgefängnis saß, und Clarence Palmer, ein farbiger Mechaniker, dem Kruger hin und wieder Aufträge zuschanzte und umgekehrt. Wenn er mal in einem der Pubs in der Umgebung gesehen wurde, unterhielt er sich wegen seines Stotterns eher selten. Genaueres über ihn persönlich erfuhren sie nicht. Vor über zehn Jahren hatte er dann das Angebot für den Außendienstposten erhalten, woraufhin er die Tankstelle verkaufte und aus der Gegend fortzog. Niemand wusste, wohin es Kruger verschlagen hatte, und niemand schien ihn zu vermissen – zumindest gewannen Miller und Ted diesen Eindruck. Jetzt befanden sie sich auf dem Weg zu Clarence Palmer, der sie erwartete. Informationen zum in Haft sitzenden Gibson würden sie sich morgen über den Dienstcomputer besorgen.

Was die Recherche über den ermordeten Deputy Sheriff James T. Walker anging, mussten sie sensibler vorgehen, als sie erwartet hatten.

»Schlimmer als Landeier sind nur noch Landeier, die Cops sind«, sagte Miller, nachdem sich die ersten beiden Gespräche mit zwei jungen Deputys auf ganzer Linie als nutzlos erwiesen hatten.

»Du musst sie auch verstehen, die sind hier wie eine Familie. Und wenn dann einer der alten Hasen abgemurkst wird, bilden die quasi `ne Wagenburg. Aber du wirst sehen, wenn wir den Sheriff zu packen bekommen, kriegen wir auch Infos.« Ja, Ted hatte recht mit seiner Kritik. Er war zu direkt und zu forsch vorgegangen, anstatt die beiden in ein lockeres Gespräch zu verwickeln, in dem er ihnen häppchenweise etwas hätte entlocken können. Aber die Weiten Iowas waren halt nicht die Millionenmetropole Chicago. Durch diesen Ausflug wurde Miller zumindest der Umstand wieder bewusst, dass es völlig unterschiedliche Welten waren und wie gut es ihm in Chicago gefiel, auch mit der überhandnehmenden Kriminalität.

»Hoffen wir, dass er sich bald meldet.« Miller kniff die Augen zusammen, damit er trotz der tiefstehenden Sonne etwas erkennen konnte. »Ist es das?«

»Jo«, erwiderte sein Kollege. Im nächsten Moment sah Miller den weißen Schriftzug ›Palmers Garage – Cars & Bikes‹ auf dem verwitterten, grünen Schild selbst. »Da vorne kannst du parken.« Ted zeigte an ihm vorbei.

Sie waren gerade ausgestiegen, da kam ein großer, kräftiger, afroamerikanischer Mann auf sie zu. Er lächelte und gab dabei zwei Reihen schneeweißer Zähne zu erkennen.

»Ich bin Clarence Palmer. Sind Sie die Detectives aus Chicago?«

»Richtig, ich bin Detective Miller, das ist mein Kollege, Detective Rosenthal vom CPD.«

»Sie sind ja weit weg von zu Hause.«

»Das stimmt allerdings«, bestätigte Miller, dessen Rücken sich nach der stundenlangen Fahrt bemerkbar machte. Er drückte mit beiden Händen in seine Flanken und hoffte, den Schmerz damit rausquetschen zu können.

»Aber manchmal brauchen wir dringend etwas Luftveränderung«, ergänzte Ted und reichte dem Mann die Hand, die fast vollkommen in der des Mechanikers verschwand. Anschließend führte Palmer sie durch seine Werkstatt in das dahinterliegende Büro.

»Sie müssen entschuldigen, es ist nicht aufgeräumt, ich empfange hier eher selten Besuch«, sagte er, setzte sich hinter seinen vollgepackten Schreibtisch und bot ihnen zwei Stühle an.

»Das macht ihm nichts«, erwiderte Ted und zwinkerte Palmer zu, während er mit dem Kopf in Richtung seines Kollegen deutete. »Und mir ist es egal.« Palmer stutzte kurz, dann begriff er, dass Ted scherzte. Er lächelte verlegen.

»Dann stellen Sie Ihre Fragen. Sie hörten sich vorhin am Telefon ja richtig geheimnisvoll an.«

»Wir werden sehen«, sagte Miller. »Zur Zeit untersuchen wir die Morde an Brian Kruger und James T. Walker.«

»Oh, Brian wurde ermordet? Wann ist das passiert?« So gut kann man keine Überraschung spielen, dachte Miller und wechselte einen kurzen Blick mit Ted, der ihn bestätigte.

»Das ist erst ein paar Tage her«, antwortete er vage. »Vom Mord an Deputy Sheriff Walker wussten Sie?«

»Aber ja, das war vor ein paar Monaten DER Aufreger. Ich glaube, dass jeder Einwohner im Umkreis von 50 Meilen verhört und genauestens durchgecheckt worden ist. Die Cops hier waren scharf wie Deutsche Schäferhunde.« Er untermauerte die Aussage mit einer Geste und verzog das Gesicht.

»Ja, die hiesigen Kollegen waren damals sehr engagiert, das konnten wir der Akte entnehmen.«

»Der Akte? Also ermitteln Sie gar nicht im Fall Walker?«

»Doch, doch«, warf Ted ein. »Nur waren dafür anfangs Kollegen von uns zuständig. Da wir aber von einem Zusammenhang zwischen den Morden ausgehen, haben wir ihn übernommen.« Clarence Palmer folgte aufmerksam den Ausführungen.

»Klingt logisch. Aber jetzt haben Sie mich. Warum sollte ein Zusammenhang bestehen?«

»Später, Mr. Palmer, lassen Sie –«, setzte Miller an, wurde aber von Ted unterbrochen, der ihn beschwichtigend ansah. Ist ja gut, dachte Miller, langsam herantasten und nur nicht verschrecken.

»Weil die Vorgehensweise des Täters oder der Täterin sehr ähnlich war. Auch wenn einige Monate dazwischenliegen, deutet es auf dieselbe Handschrift hin.«

»Die Täterin? Es kommt also eine Frau in Frage? Erzählen Sie doch weiter.«

»Ja, wir schließen zur Zeit nichts aus.« Ted sprach weiter und weihte den Mann soweit ein, wie er es vertreten konnte. Nach wenigen Minuten kam Clarence Palmer von selbst auf das eigentliche Thema ihres Besuchs.

»Dann schießen Sie mal los, warum Sie ausgerechnet mich sprechen wollen.« Er rückte den Stuhl zurück und hob abwehrend beide Hände. »Ich war es nicht, das schwöre ich«, sagte er lächelnd.

»Keine Sorge, Mr. Palmer, Sie haben ein stichhaltiges Alibi für den ersten Mord. Und da wir nicht von einem Nachahmungstäter ausgehen, stehen Sie nicht auf der Liste unserer Verdächtigen. Jedenfalls nicht ganz oben«, erwiderte Ted und zwinkerte den Mechaniker erneut an. Die beiden verstanden sich, schoss es Miller durch den Kopf, was ihn einerseits amüsierte, andererseits nötigte ihm die Vorgehensweise seines Kollegen Respekt ab.

»Wir sind bei Ihnen, weil uns jemand sagte, dass Sie damals befreundet gewesen wären. Also Sie und Brian Kruger«, schaltete sich Miller ein. Clarence Palmer schaute etwas erschrocken.

»Befreundet? Wer erzählt Ihnen denn so einen Quatsch? Wir haben uns unterstützt, wenn wir mal eine Maschine des anderen brauchten.«

»Und sich gegenseitig Kunden zugeschanzt?«, ergänzte Ted mit einem fragenden Gesichtsausdruck.

»Na ja, sicher. Und vielleicht war das auch nicht immer ganz legal, aber das dürfte mittlerweile verjährt sein und außerdem hat das sicher nicht mit den Morden zu tun«, verteidigte sich Palmer lachend. »Abgesehen davon war es nie zum Nachteil der Kunden.«

»Nein, sicher nicht. Wie verhielt es sich nun mit Ihrer Freundschaft?«

»Wir waren keine Freunde. Definitiv nicht«, sagte er ernst. »Wenn er einen Freund hatte, dann Pete Gibson. Bei dem hing er wohl öfter ab damals.«

»Der Pete Gibson, der im Knast sitzt?«

»Das will ich doch hoffen, nach dem, was er gemacht hat, Detective.«

»Wir sind noch nicht dazu gekommen, das zu recherchieren. Wissen Sie etwas darüber?«

»Allerdings. Der Penner hat seinen Sohn verprügelt, ach, was sag ich, er hat ihn zusammengeschlagen. Er musste damals mit dem Rettungswagen ins Krankenhaus gebracht werden. Er hatte schwere Verletzungen, auch innere, und kam nie wieder auf die Beine. Soweit ich weiß, lag er ein paar Monate in einem Pflegeheim. Dort ist er auch gestorben. Nathan hieß er, glaube ich. Ein zwar dummer, aber sehr lieber Kerl. Er war einige Male mit seinem Vater bei mir in der Werkstatt.« Detective Miller erstaunte es, dass diesem Baum von einem Kerl plötzlich die Tränen in den Augen standen.

»Das werden wir uns mal genauer ansehen, versprochen. Also können Sie uns nichts über Brian Kruger erzählen, dass uns weiterhelfen könnte? Gab es eine Verbindung zu Deputy Sheriff Walker?«

»Hm«, machte Palmer, lehnte sich zurück und spielte mit Daumen und Zeigefinger an seiner Unterlippe herum. »Gekannt haben sie sich mit Sicherheit. Deputy Walker hielt sich häufig in der Gegend auf und war eigentlich mit jedem Kieselstein vertraut. Es ist ja hier nicht wie bei euch in der Großstadt, wo man nicht mal seinen Nachbarn erkennt. Aber ob die beiden konkret etwas miteinander zu tun hatten?« Nach einer weiteren Pause fuhr er fort. »Es gab da Gerüchte, aber ich weiß nicht, ob da was dran ist. Wahrscheinlich ist das nur das übliche Kleinstadtgerede gewesen.«

»Jetzt machen Sie uns neugierig«, sagte Ted.

»Okay, aber ich betone, dass es wirklich nur Gerüchte waren. Und ich möchte auf keinen Fall, dass mein Name fällt, sollten Sie sich deswegen umhören. Ich bin froh, dass ich hier die letzten Jahre wegen meiner Hautfarbe zumindest einigermaßen akzeptiert werde. Wenn herauskommt, dass ich einem einheimischen Cop etwas unterstellt habe, knüpfen mich die Rednecks am nächsten Baum auf.«

»Wir werden aufgrund eines Gerüchts sicher keine konkreten Ermittlungen anstellen. Einerseits sind wir hier nicht zuständig und andererseits suchen wir einen Mörder und keinen, ja was eigentlich?«, erklärte Miller sachlich.

»Ich habe also Ihr Wort?« Miller und Ted sahen sich kurz an, dann nickten beide. »Gut. Also, es gab vor vielen Jahren in der Gegend eine Serie von Autodiebstählen. Es handelte sich dabei um Luxuskarossen Durchreisender, die nachts vor verschiedenen Motels in der Gegend auf wundersame Weise verschwanden. Die Ermittlungen leitete damals Deputy Sheriff Walker und der konnte keinen der Fälle aufklären. Mir selbst fiel in der Zeit der Diebstahlserie zufällig in Brians Werkstatt ein Sack voller Kennzeichen aus anderen Staaten auf. Drauf angesprochen hab ich ihn nicht, da ich erst später von den Diebstählen erfahren habe. Doch nicht selten redeten die Männer in den Pubs darüber, dass Walker da irgendwie involviert sein sollte, vielleicht sogar selbst ein paar Autos geknackt haben soll. Als ich hörte, dass Walker da vielleicht mit drinsteckt, hab ich natürlich erst recht meine Klappe gehalten. Denn nur, weil wir einen schwarzen Präsidenten hatten, brauchen Sie nicht auf die Idee kommen, es gäbe keinen Rassismus mehr. Auch wenn es hier erträglicher ist als in den Südstaaten.« Er hob die Augenbrauen und atmete laut durch. »Tut mir leid, ich rede mich bei dem Thema manchmal in Rage. Zurück zu den Gerüchten: Man erzählte sich, dass Brian die Autos umspritzte und sie mit Walkers Hilfe über die Grenze nach Kanada schaffte. Wo, so die Vermutungen, jemand ihnen die heiße Ware abnahm. Das sind, wie gesagt, alles nur Gerüchte. Was jedoch dafür spricht, ist, dass Brian Kruger innerhalb kurzer Zeit seine Geldsorgen losgeworden war und die Hypotheken auf seine Tanke zurückzahlen konnte. Was den Deputy Sheriff angeht, kann ich nur weitergeben, dass er in einem Haus lebte, das er sich von seinem knickerigen Gehalt wohl nicht hätte leisten können.«

Näheres dazu konnte ihnen der Mechaniker nicht erzählen. Sie bedankten sich bei ihm und nach einem Motorcheck einschließlich eines Ölwechsels, den er ihnen nach einem skeptischen Blick auf Millers Wagen angeboten hatte, rollten sie vom Hof.

»Können wir damit etwas anfangen?«, meinte Ted später auf dem Rückweg.

»Na ja, wenn an der Sache etwas dran sein sollte, haben wir zumindest eine Verbindung zwischen den Opfern. Aber ich kann mir nicht vorstellen, dass jemand die beiden wegen einer Autobruchserie, die Jahre zurückliegt, so ausweidet.«

»Nein«, stimmte Ted ihm zu. »Dafür war das angerichtete Gemetzel an den beiden nicht angemessen.« Ted schmunzelte. »Es sei denn, sie haben aus Versehen eine Karre erwischt, zu der deren Halter eine erotische Beziehung geführt hat. Dann gehen die Morde als verspätete Beziehungstat durch.« Miller warf einen Seitenblick auf seinen Kollegen und schüttelte den Kopf.

»Ted, du hast ein ernsthaftes Problem.«

***

Im ersten Moment dachte Rachel, sie wäre über den Fußabtreter gestolpert. Sie richtete sich auf und suchte mit ihrer Hand den Lichtschalter, als sie den nächsten Stoß im Rücken spürte. Dieses Mal deutlich härter.

Was zur Hölle ist da los?, schrie es in ihr, da schlug sie hart auf dem Boden auf. Ein stechender Schmerz breitete sich in ihrem Kopf aus. Benommen drehte sie sich um und sah die Umrisse eines Mannes über sich, der gerade mit dem Fuß die Wohnungstür zuwarf.

»Dir werde ich zeigen, wie man mit Menschen umgeht«, zischte die Stimme und Rachel wusste sofort, wem sie gehörte. Sie krampfte innerlich zusammen.

»Paul, was tust du da?«, keuchte sie. »Was willst du?« Er beugte sich zu ihr herunter und schlug ihr seine Faust ins Gesicht. Dann packte er sie am Kragen, zog sie hoch, nur um sie wieder zu Boden zu werfen.

»Na, tut es dir jetzt leid, du Schlampe?« Bevor sie darauf antworten konnte, packte er sie erneut und schleifte sie einige Meter über den Flur. Im selben Moment war Rachel klar, dass er sie vergewaltigen würde. Vielleicht sogar töten. Doch sie wehrte sich nicht, sondern ließ es regungslos über sich ergehen, als er sie ein weiteres Mal hart schlug, den Knopf ihrer Jeans öffnete und die Hose bis zu ihren Knöcheln herunterriss. »Du bekommst jetzt genau das, was du brauchst, du Flittchen!«, raunte er ihr zu, sein Gesicht dicht vor ihrem. Rachel roch den Alkoholatem und spürte Speicheltropfen auf ihrer Haut. Es war ihr egal. Sie hatte das Gefühl, versunken zu sein. Sie fühlte sich, als befände sie sich unter Wasser und würde die Szenerie von oberhalb der Wasseroberfläche aus beobachten. Sie sah ihn noch etwas sagen, doch sie konnte es nicht verstehen, er schien zu weit weg zu sein. Plötzlich ließ er von ihr ab und stand auf. Das war es schon? Das kann doch nicht sein. Kurz dachte sie, er wäre vielleicht zur Besinnung gekommen, doch er öffnete nur seine Jeans. Er bekommt sie nicht über seinen erigierten Schwanz, dachte sie, und er braucht lange, um ihn freizulegen. Dann stieg Nebel auf, Nebel in ihrem Kopf, der den kreischenden Schmerz einhüllte und erträglich machte. Hatte sie die Augen geschlossen? Hättest du ihn vor ein paar Tagen nicht so abservieren dürfen? Ist es deine Schuld?

Wieder hörte sie eine Stimme, dumpf, verzerrt, weit weg. Aber diese Stimme hörte nicht auf, nach ihr zu rufen. Bring es einfach zu Ende, dachte sie, und gib mir meinen Frieden. Doch die Schwärze in ihrem Inneren wich einer grellen Helligkeit. Ist das das Licht, von dem alle reden? Bin ich tot? Immer lauter drang die Stimme in ihr Ohr und sie wurde immer deutlicher.

»Ms. Callaghan, alles in Ordnung?« Sie spürte ein vorsichtiges Rütteln an ihrer Schulter. »Ms. Callaghan, sagen Sie doch was, bitte.« Was? Ms. Callaghan? Obwohl es Rachel unmenschliche Anstrengungen abverlangte, öffnete sie langsam die Augen.

»Ronald?«, fragte sie und ihre eigene Stimme hörte sich für sie fremd an. »Was ist passiert?« Vorsichtig setzte sie sich auf und sah an sich herunter. Die Jacke des Pizzaboten bedeckte ihren Schoß.

»Ich habe geklingelt, mehrfach, dann habe ich gesehen, dass Ihre Tür nur angelehnt war und ich hörte diese seltsamen Geräusche. Als ich reinkam, habe ich Sie hier stöhnend am Boden liegen sehen.

Wurden Sie –? Soll ich die Polizei verständigen? Einen Krankenwagen rufen?«

Vorsichtig bewegte Rachel ihren Kopf. Der Schmerz war zwar noch präsent, aber sie konnte ihn aushalten. Polizei? Krankenwagen? Nein, brauchst du nicht. Nein? Sie tastete sich oberflächlich ab. Den Kopf, das Gesicht, zwischen ihren Beinen. Da unten schien alles normal zu sein. Also war er rechtzeitig aufgekreuzt. Da soll nochmal jemand sagen, dass Pizza schlecht für die Gesundheit wäre.

»Danke, Ronald, danke für Ihre Hilfe. Aber Sie brauchen niemanden anzurufen. Mir geht es gut.« Sie richtete sich auf und sackte fast wieder zusammen, doch Ronald griff beherzt nach ihrem Arm und konnte sie festhalten.

»Ganz sicher? Sie wirken ziemlich angeschlagen. Hat das mit dem Mann zu tun, der eben die Straße entlanggerannt ist?« Angeschlagen? So kann man das auch bezeichnen, wenn eine Männerfaust mehrfach durch dein Gesicht fliegt. Und ob es mit dem Mann zu tun hatte? Woher zum Teufel soll ich wissen, welchen Mann du gesehen hast? Sie zog ihre Jeans hoch und gab dem Pizzaboten die Jacke zurück.

»Ja, ich kümmere mich selbst darum. Warten Sie, ich hole Ihnen das Geld.« Ronald wich einen Schritt zurück und hob die Hände.

»Vergessen Sie das Geld, Ms. Callaghan. Die Ware ist eh nicht mehr intakt«, sagte er mit einem schüchternen Lächeln und deutete auf die Pizza, die aus dem Karton gefallen war, als er ihr zu Hilfe eilte. Sie lag mit der belegten Seite auf dem Fußboden. Rachel war seinem Blick gefolgt und zwang sich ebenfalls zu einem Lächeln.

»Ach was, ich mag sie mit ein paar Extrazutaten. Und es wäre doch schade um den Käse.« Ronald wartete ab, bis Rachel wieder stabil auf ihren Beinen stand. Er schaute ihr noch einmal mit ernstem Blick in die Augen.

»Sie sind also sicher?« Rachel nickte. »Okay, aber ich werde auf jeden Fall morgen vorbeikommen und nach Ihnen sehen.« Wieder hob er eine Hand, doch nicht, um sich zu entschuldigen, sondern um ihr das Wort abzuschneiden. »Keine Widerrede.« Er hörte sich verdammt entschlossen an.

Darüber brauchst du mit ihm jetzt nicht zu diskutieren.

»Okay«, gab sie schließlich nach und begleitete ihn hinaus. Sie schloss die Tür und verriegelte sie zusätzlich mit der Kette. Dann rutschte sie, mit dem Rücken zur Wand, langsam daran hinunter. Sie wollte weinen, doch ihre Augen gaben keine Träne frei.

Kapitel 11

Rachel schreckte aus dem Schlaf hoch. Hatte es an der Tür geläutet? Sie musste blinzeln, da die Sonne ihr ins Gesicht schien. Sie hatte geträumt – einen wunderschönen Traum. Der pochende Schmerz unter ihrer Schläfe riss sie zurück in die Realität. Verdammt, das hast du nicht geträumt! Die schlimmen Erinnerungen an den Überfall liefen wie ein Film vor ihrem inneren Auge ab. Ein übles Gefühl durchzog ihre Eingeweide. Das Schwein hat versucht, dich zu vergewaltigen. Sie wollte nicht aufstehen und erst recht wollte sie jetzt nicht mit Ronald über den gestrigen Abend sprechen. Rachel vergrub sich unter dem zweiten Kopfkissen und beschloss, nicht zur Tür zu gehen.

Doch der Besucher gab nicht auf. Nach dem vierten Klingeln rollte sich Rachel mürrisch aus dem Bett, zog sich einen Jogginganzug über und schleppte sich zur Tür. Sie hob erstaunt die Augenbrauen, als sie durch den Spion lugte. Was will die denn hier? Sie entriegelte die Schlösser und öffnete.

»Hey, ich wollte nur – oh, mein Gott, was ist denn mit dir passiert?«

»Hi, Julia. Was gibt es?« Ohne direkt darauf zu antworten, schob sich ihre Kollegin an ihr vorbei, schloss die Wohnungstür, nahm Rachel an der Hand und zog sie hinter sich her in die Küche. Rachel ließ es geschehen und nun saßen sie am Tisch.

»Du hast mir heute Nacht auf die Mailbox gesprochen, dass ich dich krankmelden soll. Erinnerst du dich nicht mehr?« Nein, daran erinnerst du dich überhaupt nicht mehr, aber dieses Gefühl kennst du ja zur Genüge, dachte sie im Hinblick auf ihre Blackouts in der Vergangenheit.

»Doch, natürlich«, log sie. Schlimm genug, dass sie dich so sehen muss, da musst du ihr nicht jedes Detail deines Lebens auf die Nase binden, auch wenn sie das für dich ist, was einer Freundin am nächsten kommt. »Ich hatte einen harten Abend. Im Pub, du verstehst?« Julia musterte sie skeptisch und schüttelte den Kopf.

»Ja klar, du bist einfach nur verkatert, weil du gestern gesumpft hast. Und was war mit deiner Stimme? Du hast gesprochen, als wärst du jemand anderes.« Ist das überraschend?, fragte sich Rachel. Ist es nicht normal, wenn man fast vergewaltigt wurde, dass man eine andere Tonlage in der Stimme hat?

»Genau, ich war nur verkatert und jetzt wäre es mir lieb, wenn du –.«

»Willst du mich verarschen, Rachel?«, fiel ihr Julia ins Wort. »Du betrinkst dich, solange ich dich kenne, mindestens einmal pro Woche, und nie hast du anschließend blau gemacht. Scheiße, du steckst Alkohol weg wie ein Baumfäller.« Sie schüttelte erneut den Kopf, nur energischer als zuvor. »Und was ist das?« Sie zeigte auf Rachels Stirn. »Bist du die Treppe runtergefallen, die du gar nicht hast?« Rachel tastete über die schmerzende Stelle und erschrak wegen der mächtigen Schwellung, die sie dort fühlte.

»Es ist nicht so schlimm, wie es aussieht«, erwiderte sie. Julia schien alles andere als überzeugt zu sein.

Sie blieb hartnäckig und nach einigen Minuten brach Rachels Widerstand. Sie weihte Julia über den Vorfall des Vorabends in ihrer Wohnung ein. Vom ersten Stoß, den sie gespürt hatte, bis zu dem Zeitpunkt, als sie im Flur hockend die Pizza vom Fußboden gegessen hatte. Dass ihr die Erinnerung an alles, was danach folgte, komplett abhandengekommen war, gestand sie ihrer Freundin ebenfalls. Auch, dass sie nichts mehr von ihrem Anruf wusste und ihr das schon einige Male so ergangen war.

»Das ist doch nicht ungewöhnlich. Wie viele Traumapatienten oder Unfallopfer haben nach schlimmen Erlebnissen mit Gedächtnislücken zu tun? Retrograde Amnesie, oder wie das heißt. Ich selbst kenne das von früher. Oft, viel zu oft hatte ich das, wenn ich mir mal wieder den krassesten Scheiß reingepfiffen habe.« Ja, das klang plausibel, musste Rachel zugeben und sie war froh, sich Julia doch noch anvertraut zu haben.

»Meinst du?«

»Ja, natürlich. Aber du solltest damit zur Polizei gehen. Der Typ muss aus dem Verkehr gezogen werden.« Rachel streckte ihren Rücken durch und lehnte sich zurück.

»Nein, ich traue den korrupten Cops in dieser Stadt nicht weiter, als ich spucken kann. Bei Gegenwind. Und Regen.« Julia legte ihre Hand auf Rachels, die sie wegziehen wollte. Doch Julia hielt sie fest. Sie schaute ihrer Freundin tief in die Augen.

»Glaube mir, ich habe in meiner Vergangenheit auch viele, sehr viele üble Erlebnisse mit der Polizei gehabt. Zu Hause in Frankfurt und auch hier. Aber ich kenne einen Detective vom CPD, dem ich vertraue. Der hat damals meinem Vater und seiner Frau den Arsch gerettet.«

»Gut, wenn du meinst«, gab Rachel schließlich nach. »Aber dann will ich auch mit ihm sprechen. Nur mit ihm.« Julia nickte. »Wie ist sein Name?«

»Detective Fred Miller. Was ist das da eigentlich?« Rachel folgte ihrem Blick, der auf die Aufzeichnungen von Mr. None fiel und das nicht zum ersten Mal. »Schreibst du wieder ein Buch?« Absurd auffällig versuchte Rachel, die Zettel wie nebenbei unter dem Tisch verschwinden zu lassen. Doch Julia verhielt sich sensibel genug und beließ es dabei, da es ihrer Freundin unangenehm zu sein schien.

***

Zum Captain einbestellt zu werden, verband Miller seit jeher mit einem ungutem Gefühl, denn nur in den seltensten Fällen überraschte ihn sein Vorgesetzter mit positiven Nachrichten. Aber vielleicht würde heute ja einer dieser raren Momente sein. Er atmete noch einmal tief durch und öffnete die Tür zum Büro, während er gleichzeitig anklopfte. Seine Augen erfassten sofort den Mann, der ihm den Rücken zugewandt aus dem

Fenster schaute. Miller blickte fragend zu seinem Chef, der mit sorgenvoller Miene hinter seinem Schreibtisch kauerte.

»Sie wollten mich sprechen, Captain?«

»Guten Morgen, Fred, richtig. Na ja, eigentlich will nicht ich Sie sprechen, sondern –.«

»Ich«, unterbrach der großgewachsene Mann den Captain und wandte sich Miller zu. »Mein Name ist Alan Moore und ich bin vom United States Marshal Service.«

»USMS? Was Sie nicht sagen«, erwiderte Miller, der das Abzeichen des Mannes erkannt hatte. Er streckte ihm die Hand entgegen. »Das ist super, ich dachte allerdings nicht, dass wegen meiner Anfrage jemand persönlich hier vorbeigeschickt werden würde.« Moore ignorierte die Hand Millers und behielt seine in den Hosentaschen.

»Das ist gut, kommen wir gleich zur Sache. Sie haben Interesse an Pete und Meredith Gibson.« Das stimmte ohne Frage, dachte Miller. Gleich als Erstes heute Morgen hatten er und Ted nach dem Mann recherchiert und dabei festgestellt, dass er wegen fahrlässigen Totschlags an seinem Sohn Nathan verurteilt worden war und die Strafe wegen eines weiteren Delikts verlängert wurde, die jedoch als Verschlusssache des USMS, also indirekt des Justizministeriums, eingestuft war. Und da sie weiterhin bei ihren Mordfällen im Dunkeln tappten, erhofften sie sich einige erhellende Informationen über die damaligen Vorkommnisse.

»Nun, wir haben zwei Mordfälle aufzuklären und wir schließen nicht aus, dass es zwischen denen und Pete Gibson eine Verbindung geben könnte. Aber ich gebe zu, dass es momentan ein Schuss ins Blaue ist.« Der Marshal musterte ihn, als würde er abwägen, wie vertrauenswürdig der Detective wäre.

»Dazu kann ich Ihnen lediglich sagen, dass Sie alles verwenden können, was Sie in den Akten darüber finden.«

»Uns interessiert vorrangig die unter Verschluss gehaltene Akte. Vielleicht können wir uns –.«

»Können Sie nicht«, unterbrach ihn der Marshal. Das schien ihm Spaß zu machen, dachte Miller verärgert. »Es hat seinen Grund, warum diese Akte unter Verschluss gehalten wird. Das Einzige, was ich Ihnen dazu sagen kann, und das im Vertrauen: Pete Gibson hatte bei seiner Verhaftung fallen lassen, dass er Meredith umbringen würde, sobald er wieder auf freiem Fuß wäre, und diese Drohung wiederholte er nach unseren Informationen im Gefängnis einige Male.«

»Das heißt also, dass Meredith Gibson unter dem Zeugenschutzprogramm des Marshal-Services steht?«

»Des erweiterten Programms, da sie keine direkte Zeugin ist, wir also nur für ihre Sicherheit sorgen.«

»Sie wissen, dass Gibson vorige Woche entlassen wurde?« Der Marshal zog eine Augenbraue hoch.

»Selbstverständlich. Und wir haben ein Auge auf ihn, keine Sorge. Aber als Täter für Ihre Morde kommt er sicher nicht in Frage – ein besseres Alibi als den Knast gibt es nicht.«

»Nein, er nicht. Wir vermuten auch eher eine Täterin«, erwiderte Miller, obwohl er das gar nicht hatte sagen wollen. Der Marshal lachte auf.

»Und dabei denken Sie an Meredith Gibson? Sie glauben, dass ein damals sechsjähriges Mädchen nach mehr als fünfzehn Jahren zu einer Serienmörderin mutiert? Die sich an nichts erinnern kann?« Erneut lachte er. »Sie sind wohl sehr verzweifelt in Ihren Ermittlungen, wenn Sie nach solch abstrusen Strohhalmen greifen.« Er trat auf Miller zu und legte ihm die Hand auf die Schulter. Der Detective unterdrückte den Reflex, sie abzuschütteln, obwohl es sich widerlich anfühlte. »Machen Sie sich dahingehend keine Gedanken, auch das Mädchen haben wir jederzeit im Blick und glauben Sie mir, sie hat Besseres zu tun, als meuchelnd durch die Gegend zu ziehen.«

»Gut zu wissen, dann können wir einen Haken druntermachen«, sagte Miller und wich zurück. Die eben noch auf der Schulter Millers ruhende Hand verschwand in der Jackentasche des Marshals. Nach einer Sekunde kamen sie und ein Kärtchen wieder zum Vorschein. Moore reichte Miller seine Visitenkarte.

»Falls Sie dennoch weitere Fragen haben sollten, rufen Sie mich an. Ich beantworte Ihnen alles, was ich darf. Schließlich spielen wir doch alle im selben Team.« Er hob die Hand zum Gruß an die Stirn und ließ Miller mit dem Captain im Büro zurück.

»Was für ein Arschloch«, entfuhr es Miller. Der Captain seufzte nur.

***

Da hinten im Büro sollst du also warten. Okay, dann machst du das halt.

»Danke, Officer«, sagte sie und folgte dem Gang, den ihr die uniformierte Polizistin wies. Sie kam direkt auf die Tür mit dem großen Glaseinsatz zu, auf die mit schwarzer Folie ›Detective Frederic Miller‹ geklebt war. Sie klopfte an und warf gleichzeitig einen Blick durch die Scheibe hinein, doch sie konnte niemanden darin sehen. Gut, er wird sicher gleich kommen. Achselzuckend drückte sie die Klinke hinunter und betrat das Büro des ihr unbekannten Detectives. Als Erstes fiel ihr die Unordnung auf, die sie nur zu gut von sich selbst kannte. Auf dem Schreibtisch, in den Regalen und selbst auf der Fensterbank lagen Dinge herum, die dort eigentlich nicht hingehörten. Lächelnd zog sie sich einen Stuhl heran und ließ sich darauf sinken. Das könnte auch dein Büro sein. Sie schaute sich um, ob sie vielleicht ein Foto des Detectives oder eines seiner Familie finden konnte, doch außer zwei benutzten Kaffeetassen auf seinem Schreibtisch und der traurigen Topfblume auf seinem Fensterbrett, die nach Wasser dürstete, fand sie nichts Privates. Persönliche Dinge des Polizisten suchte sie vergeblich.

Einige Minuten verstrichen und mit jeder davon fragte sich Rachel, warum sie eigentlich hier war. Was soll das denn auch bringen? Die haben eh kein Personal, um solchen Bagatellen nachzugehen, und hinterher heißt es doch wie immer in diesen Fällen, dass du selbst Schuld warst, schließlich hast du ihn mit nach Hause genommen. Sie wurde unruhig, stand auf und wanderte ein paar Schritte umher. Rachel ging zur Scheibe, die Millers Büro vom Rest des Großraumbüros abtrennte, und schaute durch die Lamellen. Wie im Bienenstock, dachte sie, als sie die umtriebigen, uniformierten und zivil gekleideten Cops hin- und herlaufen sah. Gerade wollte sie sich wieder umdrehen und hinsetzen, da fiel ihr Blick auf eine Schautafel ein paar Meter außerhalb des Büros. Sie stutzte. Das kann doch nicht sein! Was zur Hölle ist das? Sie kniff die Augen zusammen und fixierte erneut die Tafel. »Nein«, sagte sie und nahm beide Hände vor den Mund. Sie schüttelte sich und schaute ein letztes Mal hin. »Bin ich verrückt oder was?«, flüsterte sie, schnappte ihre Handtasche, ging kurzentschlossen aus dem Büro und bog nach links ab in die Richtung, aus der sie gekommen war. Ihre Schritte wurden immer schneller. Sie hatte das Treppenhaus fast erreicht, da stieß sie mit einem Mann zusammen. »Tut mir leid«, sagte sie.

»Nichts passiert«, sagte er nachsichtig lächelnd und hielt ihr die Tür auf. Bevor sie an ihm vorbeigehen konnte, näherte sich ein weiterer Mann. ›Det. Miller‹ konnte sie auf seinem Namensschild lesen.

»Gut«, antwortete sie knapp, nahm sein Angebot der offenen Tür an, hastete die Treppe hinunter und beeilte sich, aus dem Gebäude zu kommen. Luft, du brauchst Luft!

»Miss?«, hörte sie eine Frauenstimme rufen, sie hatte den Ausgang fast erreicht. Beim Blick über die Schulter erkannte sie die Polizistin, die ihr vorhin den Weg gewiesen hatte. »Miss? Warten Sie bitte.« Den Teufel wirst du tun. Der Sensor erfasste sie und die Schiebetüren des Departments glitten auseinander. Mit einem Satz war sie draußen. Sie sah noch einmal zurück, doch zum Glück folgte ihr die Polizistin nicht.

Es fühlte sich ähnlich an wie nach dem ersten Meeting mit Mr. None. Auch dieses Mal konnte sie nicht schnell genug wegkommen. Du schnappst über, warum flüchtest du aus einem Police Department? Du hättest auf Miller warten und ihn über alles aufklären sollen. »Wirklich? Hätte ich das? Muss ich nicht erstmal rausfinden, was hier überhaupt abläuft?«, fragte sie sich, während sie die Straße hinunterlief auf der Suche nach einer ruhigen, dunklen Stelle, an der sie sich verkriechen konnte.

***

Kaum hatte Miller das Büro des Captains verlassen, sprach ihn eine Kollegin an.

»Du hast Damenbesuch. Sieht übel aus. Ich hab ihr gesagt, sie soll in deinem Büro warten.« Damenbesuch? Sollte sich der Tag etwa doch noch zum Guten wenden?

»Danke, Claire.« Sie nickte und ging weiter. Eigentlich wollte er sich draußen mit Ted auf einen Bagel treffen – in der Hoffnung, ihn essen zu können, ohne sich wieder vollzukleckern – aber er gab dem Damenbesuch eindeutig Vorrang.

Warum ist der Penner noch nicht weg?, ging es ihm durch den Kopf, als er sah, wie der U.S. Marshal einer ramponierten, aber dennoch attraktiven, jungen Frau die Tür aufhielt. »Egal, nicht meine Baustelle«, murmelte er und ging an ihnen vorbei, vorsichtshalber zur anderen Seite guckend. Nach wenigen Sekunden hatte er sein Büro erreicht. Voller Elan drückte er die Tür auf, die nach innen schwang.

»Guten Tag, was kann ich –.« Er sprach nicht weiter und sah sich in seinem Büro um. Als ob sich jemand in dieser Konservenbüchse verstecken könnte, du Trottel. Sie war weg. »Wer nicht will, der hat schon«, sagte er, griff dennoch zum Telefon und rief seine Kollegin Claire an. »Mh, okay«, sagte er, »sie hat also weder ihren Namen hinterlassen noch gesagt, was sie wollte. Danke.« Eigentlich war das umso besser. Er konnte sich um seinen eigentlichen Fall kümmern und wenn er sich beeilte, würde er Ted noch an der Fressbude erwischen. Oder er gönnte sich einfach eine kleine Pause. Miller setzte sich hinter seinen Schreibtisch, lehnte sich zurück und verschränkte die Hände hinter seinem Kopf. Was war das heute nur für ein Tag: Es begann schon damit, dass er sich beim Aufwachen gerädert fühlte, weil er gestern den ganzen Tag im Auto gesessen hatte. Dann die Sackgasse mit der verschlossenen Akte, das Telefonat mit dem Sheriff, der es endlich mal einrichten konnte, sie zurückzurufen. Was er sich im Nachhinein allerdings auch hätte schenken können, denn er konnte ihnen rein gar nicht weiterhelfen, und als Miller vorsichtig die Gerüchte über den direkten Untergebenen des Sheriffs angesprochen hatte, wurde dieser sehr einsilbig und konnte das Gespräch gar nicht schnell genug beenden. Dem folgte die Zurechtweisung durch den U.S. Marshal und zu guter Letzt versetzten ihn Frauen, von denen er gar nicht wusste, dass sie ihn sprechen wollten. Und als ob das alles noch nicht genug gewesen wäre, bekam die Rechtsmedizin an diesem Morgen auch noch die Leiche eines jungen Mannes auf den Seziertisch, dem elegant die Kehle aufgeschlitzt worden war. Dabei waren sie mit den beiden Morden mehr als ausreichend ausgelastet.

»Wenn dir schon die Einhörner weglaufen, würde ich mir Sorgen machen«, unterbrach Ted seine Gedankengänge. Er stand in der Tür und warf Miller einen Papierbeutel zu, den dieser eher ungelenk auffing. »Aber wen wundert das, wenn du schon das Date mit mir sausen lässt?« Miller lächelte gequält und fischte den Bagel aus der Tüte.

»Danke. Woher weißt du das? Und was meinst du mit Einhorn?«

»Ich war gerade unten bei Claire – sie steht auf mich, aber nicht weitersagen – da huschte die Kleine mit der Beule auf der Stirn an uns vorbei. Claire meinte, dass sie zu dir wollte, es sich aber offensichtlich anders überlegt hat. Claire ist ihr noch hinterher, aber das Biest war zu schnell.« Miller kam das Bild der Frau vor dem Treppenhaus wieder in den Sinn.

»War sie knappe 1,70 m, mit langen, rotblonden Haaren?«

»Mh«, machte Ted und biss in sein Sandwich. »Und mit `nem Horn.«

»Ah, dann hab ich sie noch kurz gesehen. Egal, wenn es wichtig war, wird sie wiederkommen. Aber was anderes: Ich war gerade beim Captain.« Er fasste das Gespräch mit dem Marshal kurz zusammen, was bei Ted ein Kopfschütteln auslöste.

»Feds, Marshals, Deputys, Sheriffs ...« Er biss erneut zu. »Alter, ich sag´s dir, das Land geht vor die Hunde, wenn hier jeder Dorftrottel Bulle spielen darf.«

***

Rachel war ohne groß zu überlegen in den nächsten Stadtbus gestiegen und hatte sich auf einen Platz ganz hinten verkrochen. Ohne darauf zu achten, welche Linie es war oder in welche Richtung er fuhr. Sie hatte nicht nachgedacht, aber genau das müsste sie jetzt tun: nachdenken.

Sie fühlte sich wie im falschen Film gefangen und konnte immer noch nicht glauben, was sie auf dem Police Department gesehen hatte.

»Konzentrier dich, Rachel, es gibt für alles eine einfache Erklärung. Die gibt es immer, nur sieht man sie oft nicht, wie den sprichwörtlichen Wald vor lauter Bäumen.« Doch tief in sich wusste Rachel natürlich, dass es auf gar keinen Fall immer und für alles eine nachvollziehbare Erklärung gab. Sie sah auf ihre Hände, die immer noch zitterten. Noch zittern ist gut, du könntest keinen Becher Kaffee damit festhalten, ohne die Hälfte zu verschütten. Selbst, wenn ein Deckel drauf wäre. Sie atmete mehrfach tief durch und spürte, wie sich ihr Pulsschlag normalisierte. »Schon besser«, munterte sie sich auf.

War es wirklich Paul auf dem Foto, das an der Pinnwand hing? Mit geschlossenen Augen und einem tiefen Schnitt quer durch seinen Hals? Ja, ohne Zweifel, es war Paul. Hätte er ihr vor ein paar Tagen nicht die Szene vor ihrer Wohnung gemacht, hätte sie ihn vielleicht nicht, zumindest nicht sofort erkannt. Aber danach und vor allem nach dem gestrigen Überfall war sein Gesicht präsent in ihrem Kopf. Hättest du bleiben und den Cops alles erklären müssen? Nein, auf keinen Fall. Du wärst die Verdächtige Nummer Eins auf der Liste und –. Sie hielt eine Hand vor ihren offenen Mund, denn ihr kam gerade ein schrecklicher Gedanke. Die Nachricht auf Julias Mailbox. Du wusstest nichts mehr davon. Vielleicht hast du ihn wirklich –. Nein, das konnte doch nicht sein, er war doch lange weg. Und bis Ronald wieder gegangen war, nein, selbst wenn ich ihm gefolgt wäre, er hätte eine halbe Stunde Vorsprung gehabt. Oder doch? »Denkst du jetzt wirklich, dass du ihn abgestochen hast?« Einige Fahrgäste blickten sich zu ihr um. Reiß dich zusammen, Mädchen, reiß dich zusammen! »Was glotzt ihr so? Habt ihr kein eigenes Leben?«, blaffte sie die Mitfahrenden an, die sich wieder von ihr abwandten. Zwei ältere Frauen vier, beziehungsweise fünf Sitzreihen vor ihr steckten die Köpfe zusammen und tuschelten, wobei sie sich immer wieder, nur ganz kurz und abwechselnd, zu Rachel umdrehten.

Bei der nächsten Haltestelle hatte sie genug davon, der Mittelpunkt des Geredes zu sein, und stieg aus. Sie brauchte einige Sekunden, um sich zu orientieren. Verdutzt stellte sie fest, dass sie sich in der Nähe des Gebäudes der Chicago Tribune befand. Kurz überlegte sie, trotz ihrer Krankmeldung zur Arbeit zu gehen, doch die Beule an ihrer Stirn belehrte sie eines Besseren. Sie machte auf dem Absatz kehrt und entfernte sich in die entgegengesetzte Richtung.

Was ist das denn? Ein Zeitungskasten hatte ihre Aufmerksamkeit erregt, vielmehr das, was sie auf der Zeitung sah. Rachel blieb abrupt stehen, warf passendes Kleingeld ein und zog eine Spätausgabe heraus. Paul starrte sie von einem Schwarz-Weiß-Foto aus an, das auf der unteren Hälfte der Titelseite platziert war. Wahrscheinlich hatten sie es von seinem Ausweis oder Führerschein abgescannt, so sah es jedenfalls aus. Das Foto allein jagte Rachel einen Schauer über den Rücken, doch die Überschrift, die in fetten, schwarzen Lettern über dem Bild prangte, wühlte sie noch mehr auf.

›IST DAS DAS OPFER NUMMER DREI DES METZGERS VON CHICAGO?‹

Sie zu lesen fühlte sich an wie ein Schlag mit dem Holzhammer auf den Schädel. Hastig blätterte Rachel zur Seite 5, die ganzseitig dem gesuchten Serienmörder und seinen Opfern gewidmet war. »Das gibt es doch nicht«, sagte Rachel tonlos, nachdem sie den Bericht überflogen hatte. Sie ließ die Zeitung sinken, nur um sie im nächsten Moment hochzureißen und den Bericht erneut durchzulesen.

Bis vor einer Minute hatte sie gedacht, es könnte nicht mehr schlimmer kommen. Nicht schlimmer, als ein Bild des Mannes auf der Pinnwand mit den Mordopfern zu sehen – des Mannes, der sie gestern vergewaltigen und möglicherweise umbringen wollte. Als sie jedoch soeben gelesen hatte, wer die bisherigen mutmaßlichen Opfer des Metzgers von Chicago waren, und sich in ihrem Gehirn langsam manifestierte, dass sie deren Namen, Brian K. und James T. W. – die Familiennamen wurden abgekürzt, dennoch war es für Rachel offensichtlich – vor einem Tag erst gehört hatte, fühlte sie sich nackt und hilflos wie ein neugeborenes Baby. Und am liebsten hätte sie geschrien, einfach nur geschrien. Doch sie blieb still.

Natürlich, wenn sie genauer darüber nachdachte, fiel ihr ein, dass auch die Fotos der anderen Opfer vorhin auf der Polizeidienststelle an der Tafel hingen. Jedoch hatte das von Paul ihre volle Aufmerksamkeit auf sich gezogen und erst jetzt, da sie die Fotos der beiden und ihre Namen dazu in der Zeitung gesehen hatte, wurde es ihr wieder bewusst.

Die Namen und Bilder im Artikel waren jedoch nicht alles, was Rachel beunruhigte. Vielmehr ging ihr gerade eine Mutmaßung des Journalisten an die

Nieren, der ihn verfasst hatte. Und das, obwohl sie lediglich in einem Nebensatz gefallen war.

Sie wusste von einigen Kollegen ihrer Zeitung, dass sie über ausgezeichnete Kontakte verfügten, und natürlich fielen darunter auch viele Cops, die sie mit Informationen aus erster Hand versorgten. Daher ging Rachel davon aus, dass es sich dabei nicht um die Einzelmeinung des Kollegen handelte, sondern sie seitens der Ermittler zumindest diskutiert, wenn auch nicht geteilt wurde. »... können wir nicht ausschließen, dass die Taten von einer Frau begangen wurden«, las sie sich den betreffenden Satz leise vor. Einmal. Zweimal. Dreimal. Die Kopfschmerzen nahmen plötzlich wieder zu. Rachel faltete die Zeitung zusammen, steckte sie in ihre Handtasche und lief, entgegen ihres ursprünglichen Plans, nach Hause zu fahren, zurück in Richtung der Chicago Tribune.

***

Auch Detective Miller und Ted hatten die Spätausgabe gelesen.

»Welcher Idiot hat denen schon wieder was von unseren Ermittlungen gesteckt?«, rief Miller aus und schlug mit der Faust auf den Tisch.

»Beruhig dich«, sagte Ted und legte die Zeitung zurück auf den Schreibtisch. »Solange wir keinen separaten Konferenzraum für unsere Aufzeichnungen und Ergebnisse bekommen, kann halt jeder Depp ein Auge auf unsere Tafeln werfen. Ehrlich gesagt würde es mich auch nicht wundern, wenn die Pressefritzen selbst ab und zu hier durchlaufen und sich Notizen machen.«

»Ach, das ist doch Scheiße.«

»Jop, aber zumindest haben wir jetzt laut der Presse den dritten Mord unseres Serienmörders.«

»Metzger von Chicago, wer kommt auf so einen Dreck? Warum muss man diesen Psychos überhaupt Namen geben?«

»Keine Ahnung«, gestand Ted. »Für mich sind sie nur die Nummern, die ihnen nach der Verurteilung im Knast zugeteilt werden.« Miller stand auf und goss den Rest des kalten Kaffees aus seiner Tasse in den Blumentopf. »Autsch«, sagte Ted.

»Was denn?« Miller schaute ahnungslos zu seinem Kollegen.

»Nichts«, erwiderte der. »Ist mir auch egal, wie du deine Pflanzen umbringst. Was aber unseren Killer angeht: Der Mord an diesem Paul Massillo passt doch überhaupt nicht ins Schema. Wie kommen die Pressedeppen darauf?«

»Weil wahrscheinlich irgendjemand gesehen hat, dass die drei Fotos nebeneinander hängen, und sich nicht die Mühe gemacht hat, zu erkennen, dass sie sich auf zwei getrennten Tafeln befinden.«

»Vollidioten.«

»Genau, aber ist ja auch egal. Was wissen wir über den Mann, außer seinen Namen, Adresse und Alter und dass es kein Raubmord war?« Das war die bisher einzige Parallele zu den beiden anderen Mordfällen.

Wie dort wurde auch bei Massillo dessen gut gefüllte Geldbörse gefunden, ebenso verschiedene Ausweispapiere, über die die jeweilige Identifikation der Toten zügig durchgeführt werden konnte.

»Dass er mit seinen 30 Jahren eher zu den älteren Studenten seines Jahrgangs gehörte, Enkel italienischer Einwanderer war, in der Uni und bei seiner Vermieterin als ruhig und freundlich galt. Ich hab auf dem Campus einen Kommilitonen gesprochen. Der erzählte mir, dass Massillo mit einer Studentin ziemlich dicke war. Ihren Namen kannte er nicht, aber er würde ihr Bescheid geben, mich anzurufen, sobald er sie irgendwo sehen würde.« Miller hatte sich wieder gesetzt und trommelte mit den Fingern auf der Tischplatte.

»Vom Rechtsmediziner gibt es auch noch keinen Bericht. Da heißt es wohl abwarten.«

***

Rachel zog sich die Mütze tief ins Gesicht, die sie sich auf dem Weg hierher für zwei Dollar in einem Second-Hand-Shop ergattert hatte. Es ging ihr vorrangig darum, ihr Horn zu verbergen und nur sekundär darum, nicht erkannt zu werden. Neben Julia und Billy, Forrester und eventuell noch der Tippse aus der Buchhaltung wusste eh niemand von ihrer Krankmeldung, und die Wahrscheinlichkeit, jemandem aus diesem Kreis über den Weg zu laufen, war angesichts der bienenstockartigen Betriebsamkeit im mehrstöckigen Zeitungsgebäude verschwindend gering. Zumal Rachels Ziel nicht der erste Stock war, in dem sich ihr Arbeitsplatz befand, sondern das Kellergeschoss. Sie spurtete die Treppe direkt hinter der Eingangstür zwei Stufen auf einmal nehmend hinunter.

Rachel suchte das Archiv an diesem Tag erst zum dritten Mal auf, seit sie für die Zeitung arbeitete. Das kam ihr gerade entgegen, da der diensthabende Archivar sie nicht erkannte.

»Julia Becker, erster Stock. Regionales, Umwelt«, diktierte sie ihm und unterschrieb das Dokument, das er ihr hinschob, mit einem Fantasiegekritzel.

»Sie kennen sich hier aus?« Rachel aka Julia nickte und ging an ihm vorbei durch die linke der drei Türen, die mit identischem Abstand hinter dem Anmeldetresen in verschiedene Räume führten. Es wirkte wie bei einer Spielshow im TV. Hinter welcher Tür wartet der Hauptgewinn auf dich? Und hinter welcher wartet der Sensenmann? Haha, sehr witzig, Rachel. Sei lieber froh, dass seit einigen Jahren digital archiviert wird. Sie mochte gar nicht daran denken, dass sie möglicherweise auf Mikrofiche zurückgreifen müsste, jenes Verfahren aus dem letzten Jahrtausend, bei dem Abbildungen, Listen und Dokumente analog verkleinert und auf einer Polyesterverbindung gespeichert wurden, die man sich – ähnlich wie die ebenfalls aus dem letzten Jahrhundert stammenden Dias – an einem speziellen Gerät ansehen konnte. Vielleicht haben sie das, was du suchst, auch schon digitalisiert. Die Hoffnung stirbt zuletzt, heißt es schließlich.

Rachel suchte sich einen Platz, an dem sie sicher sein konnte, dass ihr nicht plötzlich jemand über die Schulter sah. Sie zog sich den Stuhl heran, kramte einen Stift und ein Blatt Papier aus ihrer Handtasche und entfaltete die Zeitung, die sie vorhin gekauft hatte.

»... Paul M. wurde vermutlich am späten Abend Opfer des ... «, murmelte sie und notierte das gestrige Datum, TZ, womit sie Todeszeitpunkt abkürzte, schrieb 22-0 Uhr dahinter und fügte die Fundstelle des Toten hinzu. Sie stutzte, als sie den Straßennamen las, von der die Gasse abging, in der man die Leiche hinter einem Müllcontainer gefunden hatte. Sie kannte die Ecke und sofort erschien sie bildlich in ihrem Kopf. Das ist ja gerade mal drei Blocks von deiner Wohnung entfernt. Das merkwürdige Gefühl, das sie vorhin bereits beschlichen hatte, kam unterschwellig zurück. Sie ließ die Zeitung zusammengerollt in der Handtasche verschwinden und startete das Suchprogramm auf dem Rechner.

Es dauerte nur wenige Sekunden, bis das System einen Treffer meldete, und im nächsten Moment tauchte der Zeitungsbericht über den Mord an James T. Walker auf, einem pensionierten Deputy Sheriff aus Iowa. Erneut lief ihr ein Schauer über den Rücken, als sie registrierte, dass dem Mann die Augen ausgestochen worden waren. Rachel versuchte, den Ekel abzuschütteln, und las weiter. Schnell fand sie auch hier die Daten für ihre Liste.

Etwas länger musste sie warten, bis das System etwas über Brian Kruger ausspuckte, was allerdings nicht am Rechner oder dem Programm lag, sondern einzig daran, dass Rachel Bran statt Brian in die Suchmaske eingegeben hatte. Bei diesem Artikel lief ihr kein Schauer über den Rücken, dafür verkrampfte ihr Unterleib – vielleicht zeigte ihr Unterbewusstsein dadurch Empathie mit dem Opfer, dem seine Geschlechtsteile abgetrennt und ihm anschließend in den Mund gestopft worden waren.

Rachel rief sich die Erzählung von Mr. None ins Gedächtnis und das, was der eine dem Mädchen angetan und dass der andere dabei weggeguckt hatte. Das sorgte augenblicklich dafür, dass ihr komisches Gefühl wieder verschwand. Offensichtlich hatten sowohl ihr Bewusstsein als auch ihr Unterbewusstsein nichts für Kinderschänder und deren Mitwisser übrig. Natürlich hast du mit denen kein Mitgefühl, sie haben das bekommen, was sie verdienten. Wenn man denn so eine Tat, oder in diesem Falle, Taten, überhaupt gerecht vergelten konnte. Denn selbst die drastischste Bestrafung der Täter machte das Leid nicht ungeschehen, das dem Opfer zugefügt worden war. Rachel vertrat die Meinung, dass es solchen Menschen nicht zustand, ihr Leben weiter zu führen, nachdem sie ein anderes vernichtet hatten. Falls, ja falls es denn der Wahrheit entsprach, was Mr. None ihr erzählt hatte. Aber alles deutete darauf hin. Sie pustete durch.

Somit war der erste, einfachere Teil ihrer Recherchen beendet und Rachel benötigte dafür wesentlich weniger Zeit, als sie befürchtet hatte. Sie überflog ihre Aufzeichnungen, nickte zufrieden und holte ihr Smartphone heraus. Sie wartete, bis es sich in das WLAN des Unternehmens eingewählt hatte, bevor sie die Suchmaschine Google aufrief. Dir ist schon klar, dass du gerade komplett gegen die Bedingung deines Deals mit Mr. None verstößt? Komm schon, du Frettchen, als ob das in dieser Situation noch von Belang wäre, antwortete ihre innere Teufelsstimme dem Engelchen. »Inmitten einer barbarischen Mordserie gelten andere Regeln«, bestätigte Rachel leise. Aber dein Honorar geht flöten, dessen bist du dir bewusst? »Ja, das bin ich, aber was hilft mir das Geld, wenn man mich wegen mehrfachen Mordes verdächtigt und vor Gericht stellt?« Okay, du würdest Kohle für einen Anwalt brauchen, viel Kohle.

Es ging hin und her in ihrem Kopf und immer, wenn sie sicher war, gerade richtig zu handeln, meldeten sich wieder neue Zweifel. Es war zum Kotzen. Warum ist Mr. None kein Industriemagnat, der nur seine Kunden und Geschäftspartner beschissen hat, anstatt dir so eine Psychoscheiße vor den Latz zu knallen.? Es hätte so ein easy Job sein können. Und warum musstest gerade du es sein, die seine private Horrorstory niederschreiben soll? Rachel verfluchte den Tag, an dem die Biographie über den Politiker veröffentlicht worden war. Schreib unter Pseudonym, hatte ihr ein Dozent geraten, dann bleibst du unangreifbar, und wenn es nicht mehr läuft, nimmst du einfach ein neues. Ja, damit wäre ihr diese Problematik erspart geblieben. Wobei die Sache mit Paul vielleicht trotzdem so gelaufen wäre.

Kapitel 12

Der Archivar hatte sie gebeten, zu einem Ende zu finden, da er bald Feierabend machen und abschließen wollte. Rachel war drauf und dran, aufzugeben, doch gerade in diesem Moment war sie fündig geworden.

»Fünf Minuten noch, bitte«, sagte sie mit schmeichelnder Stimme.

»Keine Minute länger«, erwiderte der Mann, doch seine Stimme verriet, dass er ihr auch eine weitere Verzögerung nicht abschlagen können würde. Was jedoch unnötig war.

Fast zwanzig Jahre hatte sie zurückgehen müssen, bis endlich der gesuchte Artikel auf dem Monitor erschienen war. Damit sie den Mann nicht von seinem verdienten Dienstschluss abhielt, druckte sie schnell die Seite aus und verabschiedete sich anschließend mit einem besonders herzlichen Lächeln, was dem Archivar offenbar gefiel. Siehst du, du hast bekommen, was du wolltest, und obendrein einem älteren Herrn ein gutes Gefühl gegeben.

Sie wollte nicht abwarten, bis sie zu Hause war, daher las sie den Bericht bereits in der L, der in sachlichem Stil zum großen Teil das wiedergab, was ihr Mr. None mit blumigen Worten geschildert hatte. Natürlich fehlten im Zeitungsausschnitt viele der Details, die sie von ihm erfahren hatte. Aber im Großen und Ganzen war es stimmig. Und dieses verdammt seltsame Gefühl in ihrem Bauch war stärker als die Male zuvor. Rachel wusste, was sie zu tun hatte.

Sobald sie zu Hause angekommen war, lief sie in die Wohnung und kramte als Erstes ihren 22er Revolver aus dem Wandschrank hervor. Sie kontrollierte die Munition in den Kammern und steckte ihn in die Handtasche. Kurz überlegte sie, zu duschen und ihren Bluterguss über zu überschminken, verwarf es aber. Sie packte das Nötigste in die Tasche, schnappte sich den Autoschlüssel, eilte zur Tür und öffnete sie. Rachel zuckte zusammen, als sie beinahe mit dem Mann zusammengestoßen wäre, der vor ihrer Wohnung stand.

***

Detective Miller und Ted saßen bei einem Morgenkaffee zusammen und diskutierten ihr weiteres Vorgehen.

»Und sie heulte während des ganzen Telefonats. Sowas kann ich ja überhaupt nicht ab. Da will ich am liebsten hin und sie in den Arm nehmen.« Die Studienfreundin Paul Massillos hatte sich am gestrigen, späten Abend noch bei Ted gemeldet.

»Obwohl du keine Ahnung hast, wie sie aussieht?«, fragte Miller, auch wenn er sich die Antwort denken konnte.

»Alter, sie ist Studentin. Damit sind schon zwei Grundvoraussetzungen erfüllt: Sie ist jung und weiblich.«

»Und du bist ein elender Chauvinist.«

»Ich bin Hispanic, wir sind quasi von Geburt an Machos, dagegen ist kein Kraut gewachsen. An uns wird sich auch die Genderdebatte die Zähne ausbeißen, genauso wie diese irre Metoo-Debatte bei uns ins Leere läuft.« Miller runzelte die Stirn. Was war das nur für ein Spinner. In den ganzen Jahren ihrer Zusammenarbeit hatte sich sein Kollege nicht ein einziges Mal auch nur andeutungsweise einer Frau gegenüber unanständig oder machohaft verhalten. Wenn sie allein waren, klar, dann hatte er eine große Fresse. Wie Männer untereinander nun mal waren.

»Ted Rosenthal, du bist Jude und kein Hispanic«, sagte er nur.

»Spanischer Jude, glaub mir«, erwiderte Ted zwinkernd. »Aber lassen wir das. Sie hat mir jedenfalls gesagt, dass Paul in den letzten Tagen ständig von einer Rachel schwärmte und meinte, sie wären quasi bereits ein Paar. Sie wären vorgestern Abend verabredet gewesen. Also Paul und diese Rachel.« Er hob die Hand. »Bevor du fragst, ich hab bereits sein Handy checken lassen. Da findet sich keine Spur von einer Rachel. Alle Nummern aus der Liste seiner letzten Gespräche wurden überprüft – Fehlanzeige.« Gerade wollte Miller etwas erwidern, da klingelte sein Telefon.

»Detective Miller.« Kurze Pause. »Hey Doc, was haben Sie für uns?« Ted folgte dem Gespräch seines Kollegen über den Lautsprecher.

»Der komplette Bericht kommt per Mail«, hörten sie den Mediziner antworten. »Der Zeitpunkt des Todes hat sich genauso bestätigt wie die Todesursache. Der Kerl ist ausgeblutet wie ein Schwein im Schlachthof.«

Ted unterdrückte ein Lachen. Er mochte diesen Arzt, der seine Sprache sprach und nicht ständig in hochtrabender Mediziner-Terminologie schwadronierte. »Aber nun halten Sie sich fest, Miller, den Wundrändern nach zu urteilen, könnte dasselbe Tatwerkzeug benutzt worden sein wie bei den beiden anderen Todesfällen, an denen Sie dran sind.«

»Das ist allerdings überraschend«, bestätigte Miller und Ted stieß einen leisen Pfiff aus.

»Aber das ist nicht alles. Wenn sein Mörder nicht hinter ihm gekniet ist, als er ihn aufschlitzte, war er definitiv ein Stück kleiner als das Opfer.« Ted pfiff erneut, diesmal lauter.

»Ah«, sagte der Arzt, »Ihr Kollege Rosenthal hört also mit.«

»Sehr scharfsinnig, Doc, wie immer«, bestätigte ihn Ted, indem er laut in Richtung des Hörers sprach.

»Danke für die Blumen, Detective. Also, wenn Sie beide mich fragen – und das haben Sie ja quasi getan, dann würde ich auf eine Frau als Täterin tippen.«

Miller bedankte sich und die beiden Detectives schauten sich mit hochgezogenen Augenbrauen an, nachdem er den Telefonhörer zurückgelegt hatte.

»Haben wir etwas übersehen? Wenn der Doc richtig liegt, muss es eine Verbindung zwischen Paul Massillo, dem Deputy Sheriff und Brian Kruger geben. Alles andere ergibt doch keinen Sinn.« Ted nickte zustimmend.

»Wir müssen diese Rachel finden!«

***

Wenn das so weitergehen würde, bekäme sie einen Herzinfarkt. Mit Sicherheit. Erleichtert pustete sie aus.

»Hi, Ms. Callaghan. Ich hatte Ihnen ja versprochen, dass ich nach Ihnen sehen werde.«

»Sie haben mir einen ganz schönen Schrecken eingejagt, Ronald.« Ihr kurz angestiegener Puls ging wieder runter.

»Das tut mir leid. Wie geht es Ihnen? Alles in Ordnung? Außer der Beule natürlich.« Rachel zwang sich zu einem Lächeln und sie fand es auch irgendwie süß von dem Pizzaboten, wie er sich um sie sorgte.

»Alles in Ordnung. Versprochen. Vielen Dank, dass Sie gestern da waren und dass Sie heute nach mir schauen.«

»Sehr gern. Und der Mann, der sie ..., wurde der gefasst?« Rachel überlegte einen Moment, bevor sie antwortete.

»Ja, der tut niemandem mehr etwas an. Aber jetzt entschuldigen Sie mich, ich habe einen Termin. Ach, warten Sie kurz ...« Sie kramte in ihrer Handtasche nach Kleingeld, das sie ihm geben wollte.

»Falls Sie da jetzt nach einem Trinkgeld für mich suchen, weil ich nach Ihnen gesehen habe, beleidigen Sie mich aber.« Schnell zog sie die Hand heraus und schaute irritiert zu ihm. »Wenn ich Ihnen eine Pizza liefere, immer gern und reichlich, aber bitte nicht dafür.«

»Tut mir leid, ich wollte Sie natürlich nicht kränken. Also dann, bis zum nächsten Mal. Haben Sie diese Woche noch Dienst?«

»Klar, natürlich, noch zehn Abende am Stück.« Er zuckte mit den Schultern und verzog das Gesicht. Die typische Da-kannst´e-nichts-machen-Geste. »Einen schönen Abend wünsche ich Ihnen noch.«

»Danke. Ihnen auch.« Rachel zog die Tür hinter sich ins Schloss und begleitete ihn bis zur Straße, wo sich ihre Wege trennten.

Ihr Wagen parkte eine Querstraße weiter zwischen einer Buche und einem Müllcontainer. Bevor sie losfuhr, checkte sie ihr Gesicht noch einmal im Rückspiegel. Das musst du nachher in Ordnung bringen, dachte sie, während sie mit den Fingern über ihre geschundene Stirn fuhr. Darauf instruierte sie ihr Navi und startete den Wagen.

***

Die aufgehende Sonne blendete sie.

»Verdammt, wo bist du?«, grummelte sie vor sich hin, während sie im Handschuhfach nach der Sonnenbrille suchte. Nachdem sie einen vergammelten Cheeseburger, eine halbvolle Packung Kondome und ein paar benutzte Taschentücher rausgeholt und in den Fußraum des Beifahrersitzes geworfen hatte, wurde sie fündig. »Was für eine Wohltat.« Sofort, als die Brille auf ihrer Nase saß, entspannte sie sich und auch der hämmernde Kopfschmerz ging in den nächsten Minuten deutlich zurück.

Acht Stunden war sie nun schon unterwegs und es dauerte weitere zwei, bis sie sich langsam ihrem Ziel näherte. So hoffte sie zumindest, da das Akku ihres als Navigationsgerät fungierenden Handys vor kurzem ausgefallen war. Allerdings hatte sie keine Ahnung, ob sie jemanden finden würde, der ihr den genauen Weg zur Farm von Pete Gibson erklären können würde. Vielleicht existierte sie schon gar nicht mehr oder war mittlerweile von einem neuen Eigentümer komplett umgebaut worden. Diese Unwägbarkeiten nahm Rachel in Kauf. Sie wollte Gewissheit. Denn immer mehr keimte der Verdacht in ihr auf, dass sie tiefer in die ganze Sache verstrickt sein könnte, als nur die Biografin von Mr. None zu sein. Oder sollte das alles wirklich nur ein Riesenzufall sein? Rational betrachtet konnte sie das eigentlich ausschließen, denn die Wahrscheinlichkeit, von einem Blitz getroffen zu werden, wäre rechnerisch sicher größer. Das vermutest du aber nur, denn Mathematik war nie deine große Stärke. Egal, sie würde es auf sich zukommen lassen.

»Hier irgendwo muss es doch sein.« Sie hielt am Straßenrand, stieg aus und schaute sich die Gegend an. Und Gegend, davon gab es hier viel, das hatte sie die letzten Meilen vom Auto aus schon festgestellt. Sehr viel. So weit das Auge reichte, ging ein Getreidefeld in das nächste über, hier Weizen, dort Mais, dazwischen nur die Straße, die scheinbar endlos das Land in zwei Hälften teilte. Nirgendwo konnte sie ein Haus erblicken, nur ein paar kleine Wälder und einzelne Baumreihen unterbrachen die Felder. Hier will sicher auch keiner tot über´n Zaun hängen.

In der Ferne sah sie eine Staubwolke und sofort schoss ihr eine Szene aus dem *Hitchcock*-Klassiker *Der unsichtbare Dritte* durch den Kopf, als der wunderbare *Cary Grant* ebenfalls im Nichts am Straßenrand wartete und schließlich von einem Doppeldeckerflugzeug angegriffen wurde, das Unkrautvernichtungsmittel über ihm verspritzte.

Ein Fahrzeug näherte sich. Besser als ein Flugzeug, dachte sie, andererseits kam in besagtem Film auch erst ein Auto zum Protagonisten, bevor der Flieger auftauchte. Genug davon, du hast hier deinen eigenen Film am laufen!

Rachel überlegte, den Wagen heranzuwinken, um nach dem Weg zu fragen, aber wenn es ein Ortsfremder wie sie wäre, käme sie sich etwas blöd vor. Daher verwarf sie diese Idee. Doch auch ohne ihr Zutun hielt der Wagen einige Meter hinter ihrem und ein beleibter, älterer Mann mit Cowboyhut wuchtete sich aus seinem Truck. Er hinkte auf sie zu und nickte.

»Howdy. Haben Sie Probleme mit dem Wagen, Lady?« Er wandte den Kopf zur Seite und spuckte etwas Braunes aus. Lecker, dachte Rachel und schüttelte sich unmerklich. Aber Lady? Na ja, warum nicht? Der Mann steckte seinen Priem in die Hemdtasche und blieb vor ihr stehen.

»Hi, nein, Sir. Der Wagen ist vollkommen in Ordnung. Aber vielleicht können Sie mir trotzdem helfen. Sind Sie aus der Gegend?« Sag bitte ja, schob sie gedanklich hinterher.

»Worauf Sie einen lassen können, Lady. Was kann ich für Sie tun?«

»Ich arbeite für History –.«

»Den TV-Sender?«, fragte er dazwischen.

»Ja, genau. Wir –.«

»Ich stehe ja auf diesen Sender, gerade habe ich einen Mehrteiler über den Sezessionskrieg dort gesehen. Wie wir Yankees den Südstaatlern den Arsch aufgerissen haben«, unterbrach er sie erneut und grinste über das ganze Gesicht, als hätte er persönlich die Schlacht von Gettysburg gegen General Lee gewonnen.

»Ja, das war ganz fantastisch«, bestätigte sie, obwohl die amerikanische Geschichte nicht gerade zu ihren Steckenpferden gehörte. »Wir planen eine Dokumentation über die Schauplätze von Gewaltverbrechen und deren Auswirkungen auf die Region, in denen sie stattgefunden haben.« Der Mann kratzte sich am Kinn, was der harten Stoppel wegen ein reibendes Geräusch verursachte.

»Wirklich? Da laust mich der Affe. Hier? Bei uns? Wann gab es hier denn ein Gewaltverbrechen?«

»Vor etwa zwanzig Jahren, auf einer Farm, die damals einem Pete Gibson gehörte. Die soll ich mir im Auftrag des Senders anschauen und prüfen, ob sie für einen Dreh geeignet ist. Er wurde damals wegen Totschlags an seinem eigenen Sohn zu einer langen Haftstrafe verurteilt. Wussten Sie das nicht?«, fragte sie möglichst unschuldig blickend.

»Ach, das«, erwiderte er zögernd. »Ja, langsam erinnere ich mich. Das hatte ich fast schon vergessen.« Er verzog das Gesicht und schaute nachdenklich drein. »War wirklich schlimm damals und vor allem hätte ihm keiner sowas zugetraut.« Wie man es von Kinderschändern, Amokläufern und Serienmördern immer wieder las: Er war doch so ein liebevoller Familienvater. »Meine Farm liegt etwa fünf Meilen von seiner entfernt.«

»Könnten Sie mir zeigen, wie ich dahinkomme? Also auf der Karte meine ich natürlich.« Rachel drehte sich zum Wagen und wollte sie aus dem Fach in der Tür holen, da winkte der Mann ab.

»Dazu brauchen wir keine Karte, Lady«, sagte er lachend. Er trat neben sie, legte seine Hand auf ihre Schulter und zog Rachel so, dass sie sich um etwa 180 Grad drehte. »Sehen Sie die Kreuzung da hinten?« Sie folgte mit den Augen seinem ausgestreckten Arm, der Geruch des Kautabaks stieg ihr in die Nase. »Da biegen Sie rechts ab und fahren immer die Straße entlang. Nach ein paar Meilen geht links ein Feldweg ab und Sie können den Hof von dort aus schon sehen. Jedenfalls das, was davon übrig ist.« In Rachel keimte Hoffnung auf.

»Sie meinen, sie ist unbewohnt?« Sag einfach ja, schob sie abermals in Gedanken hinterher.

»Ja, eine Schande ist das. Kaufen konnte sie niemand, weil die Eigentumsverhältnisse wohl strittig sind oder waren.« Er schaute entschuldigend zu ihr, als wäre es seine Schuld, und fügte dann mit abwertender

Stimme hinzu: »Das Land drumherum ist allerdings auch nicht viel wert.«

»Was meinen Sie damit, dass man nicht weiß, wer der Eigentümer ist? Steht das nicht im Grundbuch?«

»Na ja, der Gibson hatte wohl noch so viel auf der Kante, dass er die Farm vom Knast aus weiter unterhalten konnte, doch irgendwann ging ihm die Kohle aus. Da kam seine Hausbank ins Spiel und wollte sie verhökern, doch irgendwelche staatlichen Behörden haben da quergeschossen. Fragen Sie mich nicht, wo das Problem war.« Mehr brauchte sie nicht zu wissen. Rachel setzte das liebreizende Lächeln auf, das sie gestern schon dem Archivar geschenkt hatte, und verabschiedete sich von dem hilfsbereiten und auskunftsfreudigen Mann. Sie wartete, bis er mit seinem Pick-up an ihr vorbeigezogen war, und lenkte ihren Wagen dann wieder auf die Straße. Sie hatte schon eine ziemlich konkrete Idee, wo sie die Antwort auf die Frage bezüglich der Eigentumsverhältnisse und viele weitere Antworten bekommen würde. Doch jetzt galt es erstmal, den nächsten, unheimlich schwierigen Schritt zu machen.

Je näher sie ihrem Ziel kam, umso flauer wurde es ihr im Magen. Nüchtern betrachtet erschien es ihr zwar unmöglich zu sein, dass sie sich gerade auf dem Weg zu ihrem Elternhaus befand, aber zählte sie die Umstände zusammen, lag es durchaus im Bereich der vorstellbaren Möglichkeiten: Alles, was Mr. None ihr erzählt hatte – vorausgesetzt, es stimmte – außerdem der Fakt, dass er nur sie als Autorin haben wollte, und dann noch, dass sie zu keinem der drei Morde ein Alibi hatte, wie sie im Archiv festgestellt hatte. Und nicht nur das, zu allen drei Tagen, so war sie sicher, klafften in ihrem Gedächtnis Lücken, nein, eher schwarze Löcher. Zwar vermerkte sie ihre Blackouts nicht in ihrem Kalender, doch ironischerweise war sie in ihrer klaren Zeit mit einem ausgezeichneten Gedächtnis gesegnet. Das ermöglichte ihr mit etwas Konzentration, sich über einen Zeitraum von mehreren Wochen rückblickend fast minutiös zu erinnern. Allerdings nur, wenn sie weder unter Alkoholeinfluss noch unter dem anderer Drogen stand. Sie mutmaßte, dass dies eine Überkompensation ihres Unterbewusstseins war, da sie sich an die ersten 8, 9 Jahre so gut wie gar nicht erinnern konnte. An manchen Tagen jedoch, wie an dem, als sie ihren vermeintlichen Beobachter gegenüber des Cafés gesehen haben wollte, fragte sie sich, was davon reale Erinnerungen und was fiktive Ergänzungen ihres Gehirns waren.

Ein weiteres Indiz, dass sie mit der Mordserie zu tun haben könnte, war die Tatsache, dass alle drei Leichen innerhalb eines Umkreises von 8 Meilen um ihre Wohnung aufgefunden worden waren. »Von deiner Wohnung und der einiger Millionen anderer Menschen aus dem Großraum Chicago, so what?«

Das alles war doch verrückt. Sie selbst auch? Noch in der L hatte sie sich am Vortag mit Hilfe ihres Smartphones im Internet intensiv in das Thema dissoziative Identitätsstörungen eingelesen und war schockiert darüber, dass es tatsächlich möglich war, mehrere

Persönlichkeiten in sich zu tragen, die nichts voneinander wussten. Bislang hatte sie das in Filmen und Büchern immer für übertriebene Effekthascherei gehalten, damit man Plotlöcher elegant zukleistern konnte.

Je länger sie über sich und ihre Vergangenheit nachdachte, wobei sie insgesamt mehr Lücken als Erinnerungen hatte, umso eher zog sie die Möglichkeit in Betracht, dass sie tatsächlich Meredith Gibson sein könnte. Und dass eine ihrer Persönlichkeiten sich auf dem späten Rachefeldzug gegen ihre früheren Peiniger befand. Wirklich daran glauben wollte sie jedoch nicht. Daher entschloss sie kurzerhand, sich dem Ort zu stellen, an dem ihr das größte Unrecht zugefügt worden war – sofern sie wirklich dieses Mädchen sein sollte. Sofern du Meredith Gibson bist.

Sie erreichte die Zufahrt und das mulmige Gefühl schnürte ihr den Hals ab. Das Atmen fiel ihr schwer, als hätte sie den Rachen voller Honig, durch den sie den Sauerstoff saugen müsste. Noch wenige Meter bis zum Hof.

Der hinkende Mann hatte recht behalten. Zerstörte Fensterscheiben, das Dach von vielen Stürmen teilweise abgedeckt und Gras und Unkraut wuchsen ungehindert in die Höhe. Bist du sicher, dass das eine gute Idee ist? Ganz sicher? Sie zögerte einen Moment und stieg dann aus.

»Ich muss es jetzt wissen«, sagte sie und hoffte, sich durch lautes Sprechen selbst davon zu überzeugen. Sie stellte den Motor ab und blieb im Wagen sitzen. Langsam, ganz langsam ließ sie ihren Blick über jeden Meter, jeden Stein, jedes Brett und jeden Baum schweifen. Sie schaute sich in Ruhe alles an, was sie vom Wagen aus, in dem sie sich gerade sicherer als draußen fühlte, sehen konnte. Doch obwohl sie sich konzentrierte, mal die Augen schloss, sie wieder öffnete, kam ihr nichts von alledem bekannt vor. Gar nichts. Ihre Atmung beruhigte sich. Das war gut, sie bekam auch schon etwas besser Luft. Sie stieg aus und näherte sich dem Wohnhaus.

»Hallo? Ist hier jemand?«, rief sie und hoffte inständig, dass niemand darauf antworten würde. Sie ging zur Haustür, die schief in den Angeln hing. Kräftig schlug sie mehrfach gegen die Holzzarge und rief erneut. Nichts. Keiner da. Vorsichtig verschaffte sie sich Einlass und betrat das Haus. Anfangs sah sie nur Spinnweben und Staub. Sie waren scheinbar überall und hätte sie unter Arachnophobie gelitten, wäre ihr Ausflug in diesem Moment beendet gewesen. Doch Rachel fürchtete sich nicht vor Spinnen, im Gegenteil, sie mochte diese Tiere. Langsam bewegte sie sich vorwärts und stand kurz darauf im Wohnzimmer. Oder dem Tatort, ganz wie du willst. Von dort konnte sie auch die Galerie sehen, von der Mr. None und Nathan den Missbrauch beobachtet hatten. Die Bilder von damals wurden greifbar, als würde es jetzt geschehen. Doch es waren die Bilder, die Mr. None ihr in den Kopf gesetzt hatte, nicht ihre eigenen. Es ging ihr immer besser und langsam kam sie sich ziemlich bescheuert vor, überhaupt in Betracht gezogen zu haben, dass sie hier gewohnt haben könnte.

Rachel ging um das Sofa herum und kniete an der Stelle nieder, an der Nathan zusammengebrochen sein musste. Sie pustete über den Boden und wischte mit einer Hand den restlichen Staub fort. Ein Ziehen breitete sich in ihrem Magen aus. Der riesige Blutfleck war zwar eingetrocknet und nicht mehr annähernd rot, aber er hob sich deutlich vom Graubraun des Parkettbodens ab. »Alles, was Mr. None erzählt hat, ist tatsächlich passiert«, flüsterte sie und fuhr mit dem Finger den Rand des Blutflecks nach.

Ein plötzliches Knacken ließ sie zusammenfahren. Instinktiv griff sie in die Handtasche und zog ihren Revolver hervor. Sie hielt den Atem an, während sie sich aufrichtete und sich vorsichtig, darauf bedacht, so wenig Geräusche wie möglich zu machen, über den Holzfußboden fortbewegte. Bitte nicht knarren!, richtete sie gedanklich an die Parkettdielen. Sie schaute nach vorn. Das Geräusch war von dort gekommen, ganz sicher. Rachel schlich in Richtung Galerie. Zwei Türen gingen neben dem Treppenaufgang ab. Sie warf einen Blick über die Stufen nach oben. Wieder ein Geräusch, dieses Mal ein Scharren. Wer oder was zum Teufel ist da drin? Sie nahm allen Mut zusammen und stieß mit erhobener Waffe die Tür mit ihrem Fuß auf. Quietschend schwang sie nach innen auf und krachte mit der Klinke gegen die Wand. Zwei Krähen, eine auf dem Bett, die andere auf dem Fenstersims, erhoben sich laut meckernd in die Luft und suchten durch die zerbrochene Scheibe das Weite. *Hitchcock* scheint dich heute zu verfolgen.

Rachel lachte, doch es war kein heiteres, fröhliches Lachen, eher eins von wahnsinniger Natur. Es hallte unwirklich von den Holzwänden des Zimmers wider. Langsam beruhigte sie sich und stellte erleichtert fest, dass sich ihre Atmung abermals normalisiert hatte. Ihr Blick fiel auf einen Stoffklumpen vor dem Kinderbett. Auch den befreite sie vom gröbsten Staub. Als sie den Bären mit der roten Schleife erkannte, rollte ihr eine Träne über die Wange. Genauso hast du ihn dir vorgestellt, als Mr. None davon erzählte. Natürlich nicht so schmutzig und mit zwei Armen und nicht nur einem, wie bei dem hier. Warum auch immer sie das tat, war Rachel in diesem Moment nicht klar, aber sie klopfte das Stofftier aus, legte es anschließend mit dem Kopf auf das Kissen und zog ihm die Decke bis unter sein flauschiges Kinn. Sie blickte noch ein paar Sekunden auf den nun schlafenden Bären hinunter – wie man einen Moment des Gedenkens am Grab eines geliebten Menschens verharrte – kehrte um und ging zurück zum Wagen.

Sie bereute es nicht, hergekommen zu sein, denn der Besuch gab ihr die Sicherheit, dass sie nicht Meredith Gibson sein konnte – zumindest die an Sicherheit grenzende Wahrscheinlichkeit. Was dir natürlich nicht helfen wird, von der Liste der Verdächtigen im Mordfall Paul Massillo gestrichen zu werden. Im Gegenteil: Zweimal war in den letzten Stunden eine Sequenz von vielleicht einer halben Sekunde vor ihrem inneren

Auge abgelaufen, wie Paul die Kehle durchtrennt wurde. Allerdings war ihre Perspektive dabei von schräg vorn. Wäre es eine Erinnerung, hätte sie doch hinter ihm stehen müssen. Diese und viele anderen Gedanken kreisten in ihrem Kopf umher und ihr fiel erneut nur eine Person ein, die Antworten auf ihre Fragen haben könnte. Aber das müsste bis morgen warten. Sie war völlig fertig von der langen Fahrt und wusste gar nicht mehr, wann sie das letzte Mal eine Nacht durchgeschlafen hatte. Sie warf einen Blick auf die Uhr. Verdammt, wo war die Zeit geblieben? Es war schon früher Nachmittag. Sie beschloss, auf dem Weg zurück in Richtung Chicago nach zwei bis drei Stunden ein Motelzimmer zu nehmen und morgen in aller Frühe den restlichen Abschnitt zu fahren. Dabei war ihr vollkommen gleichgültig, was es für eine Absteige sein würde, der einzig wichtige Punkt wäre, dass ein Pub in der Nähe war. Sie brauchte Alkohol, denn gerade war ihr wieder eingefallen, wo sie den fehlenden Arm des Stofftieres gesehen hatte. Ihr wurde fast schlecht.

Kapitel 13

Gegen 8 Uhr wachte Rachel auf und ihr erster Gedanke galt Julia. Das Mädel hatte recht, du kannst saufen wie ein Holzfäller. Zwar brummte ihr noch ein wenig der Schädel, doch sie war unschlüssig, ob das von den unzähligen Drinks letzte Nacht herrührte, die sie sich in Gesellschaft einer anderen, alleinreisenden Frau hinter die Binde gekippt hatte, oder ob sie das dumpfe Pochen den Schlägen Pauls zu verdanken hatte.

Gedanklich stieß sie auf das Schwein an, das dafür bezahlt hatte, sie anzurühren. »Das hast du nun davon, Arschloch!« Kaum hatte sie es ausgesprochen, brandete der Schmerz wieder auf. Das ist nichts, was du nicht mit einer kalten Dusche in den Griff bekommen kannst. Dennoch warf sie eine halbe Schmerztablette ein, die sie mit einem Schluck Wasser aus dem Zahnputzbecher hinunterspülte. Sicher war sicher.

Nach der Dusche warf sie sich ein Handtuch über und stellte ihr Handy an, das die Nacht über am Ladekabel gehangen hatte. Es dauerte etwas, bis es brummte und das Display aufleuchtete. Vier Anrufe in Abwesenheit von Julia. »Hat die Langeweile?«, grummelte sie. Im nächsten Moment fiel ihr siedend heiß ein, dass sie komplett vergessen hatte, sich auch für gestern und heute bei der Zeitung abzumelden. Was aus drei weiteren WhatsApp-Nachrichten hervorging, die jetzt ebenfalls angezeigt wurden. Aus Frust trat sie gegen den billigen Holzstuhl neben dem Bett, der für sie als Kleiderständer herhalten musste. Dieser wackelte, fiel aber nicht um, dafür alle darauf liegenden Klamotten auf den Boden. Toll, Rachel, super gemacht. Deinen Job kannst du wahrscheinlich vergessen. »Wen juckt´s? Ich habe schließlich noch ...« Sie seufzte. Einen Scheiß hast du, oder glaubst du im Ernst, dass du das Buch zu Ende schreiben wirst? Das heißt, wenn du in den Knast kommst, hast du ja jede Menge Zeit dafür, allerdings brauchst du dir dort auch keine Sorgen ums Geld zu machen. Ein Teufelskreis. Egal, in wenigen Stunden wirst du mehr wissen, in allen Belangen. Einen Augenblick lang kämpfte sie mit sich, Julia zurückzurufen, schließlich war es irgendwie süß von der Kleinen, sich Sorgen um sie zu machen.

Doch sie steckte das Handy weg, zog sich schnell an, packte ihre Sachen zusammen und fuhr los. Die Rechnung hatte sie gestern Abend im Voraus bezahlt, meinte sie. Oder nicht? Hattest du etwa schon wieder einen Ausfall? Dann fiel es ihr doch wieder ein und damit ein kleiner Stein von ihrem Herzen. Die Möglichkeit, dass du nicht verrückt bist, bleibt damit bestehen. Ein Blick in den Spiegel verriet ihr, dass die kleine Zecheinlage ihrem Horn gutgetan hatte, man musste schon genau hinsehen, um die leichte Deformation erkennen zu können, was durch die Haarsträhne zusätzlich erschwert wurde, die Rachel seit zwei Tagen locker darüberfallen ließ.

***

Es dauerte etwas, bis Detective Miller ihre Stimme und den Namen einordnen konnte, doch als der Groschen bei ihm gefallen war, umspielte ein Lächeln seine Lippen.

»Julia Becker, natürlich erinnere ich mich noch. Sind Sie noch in den USA? Und wie geht es Ihrem Vater und Vanessa?«

»Detective, muss ich mir Sorgen um Sie machen?«, fragte sie und er hörte sie durch das Telefon lachen. »Wir haben uns doch, wenn auch nur kurz, vor zwei Monaten auf dem städtischen Polizeiball getroffen, zu dem mein Dad eingeladen war und ich ihn begleitete, weil es Vanessa nicht gutging.« Jetzt fiel ihm auch das wieder ein. Der elende Ball, für den er sich in einen Anzug zwängen musste und sich fast mit einer Krawatte stranguliert hätte. Er hasste solche Veranstaltungen, an die junge, attraktive Deutsche in ihrem schwarzen Nichts erinnerte er sich jedoch. »Aber um Ihre Frage zu beantworten: Ja, uns allen geht es gut. Ich bin seit einigen Monaten als Aushilfe bei der Tribune, und wenn ich gute Arbeit mache und Glück habe, kann ich ab Januar dort ein Volontariat absolvieren.«

»Dann läuft´s ja bei Ihnen.« Es faszinierte ihn bei jedem Gespräch mit ihr, dass sie akzentfreies amerikanisches Englisch sprach, obwohl sie erst mit über 20 Jahren aus Frankfurt hier hergezogen war. »Aber Sie rufen sicher nicht an, um über alte Zeiten oder diesen wirklich spießigen Ball mit mir zu sprechen.«

»Nein«, antwortete sie und er bemerkte sofort die veränderte Tonlage in ihrer Stimme. »Es geht um meine Freundin und Kollegin, ich kann sie seit Tagen nicht erreichen, weder persönlich noch auf ihrem Handy. Und das nach dieser Sache.«

»Hm, ich gehe davon aus, dass sie volljährig ist, da gelten gewisse Voraussetzungen, bevor wir aktiv werden können. Aber was meinen Sie mit dieser Sache?«

»Die Vergewaltigung, beziehungsweise die versuchte. Sie war doch vorgestern oder gestern bei Ihnen, oder etwa nicht? Ich habe sie extra an Sie verwiesen.«

»Ähem, Julia, ich glaube, es würde die Sache vereinfachen, wenn Sie mir ihren Namen verraten«, erwiderte er und ahnte bereits, um wen es sich dabei handelte.

»Callaghan, Rachel Callaghan.«

»Rachel?«, fragte er nach, obwohl er den Namen klar und deutlich verstanden hatte. »Etwa 1,70 m groß, Mitte 20, rotblonde, lange Haare und zur Zeit eine mächtige Beule auf der Stirn?«

»Ja, das ist sie. Also war sie da. Na, dann können Sie doch bestimmt etwas unternehmen. Nicht, dass der Typ sich wieder an ihr zu schaffen gemacht hat. Sie können sich ja denken, dass ich bei der Möglichkeit einer Entführung etwas sensibler reagiere.« Natürlich konnte er das, schließlich war sie selbst einige Tage lang entführt worden und hilflos einem Psychopathen ausgeliefert.

»Ja, sie war hier«, begann er. »Aber sie hat sich wieder verdrückt, bevor ich mit ihr sprechen konnte.«

»Verdammt. Das passt zu ihr. Und jetzt?«

»Hat sie Ihnen den Namen ihres fast Vergewaltigers genannt?«

»Ja, es war irgendein Paul. Dunkles Haar, normal gebaut, muss so um die 30 sein. Den hatte sie vor ein oder zwei Wochen in einer Kneipe aufgegabelt und mit nach Hause genommen. Für sie war es ein One-Night-Stand, er wollte wohl mehr, stand ein paar Tage vor dem Überfall schon mal unangemeldet auf ihrer Matte.« Irgendein Paul, wiederholte Miller gedanklich und glich Julias Beschreibungen mit ihrem neuesten Mordopfer ab. Plötzlich ergab es auch Sinn. Sie kam her, um vertrauensvoll über den Überfall mit ihm zu reden, und sah dann wahrscheinlich die Tafel mit dem Foto vom toten Paul darauf. Ob sie dann Panik bekam, dass man sie verdächtigen könnte, oder ob sie meinte, eine Anzeige mit den dazugehörigen, unangenehmen Fragen und Untersuchungen wäre nun überflüssig, konnte nur sie selbst beantworten. Aber dafür müssten sie sie erst einmal finden. Das war natürlich nur eine Vermutung, und sicher gab es noch etliche andere, normal gebaute Pauls um die 30 in der Stadt, aber Miller glaubte nicht an Zufälle und es hörte sich in seinem Kopf schlüssig an.

»Nun, Julia, zumindest kann ich Ihnen wahrscheinlich die Sorge nehmen, dass dieser Paul Ihrer Freundin noch etwas antut. Jedenfalls wurde am Abend des Überfalls ein Paul ermordet, auf den Ihre Beschreibung passt.« Miller sparte vorerst bewusst die Details aus, brannte aber darauf, die Frau in die Finger zu bekommen.

»Fuck, ist das wahr? Der Typ wurde ermordet? Krass.« Sie lachte einmal kurz auf. »Tut mir leid, aber ich kann für den Kerl echt gerade kein Mitleid aufbringen.«

»Kein Ding, Julia, er bekommt es eh nicht mehr mit. Aber sagen Sie, wie gut kennen Sie Rachel Callaghan?« Eine Pause entstand.

»Warum ist das wichtig?«, kam die zögerliche Gegenfrage. Pass jetzt auf, was du sagst, Miller, sonst verschreckst du sie.

»Wenn wir helfen sollen, sie zu finden, müssen wir soviel wie möglich über sie wissen.«

»Ach so, ja klar, sorry. Na ja, wie gut kenne ich sie? Nun, wir sind sehr gute Kolleginnen und vielleicht gerade auf dem Weg, Freundinnen, also richtige Freundinnen zu werden.«

»Machen wir es einfacher: Wie oft haben Sie privat Kontakt?«

»Wir treffen uns hin und wieder auf ein Bierchen und schreiben uns ab und zu ʼne Nachricht. Und wenn mal kleine Probleme da sind, unterstützen wir uns. Als ihr Auto mal liegengeblieben war, hab ich geholfen, es zur Werkstatt zu schleppen, oder jetzt, als sie sich krankmelden musste, hatte sie mir das aufʼs Band gesprochen, damit ich es weitergebe.« Julia unterbrach kurz, um noch anzufügen: »Auch wenn sie es hinterher nicht mehr wusste.«

»Was nicht mehr wusste?«

»Dass sie mich angerufen hat.«

»Na ja, das ist nicht unüblich in solchen Ausnahmesituationen.«

»Hm, sie meinte, ich soll mir darüber keine Gedanken machen, sie hätte häufiger solche Filmrisse, wie sie sie nannte. Ist das wichtig?«

»Wahrscheinlich ist es das gar nicht«, erwiderte er nachdenklich. Und ob es das war, dachte er hingegen. Sie war eine heiße Anwärterin in ihrem Fall. Er rief sich ins Gedächtnis, wie er sie vorm Treppenhaus gesehen hatte, sie dann hineinging und er ihr kurz hinterhergesehen hatte, bis er den Marshal erkannte und zur anderen Seite schaute. Aber um den ging es nicht, sondern nur um diese Rachel. Er notierte sich etwas auf einem Zettel und widmete sich wieder Julia. »Kennen Sie weitere Freunde von Rachel, weitere Kontakte? Arbeitet sie nur bei der Tribune oder hat sie noch weitere Jobs? Sprich: Gibt es andere Kolleginnen, Chefs oder meinetwegen Kunden, falls sie in einer Kneipe jobbt, die uns irgendwie weiterhelfen könnten?«

»Nein, in einer Bar hat sie tatsächlich eine zeitlang gearbeitet, aber das ist Monate her. Ich wüsste nicht, wo sie sonst jobben sollte. Das heißt, Moment, sie hat vor ein paar Jahren mal eine Biografie für jemanden geschrieben, und als ich das letzte Mal bei ihr war, am Tag nach dem Überfall, hab ich Zettel bei ihr herumliegen sehen, die mir auch wieder nach einem Manuskript ausgesehen haben. Aber das soll wohl eher ein

Krimi werden, mit 'nem Deputy Sheriff und Totschlag und so. Ich konnte nur ein paar Blicke draufwerfen, bevor sie die Sachen weggepackt hat. War ihr irgendwie unangenehm, dass ich das sehe. Ob sie noch andere Jobs macht, weiß ich nicht. Nur, dass sie chronisch pleite ist.« Deputy Sheriff? Hatte er gerade richtig gehört? Ihm schwante Böses.

»Was für einen Wagen fährt sie? Können Sie mir ihr Kennzeichen sagen?«

»Einen uralten, roten Mustang, der mehr schluckt und mehr Öl verbraucht, als sie es sich leisten kann, erzählte sie mir mal. Aber sie könnte sich einfach nicht davon trennen. Das Kennzeichen weiß ich leider nicht.« Während des Telefonats hatte er den Namen Rachel Callaghan bereits durch seinen Computer gejagt und langsam erschienen die ersten Daten auf dem Monitor.

»Okay, wann genau hatten Sie den letzten Kontakt zu ihr und können Sie mir ihre Handynummer geben?« Julia beantwortete seine Fragen und schien beruhigt zu sein, als Miller ihr am Ende des Gesprächs versicherte, dass sie zeitnah der Sache nachgehen würden.

»Danke, Detective.«

»Keine Ursache. Und viele Grüße an Ihren Vater und Vanessa.« Miller legte nach dem Telefonat nicht auf, sondern rief direkt unten bei Claire an. Wie er vermutet hatte, hing Ted bei ihr rum.

»Ja, ich schick dir den Vogel hoch«, sagte sie lachend. Kurz darauf war er auch schon da.

»Junge, du kannst doch nicht ständig meine Flirts sabotieren.«

»Tut mir leid, in Zukunft warte ich bis nach Dienstschluss, wenn ich dich sprechen will.«

»Geht doch«, erwiderte Ted und setzte sich halb auf Millers Schreibtisch. »Was ist denn so dringend, dass du mich von meiner Traumfrau wegzerrst?«

»Du meinst, einer deiner 50 Traumfrauen«, sagte Miller, während er den Monitor zu seinem Kollegen drehte. Dieser stutzte kurz, dann riss er die Augen auf.

»Alter, das ist die Trulla mit dem Horn.« Er las leise den Namen, der unter dem Führerscheinfoto stand: »Rachel Callaghan. Wie hast du die so schnell gefunden unter den Tausenden von Rachels? Und ist das die Rachel von diesem Paul?« Miller fasste das Telefonat mit Julia zusammen.

»Ja, das ist sie höchstwahrscheinlich. Und guck mal hier.« Er zeigte auf das Geburtsdatum.

»Frischfleisch, und weiter?« Miller schüttelte den Kopf und öffnete ein anderes Fenster auf dem Bildschirm. »Wow, das Mädel war umtriebig«, sagte er, nachdem er das Vorstrafenregister überflogen hatte, dass Miller ihm zeigte. »Aber das sind doch alles nur Bagatellen: Beleidigungen, Drogenmissbrauch, kleine Rangeleien. Das heißt nur, dass sie ein schwieriger Teenie war.«

»Dessen Lebenslauf wir zurückverfolgen können bis genau hier.« Er deutete auf eine andere Spalte. Ted las die Jahreszahl, in der Rachel adoptiert worden war, und zuckte mit den Schultern.

»Komm schon, ich bin heute nicht so schnell. Was hat dein Superhirn da zusammenkombiniert?«

»Ganz einfach«, begann Miller und kam sich in der Tat gerade besonders clever vor, obwohl er natürlich wusste, was für ein glücklicher Zufall es war, dass gerade Julia mit dieser Rachel befreundet war. »Die Adoption fand ein paar Monate nach der Verurteilung von Pete Gibson statt und ihrem Geburtsdatum nach war sie da 6 Jahre alt. Für die Zeit zwischen Geburt und Adpotion findet sich nichts, absolut nichts von ihr.«

»Okay, du glaubst also, dass Rachel Callaghan eigentlich Meredith Gibson ist, und alles, was über Meredith jemals vermerkt wurde, vom Justizministerium gelöscht wurde?«

»Ich bin überzeugt davon und ja, so wird das meines Wissens nach beim USMS gehandhabt, wenn jemand ins Zeugenschutzprogramm kommt – das komplette bisherige Leben wird ausradiert.«

»Okay, nehmen wir mal an, Rachel ist Meredith«, sagte Ted, der sich mittlerweile auf einen Stuhl gesetzt hatte. »Glaubst du, dass sie unsere Killerin ist? Die Metzgerin von Chicago?« Miller zögerte mit der Antwort, denn vollkommen überzeugt war er davon nicht. Dennoch ließ ihn das Detail nicht los, das Julia vorhin hatte fallen lassen.

»Vielleicht ist sie krank, also psychisch krank.«

»Du meinst sowas wie eine multiple Persönlichkeitsstörung? Nur, weil ihre Freundin meinte, sie hätte ab und zu einen Filmriss? Wenn ich dir sage, wie oft ich schon einen hatte, fällst du vom Stuhl.«

»Na ja, du bist ja auch verrückt«, scherzte Miller, um sofort wieder ernst zu werden. »Ich weiß, dass das alles auf sehr wackligen Füßen steht. Aber wenn da was dran ist –.«

»Dann befindet sich Pete Gibson derzeit in akuter Lebensgefahr. Oder ist bereits tot.«

»Nicht, dass es schade um ihn wäre, aber das ist unsere einzige Spur.« Miller fiel der Notizzettel vom Telefonat wieder ein. »Apropos, wir sollten uns noch was anschauen.« Ted blickte ihn fragend an, während Miller eine Videodatei auf dem Monitor abspielte.

»Das ist doch die Aufnahme aus dem Diner von Deputy Sheriff Walker und seiner mutmaßlichen Killerin.«

»Richtig. Und was fällt dir auf?« Ted schaute verwirrt.

»Dasselbe wie beim letzten Mal. Nichts.«

»Komm schon, Ted, du bist doch der große Frauenversteher hier und das erkenne ja selbst ich.«

»Zeig nochmal«, forderte Ted ihn auf und Miller ließ die Aufnahme von vorne laufen. »Mensch, Miller, du machst dich.«

»Das ist sie, oder?«

»Ganz ruhig, Cowboy, nicht so schnell mit den jungen Pferden«, versuchte Ted Millers aufkeimende Hoffnung zwar nicht zu zerstören, aber auch nicht ausufern zu lassen. »Die Frau ist auf jeden Fall dieser Rachel, die ich gestern unten hab rauslaufen sehen, wirklich sehr ähnlich. Die Haare, der Gang und zum Teufel, auch die Form des Arsches scheint gleich zu sein. Aber komm runter: das ist ein schwarz-weiß-Video in nicht unbedingt HD-Qualität und diese Rachel habe zumindest ich nur ganz kurz gesehen.« Seufzend zerknüllte Miller den Zettel und stoppte das Video.

»Okay, aber trotzdem entlastet die Aufnahme diese Rachel nicht.«

»Nein, von hinten sehen sie sich definitiv ähnlich. Aber nochmal zurück zu Gibson. Der Marshal hat dir doch erzählt, dass dieser Pete sie ebenfalls um die Ecke bringen will. Läuft demnach auf einen Showdown hinaus. Daher meine Frage: Sollten wir den nicht über die Entwicklung informieren?«

»Nachdem der so mauert? Ich denke nicht.« Miller schaute auf seine vertrocknete Zimmerpflanze, als könnte sie ihm weiterhelfen. Dieser Marshal Moore war einfach ein arroganter Kotzbrocken, doch er durfte sich von der persönlichen Abneigung gegen ihn nicht in seinen Entscheidungen beeinflussen lassen. »Fuck, du hast recht. Ich ruf ihn an.« Er kramte auf seinem Schreibtisch nach der Visitenkarte, die ihm der Marshal im Büro des Captains gegeben hatte.

»Jetzt siehst du, warum du langsam Ordnung in dein Leben bringen solltest«, sagte Ted flapsig.

»Ha, hier ist sie«, triumphierend hielt er Ted die Karte vor die Nase, bemüht, mit seinem Daumen den Kaffeefleck darauf zu verbergen. Er wählte. Es klingelte. Und klingelte. Nach dem sechsten Läuten meldete sich die Mailbox des Marshals. Mit der Bitte um umgehende Rückmeldung sprach Miller sein Anliegen darauf. Kopfschüttelnd legte er den Hörer zurück. Sie schauten sich über den Schreibtisch hinweg an, dann nickten beide. Kurz darauf war Rachel Callaghan im Großraum Chicago zur Fahndung ausgeschrieben.

***

Zermürbt von der Autofahrt und dem alkoholgeschwängerten Vorabend passierte sie die Stadtgrenze Chicagos. Nach einer Nacht drüber Schlafens, auch wenn die Nacht unruhig war – kam sie sich doch etwas dumm vor, diese Fahrt überhaupt angetreten zu haben. Du fährst jetzt einfach nach Hause, machst dich frisch, und dann auf direktem Wege zu Mr. None. Und scheiß drauf, ob er erkannt werden will oder nicht – er wird dir Rede und Antwort stehen. Und zwar von Angesicht zu Angesicht. Die Lampe der Tankanzeige leuchtete auf und unterbrach ihre lautlose Ermunterung.

»Du verdammter Spritfresser!« Sie schlug mit der flachen Hand aufs Armaturenbrett und schrie einmal kurz genervt auf. Die Aufregung legte sich schnell und wich einer gewissen Gleichgültigkeit. Na ja, wenn du bald deine Jobs los bist, kannst du die Kiste eh verticken.

Sie hielt Ausschau nach der nächsten Tankstelle, die nach wenigen Minuten in ihrem Blickfeld auftauchte. Sie blinkte und fuhr ab.

Da sie davon ausging, die nächsten Tage nicht viel fahren zu müssen, tankte sie lediglich viertelvoll. Sie steckte die Zapfpistole in die Säule zurück, angelte durch die halb geöffnete Seitenscheibe der Beifahrertür ihre Handtasche vom Sitz, ging in den Tankshop und reihte sich als dritte in die Schlange vor der Kasse ein. Sie warf einen ernüchternden Blick in ihre Geldbörse und zog den letzten Zwanzig-Dollar-Schein heraus. Genervt davon, schon wieder keine Kohle mehr zu haben, schaute sie durch die Fensterfront des Tankshops nach draußen zu ihrem Wagen. Wehmütig übte sie schon mal das Abschied nehmen, da näherte sich ein Streifenwagen langsam ihrem Mustang. Was wollen die da?, fragte sie sich, als die Streife neben ihrem Wagen anhielt. Sie sah, wie die beiden Cops darin miteinander redeten und einer davon zum Funkgerät griff.

Scheiße, sind die hinter mir her? Nein, ich war es nicht. Ich habe Paul nicht umgebracht! Oder doch? Warum zum Teufel kann ich mich nicht erinnern? Mit dem Wort Teufel rief sie die zugehörige Stimme zu Wort: Nun ja, du bekommst bestimmt mildernde Umstände wegen geistiger Umnachtung. Ist doch offensichtlich, dass du so handeln musstest. Aber machen wir uns nichts vor, entweder sie stecken dich in den Knast oder in die Klapsmühle, außer, du kannst sie vom Gegenteil überzeugen.

Panik stieg in ihr auf. Vor ihr wartete noch ein Kunde. Die Cops stiegen aus und gingen langsam um den Mustang herum. Mädchen, du vergisst, dass die

Cops nach einer Serienmörderin suchen und Paul nur eines von mindestens drei Opfern war. »Ja, ich weiß«, murmelte sie und spürte, wie am ganzen Körper der Schweiß ausbrach.

»Wie bitte, Miss?«, fragte die Kassiererin und schaute sie an, als ob sie nicht mehr alle Tassen im Schrank hätte. Womit sie wahrscheinlich nicht so falsch lag, dachte Rachel. Sie hatte nicht mitbekommen, dass sie bereits an der Reihe war. Hektisch blickte sie nach draußen und sah einen der Cops in Richtung Tankshop gehen, eine Hand auf seinem Pistolenholster liegend. Verdammt, die meinen es ernst, auch wenn die beiden mit ihrem deutlichen Übergewicht nicht gerade viel Respekt verströmten. Nein, schuldig oder unschuldig – du willst auf keinen Fall eingesperrt werden. Rachel legte ihren letzten Geldschein auf den Tresen.

»Ich hatte die 7, stimmt so. Wo ist Ihre Toilette?«

»Oh, danke, Miss. Die Toiletten sind da hinten.« Zum Glück zeigte sie in den hinteren Bereich des Shops, denn Rachel hatte befürchtet, die sanitären Anlagen würden draußen liegen, wodurch sie dem Cop direkt in die Arme gelaufen wäre. Ohne eine Erwiderung ging sie mit schnellen Schritten in die gezeigte Richtung und fand das WC. Sie warf einen Blick hinein. Verdammt, durch die kleinen Fenster passt du nie. Die Türglocke erklang. Eben waren noch fünf oder sechs Kunden im Laden, die sich die Auslagen in den Regalen ansahen, dass heißt, der Cop wird sehr schnell erkennen, dass du nicht darunter bist. Gegenüber der Toilette befand sich eine Tür mit der Aufschrift ›Zugang nur für das Personal‹. Rachel blickte über die Schulter. Niemand zu sehen. Sie schlüpfte durch die Tür und fand sich im Lager wieder. Schnell suchten ihre Augen den Raum ab. Da, der Notausgang! Sie schickte ein Stoßgebet gen Himmel, dass er nicht verschlossen sei. Sie ruckelte an der Klinke, die nicht nachgab. »Fuck!«, entfuhr es ihr. Sie drückte noch einmal, jetzt mit mehr Kraft, woraufhin die scheinbar lange nicht geölte Schließvorrichtung nachgab und die Tür mit einem leisen Quietschen aufschwang. Mit einem Satz stand Rachel im Freien. Ihre Gedanken rasten. Wie kommst du am besten weg? Vorn steht der Cop, der andere wird sicher gleich hier sein. Sie sah den vielleicht einen Meter hohen Holzzaun zwischen zwei Wohngebäuden, etwa 30 Meter entfernt. Sie rannte los. Kurz bevor sie den Zaun erreicht hatte, blickte sie zurück: kein Cop zu sehen. Etwas unbeholfen überwand sie das hölzerne Hindernis und lief mit eingezogenem Kopf zwischen den Häusern weiter, bis sie an deren Frontseiten angelangt war, die an einer Seitenstraße lagen. Wenn sie sich nicht irrte, dachte sie gestresst, müsste einige Querstraßen weiter eine U-Bahnstation sein. Das schaffst du. Ein weiterer Blick nach hinten bestärkte sie darin.

Dr. Rachel Kimble auf der Flucht, kam ihr in den Sinn, während sie keuchend die Straße entlang hetzte, die zum Glück immer belebter wurde, je mehr sie sich der Station näherte. Da hast du dich ja in eine tolle

Geschichte reinziehen lassen. Murphy, du bist ein Arschloch!

***

Ich wunderte mich schon lange nicht mehr darüber, wie einfach es war, Menschen, vor allem Männer, zu manipulieren. Man brauchte nur ihren Schwachpunkt herausfinden und dann die richtigen Knöpfe drücken. Bei dem Autoknacker Brian Kruger reichte es, ihm eine Nummer mit einer Minderjährigen in Aussicht zu stellen, James T. Walker wurde seine Geldgier zum Verhängnis. Oh ja, ich habe sie belauscht, als sie sich in der Werkstatt des Stotterers trafen und über ihr damaliges Geschäft sprachen, gleich nachdem Walker Pete verhaftet hatte. Als Walker auf den Stotterer einredete, dass niemals ein Wort davon nach außen dringen dürfte, da er ihn sonst auch wegen des Missbrauchs an Meredith verhaften würde. Der Tankwart hat sich fast in die Hosen gemacht, ich sehe ihn heute noch vor mir. Das alles liegt viele Jahre zurück.

Von unserem Wiedersehen vor ein paar Monaten – Kruger – und vor ein paar Tagen – Walker – habe ich jetzt noch ihre Gesichter vor Augen, als sie realisierten, welches Schicksal ihnen bevorsteht. Welches Schicksal ich ihnen zugedacht hatte, wobei sie es sich strenggenommen natürlich selbst durch ihre Neigungen und Handlungen ausgesucht hatten. Und Pete, der gute, alte, pädophile Pete, war sofort Feuer und Flamme, als ich ihm subtil zukommen ließ, wie er seine geliebte

Tochter Meredith finden und dann mit ihr anstellen könnte, wonach auch immer ihm war. Gerade erst aus dem Knast entlassen, konnte er sein vermeintliches Glück kaum fassen.

Über die Jahre hatte ich mir viel, sehr viel über das Interpretieren menschlicher Emotionen angeeignet und konnte sie so authentisch simulieren, dass selbst ein darauf spezialisierter Psychiater wahrscheinlich lange gebraucht hätte, um die Wahrheit über mich herauszubekommen. Und wenn ich über die drei Männer nachdachte, wäre Verachtung das gewesen, was ich ihnen hätte entgegenbringen sollen. Etwas Spaß mit ihnen hatte ich allerdings auch und andererseits hatten sie mir auch etwas gegeben, beziehungsweise Pete würde es bald tun.

Nicht mehr lange, und ich würde endlich die Lücke schließen können, die mich seit vielen Jahren von innen heraus aufzufressen drohte. Und Pete würde dabei eine tragende Rolle spielen, über die er sich in diesem Moment, wo ich ihn aus dem Zug steigen sah, noch absolut keine Vorstellung machte. Bald.

***

Rachel hatte daran gedacht, Julia anzurufen und um Hilfe zu bitten. Schließlich leitete ihr Vater ein riesiges Sicherheits- und Überwachungsunternehmen. Vielleicht spendiert er dir ein paar Bodyguards. Doch das war nicht der Grund, sondern der, dass Julia im Moment die einzige Person war, der sie vertraute.

Auch wenn Julia ihr mit Sicherheit geraten hätte, sich Detective Miller anzuvertrauen. Das kam für Rachel nicht in Frage und hatte sich eh von selbst erledigt, da sie zwar ihre Handtasche mitsamt ihren Papieren und dem geladenen Revolver dabei hatte, das Handy jedoch an der Haltevorrichtung am Armaturenbrett hängenließ, da sie es wieder als Navi genutzt hatte.

Als ihr das klar wurde, verzichtete sie darauf, den armen Murphy ein weiteres Mal mit einem Fluch zu belegen, denn schließlich war es ihre eigene Dummheit gewesen. Wenigstens konnte sie bei der Fahrkartenkontrolle ihre Monatskarte vorweisen, sonst hätte sie an der folgenden Station den nächsten Fluchtversuch unternehmen dürfen. Und ihre Lunge hatte sich vom letzten Sprint hinter der Tankstelle gerade erst erholt.

Zwei Stationen weiter stieg Rachel aus. Sie verließ die Haltestelle über die Treppe und ging entschlossen weiter, doch je näher sie dem Hotel kam, desto unsicherer wurde sie, ob das eine gute Idee wäre. Natürlich ist das eine gute Idee, wie willst du sonst an deine Antworten kommen? Als sie schließlich die Absteige erreicht hatte, in der sie Mr. None aufsuchen und mit ihm Tacheles reden wollte, blieb sie mit offenem Mund davor stehen. Zum ersten Mal sah sie den Bau bei Tageslicht, doch das, was sie sah, löste massiv das seltsame Gefühl aus, das sie die letzten Tage bereits zu oft beschlichen hatte.

Hinter den Fenstern des Gebäudes war es dunkel und die Eingangstür wurde von einer massiven Kette verschlossen. Darüber war ein verwittertes Holzschild angebracht, auf dem schwach zu lesen war, dass dieses Etablissement wegen Geschäftsaufgabe geschlossen war. Und gemessen am Staub und den Spinnweben, die unter dem Vordach hingen, hielt dieser Zustand schon sehr lange an.

»Das kann doch nicht wahr sein«, sagte sie, als sie sich etwas gesammelt hatte. Nein, das glaub ich nicht! Sie stieg die Treppen hinauf und versuchte, einen Blick durch die Fenster nach innen zu werfen, doch die dicken Schmutzschichten auf dem Glas verhinderten es. Rachel ging zur Tür und kontrollierte die Kette. Bombenfest! Das rostige Schloss sprach ebenfalls dafür, dass es schon viele Wetterumschwünge mitgemacht hatte. Du wirst verrückt. Nimm es einfach hin. »Nein!«, rief sie und rüttelte an der Tür, die genauso wenig nachgab wie die Kette. Die Türklinke! Das Fett daran! Natürlich! Sie hielt sich die Hand vors Gesicht. Nichts! Nur etwas Staub an einer Spinnwebe zog sich über die Handfläche.

»Falls Sie eine Unterkunft brauchen, einen Block weiter liegt eine Pension. Die hier ist seit Jahren geschlossen«, hörte sie eine Frauenstimme. Rachel ließ von der Tür ab und drehte sich zu der Passantin um, die mit dem ausgestreckten Arm zur nächsten Kreuzung deutete und lächelnd weiterlief.

»Danke«, sagte Rachel tonlos und in ihrem Bauch rumorte es. Was zum Teufel hatte das zu bedeuten? Verwirrt beschrieb nicht annähernd ihre derzeitige Gemütslage. Dann kam ihr ein Geistesblitz. »Goldstein!«, rief sie triumphierend und griff in ihre Handtasche. »Scheiße, du hast kein Handy dabei!« Sie sah sich um und entdeckte keine zweihundert Meter entfernt ein Taxi am Straßenrand. Erneut rannte sie, so schnell sie konnte. Ihre Lunge kreischte. Sie klopfte an die Scheibe des gelben Fahrzeugs. Der Fahrer, ein Inder oder Pakistani, ließ sie herunter und lächelte.

»Was kann ich für Sie tun, schöne Frau?«, erkundigte er sich mit eindeutig indischem Akzent.

»Smith & Goldstein«, keuchte sie. »Die Anwaltskanzlei. Wo finde ich die?« Das Lächeln des Taxifahrers verschwand.

»Bin ich die Auskunft?«

»Kommen Sie, bitte.« Er seufzte und kramte sein Handy hervor, tippte den Namen in die Suchmaschine und nannte ihr die Adresse.

»Ist acht Blocks von hier.« Er schnallte sich gerade an, da er wohl davon ausging, in ihr eine lukrative Fracht gefunden zu haben. Doch Rachel war bereits umgekehrt und rannte in Richtung der L. »Ey, du Miststück, ist ein Danke zuviel verlangt?«, hörte sie ihn wütend hinter sich herrufen.

»Danke«, flüsterte sie, natürlich wissend, dass er sie nicht hören konnte.

Kapitel 14

Eine dreiviertel Stunde später wartete Rachel vor dem vierzehnstöckigen Gebäude, das mit den Säulen davor und der stuckverzierten Fassade jedem, der daran vorbei- oder darauf zulief, auf den ersten Blick zeigte, dass sich hinter diesen Mauern alles ums Geld drehte. Um sehr viel Geld. Der riesige, vergoldete Schriftzug, der mehrere Meter breit war und sich an beiden Seiten weit über die beiden Doppeltüren des Eingangs erstreckte, unterstrich diesen Eindruck. Smith & Goldstein in geschwungenen Buchstaben. Die Namen sprangen einem förmlich entgegen, erschlugen einen fast. Auf großen, ebenfalls goldfarbenen Schildern neben Türen konnte man sich über sämtliche juristische Fachrichtungen des Unternehmens informieren. Auf Anhieb fand Rachel keine, die nicht aufgeführt war. Dass zusätzlich Steuer- und Finanzberatung zu deren Geschäftsfeldern gehörte, erschien ihr nur folgerichtig. Schließlich erledigten sie doch die Buchhaltung für die Tribune, fiel ihr wieder ein.

Sie atmete ein letztes Mal tief durch, brachte ihre Frisur und die Klamotten auf Vordermann – soweit es ihr möglich war – und schritt auf das ehrfurchteinflößende Gemäuer zu. Es überraschte sie nicht, dass ein uniformierter, älterer Herr ihr die Tür aufhielt und sie freundlich begrüßte. Umso besser, dann kannst du ihn gleich fragen, wo du Goldstein finden kannst.

»Selbstverständlich, Miss. Sie nehmen einen der Aufzüge und sagen dem Liftboy, dass Sie zu Mr. Goldstein möchten.«

»Danke«, sagte Rachel und ging zu den Fahrstühlen. Tatsächlich stand ein junger Mann davor, vielleicht gerade 18 oder 19 Jahre alt, natürlich in eine Pagenuniform gezwängt, mit einer affig wirkenden, schief sitzenden Mütze auf dem Kopf. Lächelnd zog er das Gitter zurück und bat sie, einzutreten. Liftboy, Gitter vorm Fahrstuhl. Wo bist du gelandet? Frühstück bei Tiffany? Es wurde immer verrückter. Oder du wirst immer verrückter.

»Welche Etage, Miss?«, fragte er, nachdem er den Zaun wieder geschlossen und sich neben sie in die Kabine gestellt hatte.

»Zum Büro von Mr. Goldstein, bitte.«

»Sehr wohl, zehnte Etage.«

Der Lift setzte sich ruckelnd in Bewegung, schnurrte den übrigen Weg jedoch wie ein Kätzchen und bremste sanft ab. Der Liftboy trat zur Seite und verbeugte sich leicht.

»Bitte sehr, Miss, zehnte Etage.« Sprachlos trat Rachel heraus und war fasziniert und angewidert zugleich vom Reichtum, der hier im und am ganzen Gebäude schamlos zur Schau gestellt wurde. Bereits den Springbrunnen im Atrium mit den Marmorelefanten in der Mitte, aus deren Rüsseln das Wasser in das mit bunten Mosaikfliesen ausgelegte Becken zurückfloss, empfand sie als Prunk. Wenn sie drauf hätte wetten müssen, hätte sie sofort darauf eingeschlagen, dass hier selbst die Toiletten goldene Wasserhähne haben würden. Auf dem Weg vom Fahrstuhl bis zum Empfangstresen ließ Rachel ihren Blick schweifen. Extravaganz und Luxus, wohin man auch schaute. Dem stand der auf Hochglanz polierte Edelholztresen in nichts nach und auch die beiden Damen dahinter wirkten wie einer Modezeitschrift entsprungen. Das perfekte Styling abgestimmt auf die Kostüme, die sie trugen.

»Was kann ich für Sie tun, Miss?«, begrüßte sie die jüngere der beiden, die vom Alter her dennoch Rachels Mutter hätte sein können. Rachel räusperte sich. Obwohl es sonst gut um ihr Selbstbewusstsein stand, fühlte sie sich gerade angreifbar und schwach.

»Mein Name ist Rachel Callaghan. Ich möchte Mr. Goldstein sprechen.« Sie bemühte sich, möglichst unaufgeregt zu klingen, was ihr nicht ganz gelang. Die Dame musterte sie, schaute auf den Schreibtisch vor sich und anschließend auf einen Monitor.

»Tut mir leid, Miss Callaghan, ich kann Sie nicht finden. Wann haben Sie den Termin?«

»Ich habe keinen Termin«, nuschelte sie.

»Was sagten Sie, bitte?«, hakte die Dame nach und ihre rechte Augenbraue hob sich.

»Ich habe keinen Termin.« Das Lächeln der Frau wurde etwas schmaler, blieb jedoch geschäftsmäßig.

»Dann können wir jetzt gerne einen vereinbaren. Passt es Ihnen übernächste Woche am Donnerstag?« Rachel schüttelte den Kopf.

»Nein. Ich muss ihn jetzt sprechen. Es ist wichtig.« Das Lächeln verkleinerte sich weiter.

»Mr. Goldstein ist überaus beschäftigt, da kann ich leider überhaupt nichts für Sie tun. Was ich Ihnen anbieten kann, ist, dass wir Sie anrufen, falls jemand vorher einen Termin absagt.« Was für eine borniertere Zicke ist das denn? Kann die ihn nicht einfach mal herholen?

»Sie verstehen mich nicht, es ist dringend«, zischte sie und merkte im selben Augenblick, dass sie zu weit gegangen war, denn die Hand der Dame verschwand unter der Platte ihres Arbeitsplatzes. Das konnte nur eines bedeuten.

»Ms. Callaghan, ich denke, Sie verlassen jetzt besser dieses Gebäude«, legte ihr die Empfangsdame in Abwesenheit ihres Lächelns ans Herz.

»Wo ist sein Büro?«, rief Rachel. »Mr. Goldstein? Ich muss mit Ihnen reden!« Ihre Stimme überschlug sich und sie lief am Tresen vorbei. So leicht wollte sie nicht aufgeben, obwohl sie die beiden Security-Mitarbeiter längst gesehen hatte, die sich ihr von der Fahrstuhlseite aus näherten.

»Bleiben Sie stehen, Miss!«, rief einer von ihnen mit strenger Stimme, die sie noch vor wenigen Tagen hätte strammstehen lassen. Doch nicht jetzt. Sie war echten Cops entwischt, da würde sie mit diesen Hobbytürstehern schon klarkommen. Sie lief weiter und warf hektische Blicke auf die Namensschilder an den Türen. Viele Namen an vielen Türen. Doch den Namen Goldstein las sie auf keinem davon. Sie war fast bis

221

zum Ende des Korridors gekommen, da packten sie zwei kräftige Hände an den Schultern und drückten sie mit dem Gesicht an die Wand.

»Mr. Goldstein? Ich muss Sie sprechen!«, schrie sie gegen die Strukturtapete, die ihren Ruf fast verschluckte. Ein Speichelfaden lief aus ihrem Mund und wurde von der Tapete aufgesaugt.

»Was ist hier los?«, donnerte plötzlich eine tiefe Männerstimme hinter ihr. Sofort lockerte der Sicherheitsmann den Griff.

»Alles unter Kontrolle, Mr. Goldstein. Diese Frau hat sich unbefugt Zutritt verschafft.«

»Gut. Dann regeln Sie das gefälligst ohne dieses Theater«, wies er den Mann zurecht.

»Selbstverständlich. Entschuldigen Sie, Mr. Goldstein.« Rachel drehte mit aller Kraft ihren Kopf über die Schulter, bis sie den Mann sehen konnte.

»Sie sind nicht Mr. Goldstein«, krächzte sie. Ihr Mr. Goldstein hatte mit einer hohen, eher heiseren Stimme gesprochen und bei jedem Satz erwartete man wegen des Giemens, dass ein Asthmaanfall ausbrechen würde. Dieser Mr. Goldstein hatte eine tiefe, feste und absolut gesunde Stimme, auch die Sprachmelodie war eine komplett andere.

»Seien Sie gefälligst ruhig!«, herrschte der Mann sie an, unter dessen stählernen Griff sie sich wand. Goldstein, der fast schon wieder sein Büro erreicht hatte, wandte sich um und ging auf die beiden zu.

»Was sagten Sie?«

»Sie sind nicht der Edward Goldstein, den ich kenne.«

»Lassen Sie die Frau doch mal zu Wort kommen«, befahl er, worauf der Sicherheitsmann ihr ermöglichte, sich zu Goldstein umzudrehen. Er und sein mittlerweile eingetroffener Kollege hatten sie jetzt in ihre Mitte genommen und hielten sie locker an den Armen fest. »So, jetzt erzählen Sie mal.« Rachel blickte zornig zu den beiden Männern, worauf Goldstein ihnen zunickte und sie losließen. Sie rieb über ihren Oberarm, der etwas vom festen Griff schmerzte, während ihr Blick von den italienischen Schuhen Goldsteins über seinen Fünftausend-Dollar-Anzug, die schwere Armbanduhr, die sicher mehr gekostet hatte, als ihr Mustang im neuen Zustand, hoch bis zu der Designerbrille auf seiner Nase wanderte, hinter deren fast unsichtbar in der Fassung steckenden Gläsern sie zwei intelligente, braune Augen fixierten.

»Danke. Tut mir leid für diesen Auftritt. Aber ich hatte vor einiger Zeit einen Anruf von einem Mr. Edward Goldstein, jedenfalls gab er sich als dieser aus.«

»Sie sind wer?«

»Callaghan, ich heiße Rachel Callaghan.« Goldstein lächelte charmant.

»Ein schöner, irischer Name. Allerdings muss ich Sie enttäuschen, wir hatten bislang noch nicht das Vergnügen.«

»Ja, er sprach auch vollkommen anders als Sie. Oder gibt es hier noch einen Edward Goldstein? Ihren Vater oder Bruder vielleicht?«

»Da muss ich Sie leider erneut enttäuschen. Ich bin der einzige Goldstein hier. Mein Vater Leonard und auch mein Großvater Joshua Goldstein, der das hier alles ermöglicht hat, sind lange von uns gegangen.« Dabei spreizte er überheblich die Arme, womit er nichts anderes sagte, als dass das alles ihm gehörte.

»Dann entschuldige ich mich erneut.«

»Es ist ja niemand zu Schaden gekommen.« Er blickte fragend zu den Wachleuten, die beide den Kopf schüttelten. »Kann ich mich darauf verlassen, dass Sie jetzt friedlich unser Haus verlassen?« Rachel nickte. »Dann auf Wiedersehen. Oder lieber nicht?« Er lachte kurz auf und verschwand.

»Miss?«, sagte einer der Sicherheitsbediensteten, die immer noch neben ihr standen, da sie sich nicht regte.

»Ja, natürlich«, sagte Rachel und schleppte sich kraftlos zu den Fahrstühlen. Hatte sie sich vor dem verschlossenen Hotel schon seltsam gefühlt, kam es ihr jetzt vor, als hätte man sie in ein Paralleluniversum verfrachtet, wo fast alles wie in der Realität war, aber eben nicht alles. Bist du nun wirklich übergeschnappt? Noch nie in ihrem Leben hatte sie so sehr an sich gezweifelt wie in diesen Minuten. In sich versunken ließ sie sich in den Fahrstuhl schieben und ins Erdgeschoss fahren, wo sie wie ein Zombie aus dem Gebäude wankte.

Wie fremdgesteuert setzte sie sich in den nächsten Bus und ließ sich ziellos durch die Straßen ihrer Stadt chauffieren. Die langsam einsetzende Dämmerung beruhigte sie. Am liebsten wäre es ihr gewesen, wenn es schon stockdunkel gewesen wäre und sie nichts mehr um sich herum mitbekommen hätte. Sie fühlte sich so unendlich klein und einsam. Rachel sah keine andere Möglichkeit, als sich endlich der Realität zu stellen. Egal, wie ihre Realität auch aussehen würde. Es geschah etwas mit ihr, das Rachel nur sehr selten widerfuhr: Tränen liefen über ihre Wangen und sie schluchzte. Ihr ganzer Körper zitterte, als hätte ein Grippeinfekt sich plötzlich ihrer bemächtigt. Selten war sie sich selbst so fremd. Die Gedanken rasten weiter in Lichtgeschwindigkeit durch ihren Kopf: War sie das Opfer eines perfiden Plans? War sie nur durch Zufall in ein mörderisches Spiel geraten oder war sie tatsächlich psychisch krank, vereinte mehrere Persönlichkeiten in sich und eines ihrer anderen Ichs zog mordend durch die Stadt? »Mein Mörder-Ich?« Jetzt, da sie es laut aussprach, klang es gar nicht mehr so abwegig. Erneut schluchzte sie. Was sollte sie nur tun? Wo sollte sie hin?

Es gab nur einen Weg, das herauszufinden. Der Bus hielt etwas später und Rachel stieg aus. Ihre Tränen waren getrocknet und sie hatte einen Entschluss gefasst: Sie würde den Cops alles, wirklich alles erzählen, was sie wusste, oder von dem sie dachte, sie wüsste es. Was sich am Ende des Tages als Realität und was als Fiktion herausstellen würde, lag nicht in ihrer Hand.

Rachel blickte nach links auf die andere Straßenseite. Etwa hundert Meter entfernt konnte sie das Gebäude des Chicago Police Departments erkennen. Hoffentlich war wenigstens dieser Miller im Dienst. Sie bemerkte nicht, wie ein Lieferwagen sich ihr langsam näherte, und auch nicht, dass er neben ihr stoppte.

Kapitel 15

Miller konnte nicht glauben, was er eben gehört hatte.

»Was soll das heißen? Sie ist entwischt?«

»Na ja, sie haben ihren Wagen an der Tankstelle überprüft und das hat sie wohl gesehen und ist abgehauen.«

»Zu Fuß? Vor zwei jungen und durchtrainierten Cops.« Ted bemühte sich nach Kräften, nicht laut loszuprusten. Es gelang nicht ganz. »Was ist daran so witzig?«, schnauzte Miller ihn an.

»Jetzt beruhig dich erstmal. Und mich brauchst du nicht anschreien, jedenfalls nicht deswegen. Abgesehen davon kennst du Brody und King.« Brody und King? Na klar kannte er die beiden Officer und verstand nun auch, was Ted meinte. Die beiden ernährten sich in ihrer Schicht seit Jahren von Bagels, Pizza und Cola und dementsprechend sahen sie auch aus. Warum auch immer die trotz ihres Übergewichts noch Streife fahren durften, fragte sich nicht nur er, aber die beiden waren beliebt bei ihren Kollegen und bei ihrem Vorgesetzten, der bei ihnen ein Auge zudrückte, wenn es um Leistungstests ging. Aber Ted hatte recht. Es nützte niemandem, wenn er sich aufregte. Dadurch würden sie Rachel Callaghan keine Minute eher zu fassen bekommen.

»Haben sie im Wagen etwas gefunden, das uns weiterhelfen kann?«

»Möglich.«

»Jetzt lass dir nicht alles aus der Nase ziehen.«

»Sie hat in der Eile ihr Handy zurückgelassen. Das befindet sich auf dem Weg zu uns.«

»Was daran soll gut sein? Darüber konnten wir sie immerhin orten, aber dank grassierender Adipositas nicht festsetzen. Und wenn sie es nicht mehr dabei hat, bringt uns das soviel wie ein Pickel am Arsch.«

»Dass wir sie damit nicht mehr finden können, ist klar, aber es kann uns zumindest verraten, wo sie gewesen ist.« Miller teilte den Optimismus nur bedingt.

»Na ja, zu verlieren haben wir nichts mehr. Ist es schon bei den Nerds?«

»Sollte jeden Moment ankommen. Und sobald die Techniker es ausgelesen haben, wissen wir mehr. Die gute Nachricht: Es war noch eingeschaltet, daher sollte es nicht lange dauern, bis wir Ergebnisse bekommen.« Miller wusste immer noch nicht, was sein Kollege sich davon versprach, doch er wollte nicht alles schlechtreden und ließ es so stehen.

»Wie sieht es bei ihrer Wohnung aus? Bei der Zeitung? In ihrer Stammkneipe?«

»Ich kläre dich gern auf, aber ich muss pissen wie ein Wallach.«

»Dann geh aufs Klo, bevor du dir noch in die Hosen schiffst. Und beeil dich!«

»Immer mit der Ruhe und dann mit 'nem Ruck, weißt du doch. Bis gleich«, sagte Ted und verschwand. Einige Minuten später kam er mit sichtlich entspanntem Gesicht zurück.

»Bist du rüber zu McDonalds zum Klo oder warum hat das solange gedauert?«

»Claire, der heiße Feger, ist mir über den Weg gelaufen, du verstehst?«

»Oh Mann!«

»Reg dich nicht auf, denk an dein Herz«, sagte Ted und räusperte sich. »Also: Vor ihrer Wohnung ist ein Wagen postiert, bei der Tribune hat man sie seit Tagen nicht gesehen und in ihrer Kneipe ist sie auch schon länger nicht aufgetaucht. Was den Barmann allerdings wundert, denn sie ist sonst wohl regelmäßig einmal in der Woche oder öfter dort und lässt sich volllaufen.«

»Mit der stimmt Einiges nicht, das wird immer klarer. Ich sag es dir. Wenn sie nichts zu verbergen hätte, würde sie sich doch nicht so verhalten und vor einer einfachen Streife türmen, bei der Arbeit blaumachen und ihre Gewohnheiten über den Haufen werfen.«

»Ihre Freundin erwähnte doch, dass sie fast von diesem Paul vergewaltigt worden wäre. Das finde ich Grund genug, sich `ne zeitlang seltsam zu verhalten.« Miller überraschte die Empathie seines vermeintlich hispanisch-jüdisch-chauvinistischen Kollegen, der wohl gerade seine Maske hatte fallen lassen und zeigte, dass er eigentlich ein netter Kerl war. »Hör auf, Miller! Hör auf, mich so anzugucken. Du kriegst mich nicht weich, auch wenn ich mal eine schwache Sekunde habe«, versuchte Ted, seinen Machostatus wieder herzustellen.

»Zu spät. Ich habe dich durchschaut. Endlich«, nahm er seinen Kollegen grinsend hoch, bis er ein Gähnen nicht unterdrücken konnte. Er müsste auch mal wieder eine Nacht durchschlafen. »Lass uns einen Kaffee trinken gehen«, schlug er vor, womit er bei Ted offene Türen einrannte.

»Du zahlst.« Bevor Miller etwas erwidern konnte, wurde ihr Geplänkel vom Läuten des Telefons unterbrochen.

»Detective Miller, Chicago Police Department, was kann ich für Sie tun?«

»Hey, Detective Miller, U.S. Marshal Moore am Apparat.« Miller steckte den Zeigefinger in den offenen Mund, um seinem Kollegen zu demonstrieren, was er von dem Anrufer hielt, und stellte auf Lautsprecher. »Tut mir leid, dass ich mich erst jetzt zurückmelde, aber wir hatten viel zu tun in den letzten Tagen.«

»Glaube ich, ging uns nicht anders.«

»Überall das gleiche, aber na ja, deswegen haben Sie mich ja nicht angerufen. Ich habe mir natürlich angehört, was Sie mir auf die Mailbox gesprochen haben, aber ich kann, ich darf Ihnen weiterhin keine konkreten Auskünfte erteilen. Nur soviel, damit Sie auf dem Laufenden sind: Pete Gibson ist unserer Überwachung tatsächlich vorgestern durch die Lappen gegangen, wir sind aber zuversichtlich, ihn bald wieder auf dem Radar zu haben.«

»Demnach könnte es also sein, dass die von uns gesuchte –.«

»Wir haben Meredith Gibson sofort in Sicherheit gebracht, nachdem ihr Vater abgetaucht war.«

»Aber –«, begann Ted, doch Miller legte sofort seinen Zeigefinger auf die geschlossenen Lippen, woraufhin er verstummte.

»Okay, also haben Sie sie vorgestern gleich in so ein Safe-House gebracht? So nennt ihr das doch vom USMS, oder?«

»So in der Art, richtig, aber auch dazu darf ich Ihnen nichts sagen. Das verstehen Sie doch sicher.«

»Selbstverständlich. Wir haben alle unsere Vorschriften. Danke erstmal für den Rückruf. Dann können wir uns wieder auf andere Fälle konzentrieren.«

»Tun Sie das, Detective, wir haben alles im Griff.«

»Gut, dann passen Sie gut auf Rachel auf und holen sich diesen Schweinehund Gibson, bevor er ihr an den Kragen geht.«

»Verlassen Sie sich drauf.« Miller legte auf und schaute zu Ted, der ihn mit offenem Mund anstarrte.

»Du kleines Schlitzohr«, lobte er ihn.

»Gelernt ist gelernt. Aber nur, weil er auf den Namen nicht reagiert hat, heißt das nicht zwangsläufig, dass sie unsere Frau ist.«

»Das stimmt natürlich. Aber wenn sie es ist, und er sie vorgestern bereits in Sicherheit gebracht haben will, sie aber munter durch die Stadt tänzelt, dann stinkt der Fisch zum Himmel. Nur, was heißt das für uns?«

»Darüber sollten wir uns jetzt ganz genau unterhalten.« Es klopfte an der Tür und einer der IT-Spezialisten des Departments trat ein, einige Ausdrucke in der Hand haltend.

»Howdy, ihr Experten«, begann der aus den Südstaaten stammende, junge Mann. »Hier habt ihr das komplette Bewegungsprofil der Lady innerhalb der letzten 14 Tage und da, wie lange sie, beziehungsweise ihr Handy sich an der jeweiligen Stelle aufgehalten hat.« Er breitete die Zettel auf dem Schreibtisch aus. Ted und Miller flankierten ihn und folgten dem Finger und seinen Ausführungen. »Hier stehen ihre geführten Telefonate. Bei den meisten konnten wir recht einfach den Teilnehmer in Erfahrung bringen, dem die jeweils andere Nummer gehört.« Sein Finger glitt über das Papier. »In der Spalte könnt ihr ablesen, wo sie sich während des Gesprächs aufgehalten hat.«

»Danke. Ist das alles?«

»Ja, Ted, war ganz easy, das nächste Mal bitte wieder etwas, das uns fordert.« Er klopfte ihm auf die Schulter und ging. Miller hatte bereits Google Maps auf seinem Rechner aufgerufen und gab die ersten Koordinaten ein. Nach wenigen Minuten hatten sie den Großteil der Liste abgeglichen.

»Also war sie meistens in ihrer Wohnung, bei der Zeitung oder in ihrer Kneipe. Trauriges Leben. Und zweimal hat sie sich länger an dieser Adresse aufgehalten.« Miller zeigte darauf und markierte sie mit einem Textmarker.

»Kommen wir zum gestrigen Tag.« Miller tippte weiter, die virtuelle Karte bewegte sich nach rechts und zoomte heran. »Ach du Scheiße.« Auch Ted schaute ungläubig. Hastig kramte Miller in der Fallakte und schaute zwischen der Karte und dem Akteneintrag hin und her.

»Lass mich raten: Die alte Gibson-Farm?«

»Korrekt«, bestätigte Miller. »Nur, was hat sie da gewollt?«

»Ich schätze, sie hat nach Pete gesucht. Und vielleicht hat sie ihn auch getroffen. Im doppelten Sinne, du verstehst?«

»Gut möglich, das würde auch sein Verschwinden erklären.« Die nächste Position zeigte ihnen ein Motel und der letzte Punkt auf der Liste war die Tankstelle, an der Rachel den beiden korpulenten Streifenpolizisten durch die Lappen gegangen war.

»Und was ist mit dem?« Ted deutete auf die grün gemarkerte Adresse. Er gab sie in den Rechner ein und kurz darauf bekamen sie die Antwort.

»Ein leerstehendes Hotel«, murmelte Miller. »Was hatte sie da zu suchen?« Ted zuckte mit den Schultern.

»Keine Ahnung. Lass uns die Telefonnummern checken.« Miller nahm den betreffenden Ausdruck in die Hand und überflog ihn.

»Das kann doch nicht –.«

»Was ist los, Miller?« Der antwortete nicht, sondern wühlte hektisch auf dem Schreibtisch herum, bis er die Visitenkarte des Marshals fand. Wie konnte die sich in der kurzen Zeit nur so gut verstecken? Er müsste wirklich sein Ablagesystem überdenken.

»Das ist los!« Er legte die Karte auf den Ausdruck mit den Telefonnummern.

»Ich weiß nicht genau, worauf du hinauswillst. Ich meine, okay, Rachel Callaghan scheint tatsächlich Meredith Gibson zu sein und dieser Marshal ist demnach für sie zuständig. Dass er mal mit ihr telefoniert, finde ich jetzt nicht sooo abwegig.«

»Da stimme ich zu, doch warum telefoniert er vor fast 14 Tagen zweimal hintereinander mit ihr und vorgestern nicht, wo er sie doch angeblich in Sicherheit gebracht haben will?«

»Weil er vielleicht einfach zu ihr gefahren ist, anstatt sie anzurufen?«

»Okay, Punkt für dich. Aber warum fährt sie dann vorgestern nach Iowa und gestern wieder zurück?«

»Hm, ich weiß nicht. Vielleicht sollten wir es einfach auf sich beruhen lassen. Du hast doch den Moore gehört: Der USMS kümmert sich darum.«

»Das könnten wir tun«, sagte Miller, griff zum Telefon, wählte und fuhr fort, »oder wir tun etwas anderes.« Am anderen Ende des Telefons nahm jemand ab. »Detective Miller nochmal, ich brauche die Ortung für eine Mobilnummer.« Ted schaute seinen Kollegen entgeistert an.

»Bist du verrückt geworden?«

Kapitel 16

Rachel dröhnte der Schädel. Sie fühlte sich wie durchgekaut, ausgespuckt und anschließend in eine riesige Kugel aus Watte verpackt. Alles erschien unwirklich und weit weg.

Doch was war passiert? Eben wollte sie noch zum Police Department, war gerade dabei, auf die andere Straßenseite zu wechseln, als es plötzlich dunkel wurde. Irgendetwas wurde ihr über den Kopf gestülpt. Ein Tuch oder ein Jutesack. Dann wurde sie gepackt und zur Seite gestoßen und landete hart in einem Fahrzeug. So fühlte es sich jedenfalls an. Vielleicht in einem Kofferraum oder auf der Ladefläche eines Pick-ups? Gleich danach hatte sie einen Einstich gespürt und als sie schreien wollte, schreien nach Hilfe und vor Angst, senkte sich ein dichter Nebel auf sie herab und umhüllte sie.

Wo bin ich?, wollte sie fragen, doch sie konnte ihren Mund nicht öffnen. Sie schob die Zunge zwischen ihre Lippen, die sofort auf einen Widerstand traf. Er schmeckte bitter. Klebstoff, das ist Klebstoff. Man hat dir den verdammten Mund zugekleistert!

Sie riss die Augen auf und rechnete mit dem Schlimmsten. Doch es blieb dunkel. Jemand hat dir die Augen verbunden. Irgendein Psychopath hat dir die Augen verbunden. Nein, das war keine Augenbinde. Sie spürte, wie sich die aus ihrer Nase ausströmende

Atmenluft warm und feucht auf ihrem Gesicht anfühlte. Also war es eher ein Sack oder eine Tüte. Welch Ironie, dachte sie kurz. Da will ich mich den Cops stellen, weil ich vielleicht die Metzgerin von Chicago bin, und dann werde ich kurz vor der Polizeistation verschleppt. Hey, Mr. Psycho, weißt du nicht, mit wem du es hier zu tun hast?

Längst hatte sie bemerkt, dass sie auf irgendetwas Hartem saß und daran gefesselt war, denn es schnitt schmerzhaft in ihre Hand- und Fußgelenke.

Hey, du wurdest entführt! Warum machst du dir nicht vor Angst in die Hose? Warum hyperventilierst du nicht? Weil du selbst eine Psychopathin bist? Oder weil du so abgestumpft bist, dass dir mittlerweile alles egal ist, was auch dich selbst mit einschließt?

Langsam verstand sie es, zumindest vermutete sie, dass es einfach daran lag, dass die ihr verabreichte Droge noch wirkte. Innerhalb der nächsten Sekunden spielte Rachels Unterbewusstsein verrückt und zog einige Entführungsthriller aus dem Hut, die sie irgendwann mal im Kino oder dem TV gesehen hatte, und spulte einzelne Sequenzen davon vor ihrem inneren Auge ab. Bilder von gefolterten, misshandelten und brutal abgeschlachteten Menschen. Menschen, die nur zur Befriedigung der perversen Triebe ihrer Peiniger in dunklen Kellerräumen oder versteckten Hütten bestialisch ermordet wurden. Steht dir ein solches Schicksal bevor? Wirst du gleich wie ein Lamm zur Schlachtbank geführt? Nein!, schrie es in ihr. Das wirst du nicht zulassen. Nicht heute! Nicht hier! Nicht so!

Doch je mehr die Wirkung des Betäubungsmittels nachließ und je klarer Rachels Verstand arbeitete, umso nervöser wurde sie, umso mehr verlor sie den Glauben daran, heil aus dieser Situation herauszukommen. Warum tut man dir das an? Was hast du nur verbrochen, dass man dir so übel mitspielt? Egal, wehr dich, kämpf dagegen an! Aber wie sollte sie das tun? Sie bäumte sich auf und schleuderte mehrmals ihren Kopf herum, doch keine der Fesseln lockerte sich. Doch halt, das Ding in ihrem Gesicht lag jetzt dichter an als eben noch. Hatte es sich gedreht? Erneut wirbelte sie ihren Kopf herum und schleuderte ihn in bester Head-Bang-Manier vor und zurück. Bei der vierten Wiederholung rutschte der, was auch immer es war, von ihrem Kopf und fiel lautlos neben ihr auf den Boden.

Rachels Augen benötigten einen Moment, um sich den neuen Lichtverhältnissen anzupassen. Wobei sie sich nicht gravierend von denen unterschieden, denen sie gerade noch ausgesetzt war. Einzig das vom klaren Sternenhimmel ausgehende Licht fiel durch die Fenster und sorgte dafür, dass der Raum schemenhaft zu erkennen war. Und Rachel erkannte ihn sofort. Genau genommen hatte sie es wegen des bekannten Sitzgefühls auf diesem Stuhl bereits vermutet, dass sie sich hier befinden würde. Hier in der Suite von Mr. None. Natürlich, wohin solltest du auch sonst verschleppt werden! Darüber wollte sie sich aber nicht den Kopf zerbrechen, denn es galt jetzt einfach, so schnell wie möglich hier herauszukommen.

Wild entschlossen riss sie an ihren Fesseln, versuchte den Mund zu öffnen und drückte mit der Zunge, die sich bereits wund anfühlte, gegen das Pflaster. Das allerdings nahm sie nur am Rande wahr. Es war unwichtig. Mit einem Mal gelangte sie mit der Zunge unten durch den Klebstreifen und konnte ihn in der Folge lösen, bis er nur noch am rechten Mundwinkel haftete und kurz darauf ebenfalls herunterfiel. Rachel atmete gierig tief und schnell ein, wie jemand, der zu lange unter Wasser gewesen und dessen Sauerstoffgehalt im Blut grenzwertig tief gefallen war. Luft, sie bekam endlich Luft. Motiviert davon, zumindest wieder vernünftig sehen, atmen und sprechen zu können, verstärkte sie das Reißen an ihren Fixierungen, die sich immer tiefer schmerzhaft in ihr Fleisch schnitten. Mach so weiter, und du bist bald auf den Knochen. »Und wenn ich nichts mache? Ist das besser?«, fragte sie sich selbst und war erschrocken über ihre weinerliche Stimme, die sie so gar nicht von sich kannte.

»Rachel, es freut mich, dass Sie wieder zurück sind«, hörte sie Mr. None aus seiner, wie üblich, dunklen Kammer zu ihr sagen. Auch das hatte sie bereits erwartet. Sie atmete einige Male tief durch und sammelte sich. Auf gar keinen Fall gönnte sie ihm die Genugtuung mit dieser weinerlichen, fast flehenden Stimme zu antworten.

»Was zum Teufel soll das hier? Was wollen Sie von mir?«

»Sie sind doch so ein kluges Mädchen, sagen Sie es mir.« Ja, gottverdammt klug bist du, dich auf offener Straße entführen zu lassen. Sie schnaufte.

»Sie wollten mich warum auch immer für Ihre perverse, abartige Geschichte. Woher soll ich wissen, welche Rolle Sie kranker Freak mir dabei zugedacht haben. Soll ich die Meredith für Sie spielen? Brauchen Sie das für Ihr bescheuertes Ego?«

»Na, na, Rachel, jetzt mäßigen Sie sich mal in Ihrem Ton, wir sind doch zivilisierte Leute.«

»Zivilisiert am Arsch! Wenn Sie so zivilisiert sein wollen, dann hören Sie auf, sich zu verstecken, und kommen Sie endlich aus Ihrem dunklen Loch gekrochen. Oder fehlen Ihnen dafür die Eier?« Reden und den anderen beschäftigen, so war es in jedem Thriller, den sie je gesehen oder gelesen hatte, man musste den Killer in ein Gespräch verwickeln, Zeit schinden und auf einen Fehler warten. Natürlich war Rachel in diesem Moment bewusst, dass man im realen Leben dem Killer deutlich seltener entkam, als es im Kino der Fall war. Aber aufzugeben war keine Option. »Was ist los, Sie Freak? Warum antworten Sie nicht? Kommt jetzt der Feigling in Ihnen raus?«, rief sie ins dunkle Zimmer, nachdem sie nichts mehr von ihm vernommen hatte. Sie hörte genau hin, doch sie nahm nur das schon bekannte, brummende Geräusch unterschwellig wahr, womit für sie klar war, dass es nicht von der Klimaanlage, sondern von einem Notstromaggregat stammen dürfte. Natürlich! Damit konnte Mr. None sein Teilzeithotel notdürftig beleuchten. Super, damit hast du ein Rätsel gelöst. Du bist nicht übergeschnappt und warst wirklich schon hier drin. Richtig Mut brachte ihr diese Erkenntnis jedoch nicht. Im Gegenteil, denn wäre sie nur übergeschnappt, würde sie vielleicht irgendwann, nach jahrelanger, psychologischer Behandlung, eventuell verstehen, was mit ihr los war. Da sie nun aber wusste, dass alles hier erschreckend real war, konnte sie sich ausrechnen, dass sie es nicht überleben würde. Wieder flossen Tränen.

Was war das? Ein anderes Geräusch, ein Klicken, dann ein leises Knarren, wie bei einer Tür, deren Scharniere mal wieder einen Tropfen Öl vertragen hätten können. Zeitgleich fiel etwas Licht ins Nachbarzimmer, doch Rachel konnte immer noch niemanden darin erkennen. Die Helligkeit verschwand, sie hörte das Einrasten eines Schlosses. Ist der Feigling wieder abgehauen? Schritte beantworteten ihre sich gedanklich gestellte Frage. Wegen des kurzzeitigen Lichteinfalls mussten sich ihre Augen erneut umgewöhnen. Doch jetzt sah sie ihn. Sah die Umrisse seines Körpers auf der Schwelle zwischen den Räumen. Aber da stimmte etwas nicht. Rachel war verwirrter als zuvor. Im nächsten Moment hörte sie ein Klicken und zeitgleich sprang die Deckenbeleuchtung in beiden Zimmern an. Rachel kniff die Augen zu und öffnete sie zwinkernd wieder. Das war nicht Mr. None, dessen Hand gerade den Lichtschalter umgelegt hatte.

»Wer sind Sie?«

»Ach komm schon, Rachel, wirklich?«, hörte sie die Frau antworten, die wenige Meter vor ihr stand. Eine junge, schlanke, rotblonde und überaus attraktive Frau. Beim zweiten Hinsehen erkannte sie sie: Es war die Frau von der Rezeption. Ellen. Logisch, das hättest du dir ja denken können, dass die in der Sache mit drinhängt.«

»Ellen, wie geht es Ihnen? Schon wieder im Dienst?«, fragte sie spöttisch und verzog das Gesicht. Entführt und wahrscheinlich misshandelt oder gar umgebracht zu werden, war für sich genommen schon unaussprechlich, wenn sich aber noch dazu eine Frau hinreißen ließ, Mittäterin dabei zu werden, überstieg es gänzlich ihr Vorstellungsvermögen.

»Fein, du nimmst es mit Humor. Wir werden sehen, wie lange noch.« Diese Stimme, woher kannte sie diese Stimme noch, außer von der Rezeption? Dann fiel es ihr ein.

»Vorhin auf der Straße, vor dem Gebäude, das waren auch Sie. Die mir den Weg zu einem anderen Hotel zeigen wollte.«

»Ah, langsam scheinen deine grauen Zellen ja zu arbeiten.« Das taten sie allerdings. Rachels Gehirn lief auf Hochtouren, und je länger sie Ellen ansah, umso mehr Begegnungen mit dieser Frau fielen ihr ein, die sich natürlich jeweils anders gestylt und angezogen hatte. In ihrem Pub vor einigen Wochen und heute oder gestern im Bus oder der L.

»Sie haben mich überwacht. Wie lange schon? Und warum? Und warum helfen Sie diesem Irren? Sie müssen das nicht tun.«

»Schätzchen, ich kenne dich fast besser als du selbst: wie du denkst, wie du handelst, wann du zum Klo oder zur Arbeit gehst.« Sie schaute sich flüchtig um. »Und sag du mir nicht, was ich tun muss. Nicht du!« Rachel kam sich unglaublich nackt vor. Jetzt war ihr auch klar, wer ihr den abgerissenen Teddyarm unter das Bett gelegt hatte. Das Warum dauerte noch etwas. Auch wie oft sie oder Mr. None noch in ihrer Wohnung, ihrem Wagen oder sonst wo waren, um sie zu überwachen. Dennoch überkam sie ein Hauch von Mitleid mit der Frau, die sich so zum Werkzeug hatte manipulieren lassen, nur um die Triebe und Bedürfnisse eines Psychopathen zu befriedigen und nicht einmal zu wissen, worauf sie sich dabei einließ.

»Ellen, oder soll ich Sie bei Ihrem richtigen Namen nennen? Meredith Gibson?« Die Angesprochene schien perplex, rührte sich nicht.

»Woher weißt du das?«

»Das lag auf der Hand.« Jetzt oder nie, sie musste das Vertrauen der Frau gewinnen. »Hören Sie, ich weiß, was Ihnen als Kind angetan wurde, was Sie durchleiden mussten, er hat mir alles erzählt.« Die Frau vor ihr runzelte die Stirn und Rachel war nicht sicher, aber sie glaubte zu sehen, wie sich ihre Augen mit Tränen füllten.

»Alles?«, fragte sie mit erstickter Stimme. Die vormals zurückgezogenen Schultern sanken nach unten.

»Ja, alles. Und Meredith, er benutzt Sie nicht nur, am Ende will er Sie umbringen.«

»Warum sollte er das tun?«, fragte sie aggressiv.

»Weil es ihm ausschließlich darum geht, um Ihren Tod. Er will Sie sterben sehen.«

»Aber warum sollte er das wollen?«, fragte sie und klang dabei wie ein kleines Kind. Vielleicht hörte sie sich genauso an, als sie Pete damals anflehte, dass er sie nicht anfassen sollte, bevor er sie gebrochen hatte. Eine Woge des Mitgefühls durchlief sie.

»Weil er ein Psychopath ist, schon als Kind gewesen ist. Er hat mir doch brühwarm jeden seiner perversen Gedanken diktiert.«

»Ich glaube dir nicht!«, sagte sie trotzig.

»Meredith«, sagte sie, so sanft es ihr möglich war. »Welchen Grund sollte ich haben, Sie anzulügen?«

»Ich, ich weiß nicht.«

»Machen Sie mich los, dann schaffen wir es, hier herauszukommen. Die Polizei wird den Typen fassen und wir werden in Sicherheit sein. Sie werden in Sicherheit sein, Meredith.« Denk nicht zu lange nach, sonst ist der Irre zurück. Mach schnell! Zögerlich ging sie auf Rachel zu, zog ein Messer aus ihrer Gesäßtasche und hielt es vor sich. Verdammt, war das das Messer? Das Messer des Metzgers von Chicago? Hatte der Psychopath Meredith tatsächlich dazu bringen können? Das Messer näherte sich. Mach mich los, verdammt. Warum macht sie dich nicht los? Sie bekam einen Schrecken, als die Gesichtszüge der Frau mit dem Messer kurz entglitten und sie es gefährlich nahe an ihren Hals führte. Doch dann ging sie hinter ihren Stuhl, beugte sich hinunter und löste erst die Kabelbinder an ihren Fußgelenken und dann die an den

Händen. Erleichtert rieb Rachel sich die schmerzhaften Gelenke und zuckte dabei zusammen. Tatsächlich hatte sie sich überall wundgescheuert. Doch das Adrenalin, das ihren Körper durchflutete, nahm ihr jeden Schmerz. »Danke«, sagte sie leise. »Es gibt also zwei Wege, wie wir hier raus kommen?«

»Drei«, wurde sie korrigiert.

»Okay, wissen Sie, wie wir an ihm vorbeikommen?« Bitte sag ja!

»Mh.« Sie deutete mit dem Kopf in Richtung des entgegengesetzt liegenden, dritten Zimmers der Suite. »Von da kommen wir schnell zur Feuerleiter hinter dem Haus. Er ist sicher auf der anderen Seite.«

»Sind Sie sicher?«

»Ja.« Sie setzte sich langsam in Bewegung.

»Dann los«, sagte Rachel und lief der anderen hinterher.

***

Miller hatte sich auf der Fahrt alles zurechtgelegt, denn er musste Ted beipflichten, dass sie sich gerade auf dünnem Eis bewegten. Aber wenn er ein Bauchgefühl hatte – und im Moment war es eher ein Hurrikan der Gefühle, der in seiner Magengegend tobte – folgte er ihm meist gegen jeglichen Verstand und besseren Wissens. Häufig hatte das in der Vergangenheit zum Klären verzwickter Fälle geführt, die andernfalls wahrscheinlich zum großen Teil heute noch im Stapel der unaufgeklärten Straftaten liegen würden. Dieser

Umstand war auch Ted bekannt und das war der einzige Grund für ihn, jetzt neben Miller im Dienstwagen zu sitzen.

»Einen U.S. Marshal im Einsatz über sein Telefon zu orten, alter Schwede«, sagte er kopfschüttelnd, jedoch mit leiser Anerkennung in der Stimme.

»Du hast doch gesehen, dass ich richtig gelegen habe. Schließlich ist er da.« Er zeigte auf das Gebäude des alten Hotels, in dem sich Rachel laut ihres Bewegungsprofiles einige Male aufgehalten hatte.

»Ich weiß nicht. Sieht nicht so aus, als ob da jemand drin wäre. Alles dunkel.«

»Deswegen, mein Freund«, sagte Miller und stieg aus dem Wagen, »schauen wir uns das aus der Nähe an.« Die Gegend war wie ausgestorben. Nur wenige Autos verirrten sich in diese Seitenstraße und die Anwohner hatten sich in ihre Wohnungen zurückgezogen, mutmaßlich, um nicht zufällig einer der vielen Gangs über den Weg zu laufen, die in diesem Viertel Angst und Schrecken verbreiteten.

»Eines sag ich dir aber: Ich werde da nicht einsteigen, falls alles verschlossen ist.« Der ein paar Schritte vorausgehende Miller winkte ab.

»Ja, ja, das sehen wir dann.«

Rechts neben dem Gebäude schloss sich fast übergangslos ein ehemaliger Bürokomplex an, der ebenfalls vorwiegend ungenutzt vor sich hinverrottete wie das Hotel. Lediglich ein vielleicht zehn Meter breiter, von Wildrasen überwucherter Seitenstreifen trennte sie voneinander. Auf der gegenüberliegenden Seite führte eine geteerte Zufahrt von ähnlicher Breite am Hotel vorbei zum Hinterhof der Anlage.

»Links oder rechts?«

»Rechts, immer rechts, ich bin Republikaner, das weißt du doch.«

»Äh, ja, was du so alles bist«, erwiderte Miller und fügte hinzu: »Sei vorsichtig.«

»Wie immer. Dito.« Ihre Wege trennten sich, Miller ging geradeaus weiter, Ted schräg nach rechts. Kurz darauf konnte Miller seinen Kollegen nicht mehr sehen. Bauchgefühl hin, Bauchgefühl her, jetzt zweifelte er dann doch über den Sinn dieser Aktion und konnte sich nicht beantworten, was er damit eigentlich bezweckte. Aber nun waren sie schon mal hier, dann würden sie es auch zu Ende bringen. Aufmerksam inspizierte er die Außenwand des Hotels, ob irgendwo Licht brannte oder Bewegungen hinter einem der Fenster zu sehen waren, ob eventuell eine eingeschlagene Scheibe oder eine unverschlossene Tür ihnen einen legalen Zugang ermöglichte. Immer weiter arbeite er sich vor und hatte die hintere, äußere Gebäudeecke erreicht, als er fast gegen einen Lieferwagen gelaufen wäre, der dicht an der Mauer parkte. Was will der denn hier?, fragte sich Miller, trat einen Schritt zurück und strahlte ihn mit seiner Taschenlampe an, auf der Suche nach einem Firmenlogo auf dem Fahrzeug. Doch er war einfach nur schwarz oder dunkelblau. Er warf einen Blick auf die Kennzeichen, da wurde er vom Strahl einer anderen Taschenlampe geblendet.

»Spinnst du, Ted?«, sagte Miller verärgert und hielt sich die Hand vor die Augen.

»Detective Miller!«, hörte er eine bekannte Stimme. Doch das überraschte ihn nicht. »Was zum Teufel verstehen Sie nicht an: ›Sie sind hier nicht zuständig, das ist Sache des United States Marshal Service‹? Wollen Sie Ihren Job verlieren? Ein Anruf beim Justizminister und Sie verteilen wieder Strafzettel.«

»Ihnen auch einen schönen Abend, Marshal Moore, aber ich muss Sie enttäuschen.«

»Was meinen Sie damit?« Miller leuchtete ihn kurz an und sah Schweißperlen auf seiner Stirn, für die kühle Nacht eher ungewöhnlich. Der Mann war eindeutig nervös.

»Damit meine ich, dass ich keine Ahnung habe, was Sie für ein Spiel spielen und warum dem USMS daran gelegen ist, unsere Mordermittlungen zu untergraben. Aber wissen Sie was? Das ist mir scheißegal. Der Serienmörder ist mir scheißegal.«

»Und warum zum Teufel streunen Sie dann hier rum und riskieren die Sicherheit meines Schützlings?«

»Sie wollen wissen, warum ich hier bin?«

»Klären Sie mich auf, Miller, und dann verschwinden Sie gefälligst von hier.« Nichts war mehr übrig von dem arroganten Tonfall im Büro des Captains. Im Gegenteil, der Marshal hörte sich fast bittend an.

»Uns wurde ein Einbruch in diesem Gebäude gemeldet, und ob ich es nun will oder nicht, ich muss dem nachgehen.«

»Wollen Sie mich verarschen, Miller? Seit wann ..., ach kommen Sie, verschwinden Sie einfach.« Zu ihren Füßen wurde der Boden plötzlich hell. Fast zeitgleich blickten sie hoch und sahen im zweiten Stock Licht hinter einem Fenster. Sie hörten ein dumpfes Poltern aus dem Gebäude, als wäre ein Stuhl umgefallen.

»Ups«, machte Miller, »da hat der Einbrecher tatsächlich die Deckenbeleuchtung angestellt. Also Marshal, folgendes Angebot: Sie erzählen mir jetzt, was hier läuft, oder ich gehe rein und überzeuge mich persönlich davon, was in meiner Stadt für eine Scheiße abgeht.« Einige Sekunden vergingen. Miller wandte sich ab in Richtung der Hintertür, die, wie er hoffte, offen war.

»Warten Sie, Miller«, bat der Marshal. Miller blieb stehen und sah ihn an. Dann zerriss ein markerschütternder Schrei die Stille. Der war eindeutig aus dem beleuchteten Zimmer gekommen. Miller warf dem Marshal einen zornigen Blick zu und wollte zur Hintertür weiterlaufen.

»Pass auf, Miller!«, warnte ihn sein Kollege, der sich von der anderen Seite genähert hatte. Geistesgegenwärtig ließ Miller sich fallen, drehte sich dabei um 180 Grad, während er seine Pistole zog. Als er das Mündungsfeuer aus der Waffe des Marshals in der Dunkelheit aufblitzen sah und den Knall hörte, verstand er die Welt nicht mehr. Wie konnte der mich auf diese kurze Distanz verfehlen? Gleichzeitig mit dem Gedanken drückte er zweimal selbst ab und traf Moore in die Brust. Der stöhnte gequält auf, ließ seine Waffe fallen und griff sich mit beiden Händen ans Herz. Er starrte mit fassungslosem Blick auf seine blutüberströmten Hände. Von dort wanderten seine aufgerissenen Augen zu Miller. Fast flehten sie ihn an, doch niemand konnte ihm noch helfen. Er hustete zweimal, beim dritten Mal kam ein Schwall Blut aus seinem Mund. Kurz darauf brach er zusammen.

»Miller«, hörte er Ted hinter sich krächzen. Er schluckte und eilte seinem am Boden liegenden Kollegen zu Hilfe.

»Verdammt, hat er dich erwischt?« Bevor Ted antwortete, sah Miller das Blut, mit dem sich sein Hemdsärmel vollsog.

»Ist nur ein Kratzer. Geh rein.«

»Sicher?«

»Ganz sicher, du Pfeife! Und jetzt schnapp dir die Irre.« Miller warf auf dem Weg zur Hintertür einen Blick über die Schulter. Erleichtert sah er, dass Ted schon sein Handy bearbeitete. Zum Glück, denn er konnte nicht warten, bis Verstärkung eintreffen würde. Er rüttelte an der Tür, die schnell nachgab, und lief hinein.

***

Ich konnte nicht fassen, wie einfach – nein halt! – Ich wunderte mich nicht mehr, wie einfach es mir fiel, Menschen zu beeinflussen. Wie dumm und naiv sie doch waren, wie naiv sich selbst diese Rachel verhielt, der ich doch wesentlich mehr zugetraut hätte. Jetzt lief mir das dumme Ding hinterher, in der Hoffnung, ich würde sie, würde uns hier heraus und in Sicherheit bringen. Ich lachte innerlich, während ich ihr mit ängstlicher Stimme zuflüsterte, wenn wir nach links oder rechts abbiegen oder durch eine Türöffnung schlüpfen mussten. Wie ein Lämmchen rannte sie mir schwer atmend hinterher. Na ja, zumindest über ihre schlechte körperliche Verfassung brauchte sich das Dummchen nicht mehr lange Gedanken zu machen.

»Hier, hinter der Tür kommen wir direkt zur Feuerleiter«, keuchte ich mit atemloser Stimme.

»Alles klar, ich bin hinter dir«, antwortete sie mir und ihre Stimme klang zuversichtlich. Ich stieß mit dem Fuß gegen das Türblatt. Knarrend schwang sie auf, dann packte ich Rachel am Oberarm und schubste sie hinein. Völlig von meiner Aktion überrumpelt fiel sie der Länge nach auf den staubigen Boden. Ich blieb im Türrahmen stehen. Rachel stöhnte auf, drehte den Kopf zu mir und schaute mich entsetzt an.

»W-was?«, stammelte sie. »Ich verstehe das nicht.«

»Du verstehst nicht sehr viel, du naives, versoffenes Dummchen, das habe ich auch schon gemerkt«, spuckte ich ihr fast entgegen. Ich lehnte mich an die Zarge, die Hände vor der Brust verschränkt, und lächelte.

»W-was passiert jetzt? Was willst du? Was soll das alles?« Von ihrem Selbstbewusstsein keine Spur mehr.

»Dir jemanden vorstellen. Ich schaltete das Licht ein, das flackerte. Der Generator schien an seine Grenzen zu kommen. Kein Problem, gleich wäre es vorbei.

»Meredith?«, fragte eine Männerstimme zaghaft aus dem hinteren Bereich des Zimmers. Rachel wandte hektisch ihren Blick in die Richtung des Mannes. »Meredith?«, wiederholte er. Hätte ich Emotionen erfassen können, wäre ich wahrscheinlich gerührt gewesen bei dem, was sich dann vor meinen Augen abspielte. Rachel stand umständlich auf, den Blick auf Pete Gibson gerichtet, der langsam auf sie zukam. Mich hatte sie komplett ausgeblendet. Beide hatten mich ausgeblendet. Einerseits etwas verletzend, andererseits hätte ich es besser gar nicht initiieren können. Es war fast wie damals auf der Galerie. Nur würde ich dieses Mal mein Finale bekommen. Es fühlte sich ähnlich an wie bei dem ersten Schwein, dem ich den Garaus gemacht hatte, nur sehr viel intensiver. Sehr viel besser.

Sie standen sich nun direkt gegenüber. Vater und Tochter, seit zwanzig Jahren getrennt und ich allein habe sie wieder zusammengeführt, aller Widerstände zum Trotz. Nun konnte Pete das zu Ende bringen, wobei mein Spielzeug Nathan damals kläglich versagt hatte. Es zischte, brummte und prickelte in meinem Bauch, voller Vorfreude begannen meine Hände zu schwitzen. Nicht mehr lange. Doch vor der Vollendung schaffte es Rachel tatsächlich fast, mich kurz von dieser Vorfreude abzulenken.

»Dad«, sagte sie und es war keine Frage, sie wusste es. Nach zwanzig Jahren der Verleugnung reichte die Stimme und ein tiefer Blick in Daddys Augen, um den

Schleier zu lüften. Faszinierend. Okay, das reichte jetzt auch.

»Meredith«, sagte er und trat nah an sie ran. Ja, leg deine Hände um ihren Hals und tu es! Ich warte! Aber nein! Was zum Teufel macht der Schwachkopf? Lass deiner Wut freien Lauf, schließlich hast du nur wegen ihr zehn Jahre Haftstrafe obendrauf bekommen. Ich traute meinen Augen nicht. Pete fiel vor seiner Tochter auf die Knie, hielt weiter ihre Hand und schluchzte. »Es tut mir so leid, so unendlich leid, was ich dir angetan habe. Ich weiß, dass du mir das nicht verzeihen kannst und das verdiene ich auch nicht«, faselte er weiter. Ich verstand im Moment gar nichts mehr. »Aber du sollst wissen, dass seit vielen Jahren keine Minute verstreicht, in der ich mich nicht in Grund und Boden schäme. Dabei hat mir die Therapie sehr geholfen.« Meredith hörte ihrem Vater regungslos zu, wenigstens das war wie früher, als sie sich ohne Widerstand missbrauchen ließ. Langsam dämmerte mir, was da gerade vor sich ging. Alan Moore, mein neues Spielzeug, den ich im Jugendheim kennengelernt hatte, in das ich gesteckt wurde, weil mein Dad sich nur Wochen nach Nathans Tod ebenfalls totgesoffen hatte, hatte mich belogen. Der Zorn stieg in mir auf. War das der Dank dafür, dass ich ihn durch seine schwersten Jahre geführt, vor der Drangsalierung anderer Jugendlicher bewahrt, ihn sogar auf den Marshalsdienst vorbereitet hatte? Gut, es ging dabei immer um meinen Plan, doch das wusste er nicht. Trotzdem hatte er bezüglich Pete offensichtlich gelogen, als er mir sagte, dieser würde sich vor Rache verzehren. Das Gegenteil war der ernüchternde Fall: Pete war ein reumütiges Schaf, mit dem ich jetzt nichts mehr anfangen konnte. Im Gegenteil: Er versaute meine ganze Choreographie. Was sollte das? Egal, da er nutzlos für mich war, trat ich gelangweilt auf die beiden zu und schlitzte diesem Weichei Pete hinter ihm stehend die Kehle auf. Ein sauberer Schnitt, ich wurde mit jedem Mal besser. Doch es befriedigte mich nicht einmal, zu sehen, wie er sich panisch an den Hals griff, das Blut trotzdem literweise zwischen seinen Finger herausspritzte und sich auf den Holzdielen verteilte, während er gurgelnde Geräusche von sich gab. Ich wischte das Messer an meinem Ärmel ab und schaute zu Meredith, die genauso reglos herumstand wie damals, als ihr Dad Nathan zu Tode geprügelt hatte. Mit demselben, ausdruckslosen Blick. Gut, dann musste ich es selbst zu Ende bringen. Ich seufzte genervt, als Meredith unvermittelt anfing, wie eine Irre zu schreien. Warum auch immer es sie entsetzte, dass ich ihrem Vater seine gerechte Strafe hatte zukommen lassen. Eigentlich sollte sie mir dankbar sein. Das wäre meiner Meinung nach angemessen gewesen. Aber vielleicht war es auch die Erkenntnis, was ihr selbst bevorstehen würde. Dabei war ich selbst etwas überrumpelt und überlegte fieberhaft, wie ich die Situation für mich noch retten, noch zu einem befriedigenden Abschluss bringen könnte.

Das Aufpeitschen von Schüssen direkt unterhalb unseres Fensters und Rufe von Männern ließen mich eine Sekunde unachtsam werden, die das Miststück Rachel-Meredith eiskalt ausnutzte, indem sie mich wegstieß und zur Tür hinausrannte.

»Bleib stehen!«, rief ich angepisst. »Das bringt doch nichts.« Ich lief hinterher. Ihr zu folgen erforderte keine Kenntnisse im Fährtenlesen, denn sie machte so viel Lärm wie eine Herde Mustangs, die über die Prärie galoppierte. Es waren keine Schüsse oder anderer Lärm von draußen zu hören. Ich ging davon aus, dass Alan unten für Ruhe gesorgt hatte, daher musste ich es nicht überhasten, das Mädchen zu finden. Alan Moore, du bekommst später auch noch, was du verdienst. Unvorstellbar, dass meine Spielzeuge immer in den entscheidenden Situationen versagten. Beim Nächsten würde ich vorher genauer hinsehen. Ich folgte ihr, war vielleicht zehn Meter hinter ihr, als ein stechender Schmerz am Schienbein mich straucheln ließ. Das Gefühl war sehr intensiv, aber es war gut, denn es erhöhte meine Aufmerksamkeit. Und die war bitter nötig, als ich sie hinter mir schreien hörte. Gerade eben konnte ich noch zur Seite rollen und damit verhindern, dass der Schürhaken, mit dem das Miststück abermals nach mir schlug, neben meinem Bein auch meinen Schädel erwischte.

»Ich mach dich fertig!«, rief mir das naive Früchtchen entgegen und ich empfand tatsächlich gerade so etwas wie Respekt für sie. Wieder schlug sie nach mir, doch erneut verfehlte sie mich. Ich wusste genau, dass sie spätestens nach dem nächsten Versuch eine Pause brauchen würde, und genau so kam es. Sie holte aus und konnte ihre gusseiserne Waffe nicht mehr konzentriert führen, sie durchschlug damit die Gipswand des Flures. »Scheiße«, hörte ich sie stöhnen und sah ihr lächelnd dabei zu, wie sie kraftlos versuchte, das Ding wieder herauszuziehen. Vergeblich. Sie versuchte es erneut, doch ich stand längst hinter ihr und stach mein Messer tief in ihre Seite. Sie pfiff mehr als zu schreien und ließ den Haken sofort los. Genussvoll zog ich die Klinge aus Meredith heraus. Ihr Blut lief warm über meine Hand, mit der ich den Griff fest umschloss. Sie fasste sich an die Taille, wollte wohl die Blutung stoppen. Schnell verfärbte sich ihr Shirt dunkel, dann auch ihre Hände, überall war Blut. Ich beobachtete belustigt, wie sie sich mit ihren verschmierten Händen an der Wand entlang tastete, wobei ihre Beine gar nicht hinterherkamen. Es war vorbei, so gut wie vorbei.

»Wehr dich nicht«, sagte ich mit ruhiger Stimme, während ich ihr folgte. »Lass es geschehen. Mach mich glücklich.« Vielleicht erhörte und verstand sie mich, denn einen Augenblick später brach sie zusammen. Auf dem Rücken liegend suchten ihre Augen nach Hilfe. Natürlich vergeblich. Die Explosion in meinem Bauch war unglaublich. Gleich würde es passieren. Ich würde ihr Gehen spüren, es aufsaugen, in mich aufnehmen, mich endlich selbst wie ein Mensch fühlen. Ich hockte mich auf ihr Becken und legte meine Hände auf ihr Herz, das schnell und flach schlug. Es konnten nur noch Sekunden sein.

»CPD, was machen Sie da? Gehen Sie sofort von der Frau runter!« Das war der schlimmste Moment meines ganzen Lebens. Nein, das durfte nicht sein, warum musste dieser bescheuerte Cop jetzt auftauchen? Also hatte Alan es unten nicht geregelt.

»Nein, nein, nein, Detective, Sie verstehen nicht –.«

»Runter von der Frau!«, wiederholte er und seine Stimme ließ mich nicht an seiner Entschlossenheit zweifeln. Mir blieb keine Wahl. Schnell griff ich in meine Gesäßtasche, zog mein Messer und rammte es Meredith in den Hals. Glaubte ich jedenfalls, denn gleichzeitig mit meinem Messerstoß hörte ich den Knall und spürte selbst einen Stich in der Halsgegend. Ich sackte in mich zusammen und rutschte von Meredith herunter. Meine Hand lag noch auf ihrer Brust, unsere Blicke trafen sich. Ich sah ihn, diesen Blick, und ich spürte, wie das Leben ihren Körper verließ. Ich hatte es geschafft. Ich war glücklich. Dann wurde es dunkel.

Kapitel 17

Vier Tage lang hatten die Ärzte um das Leben Meredith Gibsons gekämpft, dutzende Bluttransfusionen und einige Notoperationen vornehmen müssen, weil wieder ein wichtiges Organ versagte, sie zwei Mal wiederbeleben müssen, bevor sie als stabil galt.

Dann erst stellten sie ihr in Aussicht, das Krankenhaus in einigen Wochen mit guten Chancen auf komplette körperliche Genesung verlassen zu können.

»Hey, du machst ja Sachen«, sagte Julia, die sie an diesem Tag das erste Mal bei Bewusstsein besuchte. »Wie geht´s dir?«

»Ist die Frage ernst gemeint, du Frettchen?«, krächzte sie. »Beschissen natürlich.« Julia grinste und drückte die Hand ihrer Freundin.

»Ja, so siehst du auch aus. Wie ein gerupftes Huhn.«

»Sehr witzig, Becker.«

»Hätte ich geahnt, dass du meine Entführung nicht nur nacherleben, sondern noch massiv toppen willst, hätte ich dir nie davon erzählt.« Ein Moment des Schweigens entstand, in dem keine von ihnen etwas sagte. Ein Moment der Verbindung. »Sag, erinnerst du dich an alles?«

»An das meiste, aber heute Abend wollte dein Kumpel Detective Miller nach mir sehen kommen und mich auf den aktuellen Stand bringen. Da das Blut meiner Attentäterin identisch mit dem ist, das bei den

Morden des Metzgers von Chicago sichergestellt wurde, würde ich die Verdächtigenliste nicht mehr anführen, hat er mir am Telefon erzählt und irgendwie schüchtern gelacht.«

»Er ist süß, glaub mir.«

»Ich werde es ja sehen. Aber eines weiß ich immer noch nicht.«

»Das wäre?«

»Wie hieß die Irre?

»Die Metzgerin von Chicago meinst du? Die hieß laut Detective Miller schlicht und ergreifend Lucia Johnson.«

»Klingt eher wie eine Friseurin.«

»Na ja, mit dem Messer konnte sie umgehen.« Julia lachte und Rachel wollte mit einstimmen, der Schmerz in ihrem Hals verhinderte es jedoch.

»Hast du dir schon überlegt, wie ich dich in Zukunft anreden soll?«

»Was meinst du denn damit?«, fragte Rachel mit schwacher Stimme. Im nächsten Moment kapierte sie, worauf Julia anspielte. Darüber hatte sie sich bisher keine Gedanken gemacht, aber sie sah keinen Grund dafür, den Namen ihrer lieben Adoptiveltern abzugeben, um den des Mannes zu führen, der ihre Kindheit auf dem Gewissen hatte.

»Du darfst mich Rachel nennen«, sagte sie und lächelte. »Aber nimm es mir nicht übel, ich bin müde.«

»Hey, es ist ein Wunder, dass du überhaupt schon so fit bist«, erwiderte Julia und erhob sich. »Ich komme morgen wieder.« Sie streichelte Rachel über die Wange und ließ sie allein.

***

Als Rachel wieder aufwachte und ihren Blick durch das Krankenzimmer schweifen ließ, fiel ihr der in der Ecke sitzende, in eine Zeitung versunkene Mann anfangs gar nicht auf. Erst als sie sich räuspern musste und daraufhin das Rascheln des Papiers hörte, entdeckte sie ihn. Er legte seine Lektüre zur Seite, stand auf und kam zu ihr.

»Hi, Ms. Callaghan, ich bin Detective Miller. Wie geht es Ihnen?«, fragte er mit ruhiger Stimme.

»Meine Lebensretter dürfen mich beim Vornamen nennen, Detective Miller«, erwiderte Rachel noch etwas schläfrig. »Und danke, mir geht es schon wieder ganz gut. Denke ich jedenfalls.«

»Miller reicht«, sagte er lächelnd. Es freut mich, dass es Ihnen schon besser geht. Sie wissen, dass Sie einen heißen Tanz mit dem Tod aufs Parkett gelegt haben?«

»Ja, das wurde mir schon gesagt, aber ich hätte es auch an den ganzen Schläuchen erkannt, die irgendwas in meinen Körper rein- oder rausspülen.« Auch sie zwang sich zu einem Lächeln. »Julia meinte aber, das würde mir stehen.« Miller lachte.

»Auf jeden Fall scheinen Sie den Humor nicht verloren zu haben. Aber ich denke, Sie haben einige Fragen. Schießen Sie los.« Rachel rutschte unruhig auf der Bettmatratze herum und sah sich hilfesuchend um.

»Was suchen Sie?«

»Ich will mich hinsetzen. Könnten Sie –.«

»Ja, natürlich«, sagte Miller, beugte sich vor und fuhr das Kopfteil hoch, sodass Rachel eine halbsitzende Position einnahm.

»Ah, das ist schon viel besser. Danke.« Ihre Hand strich über ihren Hals, wodurch sie zusammenzuckte.

»Sie hatten Glück, dass diese Irre mit dem Messer abgerutscht ist und keine Arterie getroffen hat, sonst säßen wir beide jetzt nicht hier.« Rachel nickte. Auch das wurde ihr von den Ärzten schon gesagt.

»Haben Sie meine Aufzeichnungen gelesen, das, was mir Mr. None erzählt hat?«

»Ja, mehrfach. Dadurch konnten wir den größten Teil des Sachverhaltes bereits aufklären.«

»Was ich immer noch nicht verstehe, mit wem habe ich da eigentlich gesprochen? Diese Ellen oder Lucia kann es doch nicht gewesen sein. Ich meine, schließlich unterhielt ich mich mit einem Mann.«

»Das kann ich Ihnen beantworten. Vielleicht hole ich dabei etwas aus, dann erübrigen sich möglicherweise ein paar weitere Fragen.«

»Okay.«

»Diese Lucia lebte damals auf einer Farm in der Nähe der Ihres leiblichen Vaters Pete. Sie ist, war eine Soziopathin mit psychopathischen Tendenzen, das konnten wir anhand von Unterlagen ihrer Akte aus dem Kinderheim entnehmen, in das sie nach dem Tod ihres Vaters kam. Dort lernte sie Alan Moore kennen und manipulierte ihn vom ersten Augenblick an – so, wie sie es damals mit Nathan und wahrscheinlich einigen anderen getan hatte. Dieser Alan wurde ihr in gewisser Weise hörig und machte alles, was sie von ihm verlangte. Ob es da eine sexuelle Komponente gab, werden wir nie erfahren, denn auch Moore hat den Abend nicht überlebt.«

»Den Abend im Hotel?« Miller nickte.

»Ja, den mussten wir niederschießen, nachdem er das Feuer auf mich und meinen Kollegen eröffnet hatte.«

»Geht es Ihrem Kollegen gut?«

»Ted ist alles, aber nicht totzukriegen.« Er lachte auf, worauf ihn Rachel fragend ansah. Er schüttelte den Kopf und winkte ab. »Nicht wichtig.«

»Und was war mit diesem Moore? Welche Rolle hat er gespielt?«

»Nun, Lucia hat es geschafft, ihn in den U.S. Marshal Service einzuschleusen. Wie sie das gemacht hat, wissen wir noch nicht genau, aber sie war überdurchschnittlich intelligent, was wir ebenfalls ihrer Akte entnehmen konnten. Und in seiner Funktion als U.S. Marshal hatte Moore Kenntnis von Ihrem Aufenthaltsort und auch von der gesamten Gerichtsakte über den Totschlag an Ihrem Bruder und den Ihnen gegenüber ausgeführten Missbrauch. Die waren bis vor kurzem unter Verschluss, sodass wir vorher keinen Zugriff darauf hatten. Hätten wir den gehabt, wäre die Sache niemals so eskaliert.«

»Wird man nicht irgendwie von einem Psychologen getestet, wenn man sich für den Polizeidienst oder als U.S. Marshal bewirbt?«

»Sicher«, bestätigte Miller. »Aber wenn man eine hochbegabte Psychopathin als Mentorin hat, schafft man es offensichtlich, diesen Test zu bestehen.«

»Also habe ich mit diesem Alan Moore gesprochen im Hotel?«

»Nein, Sie haben tatsächlich mit Lucia gesprochen.« Er hob die Hand, als er Rachels fragenden Blick sah. »Erklärung kommt sofort«, schob er hinterher. »Dieses Hotel war vor Jahren vom Justizministerium gekauft worden und sollte ursprünglich als Safe-House genutzt werden. Dazu kam es jedoch nie. Moore wusste davon und hat einen Kollegen, in dessen Zuständigkeitsbereich das Gebäude lag, mit etwas Bargeld versorgt und bekam im Gegenzug die Schlüssel dafür ausgehändigt.«

»Das hört sich etwas wirr an.«

»Nun ja, das alles ist vor langer Zeit von Lucia geplant worden. Und da kommen wir zu den Abenden von Ihnen und Mr. None. Das Zimmer, in dem Sie ihn trafen, war mit versteckten Kameras ausgestattet, ebenso der Flur und das Treppenhaus. Und in dem Zimmer, in dem Sie Ihren Gesprächspartner vermuteten, befand sich lediglich ein Lautsprecher. Der und auch die Kameras waren mit einem Rechner verbunden, der im Zimmer hinter der Rezeption stand. Von dort aus konnte Lucia Sie beobachten und hat mittels eines Stimmenverzerrerprogramms als Mr. None zu Ihnen gesprochen.«

»Warum ist mir das nicht aufgefallen?«

»Ich denke, das lag daran, dass Sie das Gebäude nicht bei Tageslicht gesehen haben. Bei der diffusen Beleuchtung in der Nacht waren die Kameras nicht zu sehen, auch meine Kollegen haben sie erst nach einer Weile entdeckt.«

»Ich glaube, das reicht mir erstmal«, erklärte Rachel und gähnte.

»Ach, eines noch: Bei der Überprüfung des Rechners fanden unsere Spezialisten heraus, dass Ihre Wohnung ebenfalls verwanzt war, genau, wie Lucia eine Spy-App auf Ihrem Smartphone installiert hatte. Dieses Teufelsweib war über fast jeden Ihrer Schritte im Bilde.« Miller sah, wie Rachel eine plötzliche Übelkeit überkam, und reichte ihr eine Schale. Doch die brauchte sie nicht.

»Das reicht mir jetzt wirklich.«

Kapitel 18

Sechs Monate später

Rachel hatte sich nach der Entlassung aus dem Krankenhaus Zeit genommen, um sich über ihre Zukunft Gedanken zu machen. Sie hatte beschlossen, weiter den Namen Rachel Callaghan zu führen und auch die Farm ihres Vaters, die ihr rechtmäßig zugesprochen wurde, wieder auf Vordermann zu bringen.

Jetzt saß sie am Schreibtisch, von wo aus sie die große Scheune sehen konnte und hob den Kopf, als sie ein Motorengeräusch hörte.

»Wir bekommen Besuch«, sagte sie zu dem Kuschelbären mit dem roten Halstuch, der von einem Regal aus auf sie hinabschaute. Gleich als Erstes, nachdem sie das Krankenhaus verlassen hatte, durchsuchte sie in ihrer alten Wohnung den Müll und fand den abgetrennten Arm des Bären, den sie ihm mittlerweile wieder angenäht hatte. Kurz darauf klopfte es an der Tür und Julia trat ins Wohnzimmer. Rachel ging ihr entgegen und sie fielen sich in die Arme.

»Hey, schön, dass du es einrichten konntest«, begrüßte sie ihre Freundin.

»Für dich doch immer«, erwiderte Julia und folgte ihr zu ihrem Arbeitsplatz.

Rachel hatte ihre Wohnung und den Job in Chicago aufgegeben. Sie wollte ihrer eigentlichen Leidenschaft nachgehen und sich als Schriftstellerin etablieren. Sämtliche zur Farm gehörenden Ländereien hatte sie an die Nachbarn verkauft und sich dadurch ein finanzielles Polster für ein paar Jahre geschaffen und es war genug Geld übriggeblieben, um das Haus zu renovieren.

»Und, was haben George und Vanessa gesagt? Wie fanden sie es?« Rachel war wirklich gespannt, ob Julias Vater und dessen Frau Vanessa mit ihrem Entwurf zufrieden gewesen waren. Schließlich war es deren Liebesgeschichte, die Rachel zu dem Buch inspirierte, nachdem Julia ihr einige Details davon erzählt hatte.

»Sie fanden es toll, ganz ehrlich«, berichtete Julia und Rachel fiel ein Stein vom Herzen. »Auch wäre es ziemlich authentisch, obwohl du manche Stellen wohl etwas überspitzt formuliert hast.«

»Ich habe das verarbeitet, was die beiden mir erzählt haben«, verteidigte sich Rachel lachend. »Der Rest ist künstlerische Freiheit.«

»Ich finde die Story auch ganz witzig und wir mögen auch den Titel, den du dafür ausgewählt hast.« Rachel lächelte ihrer Freundin zu und wandte den Blick zum Manuskript, für das sie bereits einen Verlagsvertrag an Land hatte ziehen können. Zärtlich fuhr sie mit dem Handrücken über das Deckblatt. Chicago Moments: Eine Lovestory aus der Feder von Rachel Callaghan.

Danksagung

Eine Geschichte zu schreiben ist einfach. Daraus hingegen ein Buch entstehen zu lassen, ist ein umfangreiches Unterfangen. Für einen allein eine fast nicht zu bewältigende Aufgabe – jedenfalls für mich. Daher möchte ich mich bei allen herzlich bedanken, die sich – in welcher Form auch immer – eingebracht haben, damit aus meiner Geschichte ein fertiges Buch werden konnte.

Besonderer Dank gilt Tanja Loibl, welche geholfen hat, meine verquere Aneinanderreihung von Wörtern zu lesbaren Sätzen umzuformulieren, so weit ich es zugelassen habe, und hoffentlich die meisten Fehlerteufel aus diesem Werk vertrieben hat. Nicht zu vergessen, meine vielen Testleser. Von denen möchte ich folgende hervorheben, da diese mir, nicht immer schöne, aber konstruktive Kritiken geschrieben haben: Drea Summer, Iris Freiberger, Bianca Kober und Verena Dagge.

Über den Autor

Der Autor, 1970 geboren, lebt im niedersächsischen Vechta und ist Vater zweier erwachsener Kinder. Der Thriller *Mein Mörder-Ich* ist seine dreizehnte Veröffentlichung. Die Idee, Geschichten zu erzählen und Bücher daraus entstehen zu lassen, kam quasi über Nacht. Seinen großen Sympathien den USA gegenüber in all ihren Vielfalten und endlosen Weiten ist es geschuldet, dass einige seiner Titel eben dort verankert sind. Demgegenüber erscheinen immer wieder Titel, die vorrangig in seiner norddeutschen Heimat angesiedelt sind.

Selbst ist er großer Fan von Büchern Stephen Kings, Dean Koontz und John Grishams. Natürlich hat auch die Harry Potter-Reihe von J. K. Rowling einen festen Platz in seinem Bücherschrank.

Besuchen Sie ihn auf www.marcus-ehrhardt-autor.de, bei Facebook auf der Autorenseite Marcus Ehrhardt oder auf Instagram unter Marcus.Ehrhardt.Autor. Damit Sie keine Neuveröffentlichung oder Preisaktion verpassen, abonnieren Sie hier den 4-5 Mal im Jahr erscheinenden Newsletter.

Bisher erschienen:
- *Fremde Angst – Burns Creek* (08/2017)
- *Fremde Angst – Nemesis* (10/2017)
- *Der Tote vom Stoppelmarkt* (12/2017)
- *Im Namen des ...* (02/2018)
- *Die Klaviatur der Gerechtigkeit* (05/2018)
- *Mordseerauschen* (07/2018)
- *Von Hass getrieben* (10/2018)
- *Mordseeflüstern* (11/2018)
- *Mordseegrollen* (01/2019)
- *Dein Glück stirbt in 4 Tagen* (03/2019)
- *Mordseegrauen* (04/2019)
- *Mordseelügen* (06/2019)

Eine Bitte am Schluss

Liebe LeserInnen des Buches *Mein Mörder-Ich:* Jeder hat andere Vorlieben und Sichtweisen. Und ich maße mir nicht an, ein Buch schreiben zu können, das jedem gefällt. Jedoch bin ich bestrebt, dass jeder gut unterhalten wird, der eines meiner Bücher liest. Daher bitte ich darum, nach Beendigung des Buches eine Rezension oder eine persönliche Bewertung zu hinterlassen. Ich werde jede seriöse Kritik lesen und sie gegebenenfalls in mein weiteres Wirken einfließen lassen.

Dafür im Vorfeld bereits vielen Dank!